Astrid Korten

DU
BÖSER
BÖSER
JUNGE

Psychothriller

© 2021, Astrid Korten
Herstellung und Verlag: BoD – Books on Demand, Norderstedt
ISBN: 9783754307182

Yesterday

(Auszug aus dem Song der Beatles)

Yesterday, love was such an easy game to play
Now I need a place to hide away
Oh, I believe in yesterday.

Gestern war die Liebe so ein einfaches Spiel.
Jetzt brauch ich einen Ort, an dem ich mich verstecken kann.
Oh, ich glaube an Gestern.

Für Angelika

ÜBER DAS BUCH

Reisen ist, in jedem Augenblick geboren werden und sterben.
(Victor Hugo)

Till und Ida Faber machen mit ihren zwölfjährigen Zwillingen einen Roadtrip durch Kalifornien. Ida ist eine investigative Journalistin, Till Anwalt und Hobbymusiker. Die Zwillinge sind eine verschworene Einheit, mit Flausen im Kopf. Alles in allem sind die Fabers eine ganz normale Familie. Aber ...

Zu Beginn des Roadtrips zeigt die Ehe von Till und Ida bereits tiefe Risse. Während sich die Spannung auf den Vordersitzen des Autos steigert, haben die beiden Mädchen auf dem Rücksitz ihre eigenen Probleme. Seit sie von ihrer Mutter erfahren haben, dass sie eigentlich Drillinge waren, hören und sehen die Mädchen ihren kleinen Bruder überall. *FIF* mag zwar keinen Körper haben, aber in den Köpfen der Mädchen nimmt er eine immer gefährlichere Form an. Das nahende Unheil nimmt seinen Lauf ...

"Die Bestseller-Autorin Astrid Korten lässt einem Roadtrip zum Horrortrip werden, der mit einem erwartenden, fulminanten Showdown endet. Sehr lesenswert." WAZ

TEIL 1

Zwei plus Eins macht Spaß

Zwei plus Eins

Aus der flimmernden Luft über dem Asphalt verfolgt uns ein Gespenst. Gerade als wir anfangen wollen zu schreien, sehen wir, dass es eine obdachlose Frau ist, die Plastiktüten voller Unglück mit sich trägt.

Wir essen auf irgendeiner Terrasse in der Nähe irgendeines Einkaufszentrums in irgendeiner Stadt zu Mittag. Es ist brütend heiß, die meisten Geschäfte sind geschlossen, es ist kaum jemand auf der Straße. Mom hat ihr Portemonnaie auf den Tisch gelegt, was ohnehin eine blöde Aktion ist. Die Obdachlose starrt es an wie eine hungrige Löwin einen Springbock.

Keine Chance, deuten wir mit unseren Augen an.

Ihr Rücken ist krumm wie der eines Kite-Surfers. Mom und Loser beachten die Frau nicht, was völlig bescheuert ist, denn die Frau steht so nah an unserem Tisch, dass wir die Poren in ihrem Gesicht zählen können und riechen, wie sie stinkt.

„Do you have some money to buy food?", fragt die Frau.

„Wir haben kein Bargeld", antwortet Mom schnell.

Die Obdachlose schaut wieder auf das Portemonnaie, das plötzlich prall gefüllt wirkt und Mom wie eine Närrin aussehen lässt.

„Please", fleht die Frau Mom an. „I'm begging you."

Die Kellnerin kommt heraus und klatscht in die Hände, als würde sie eine Katze aus dem Garten verscheuchen.

Die Bettlerin protestiert nicht einmal. Sie schlurft von der Terrasse und überquert die leere Straße. Ihr Gang ist mit einem Mal geschmeidiger und leichter. Als hätte sie das Unheil an unserem Tisch abgelegt.

Mom kaut auf ihrem Sandwich. Sie starrt weiter auf das Gebäude, hinter dem die Obdachlose verschwunden ist. Plötzlich steht sie auf, holt einen Zwanzig-Dollar-Schein aus dem Portemonnaie.

„Wie verzweifelt muss man sein, um *,Ich flehe Sie an'* zu wildfremden Menschen zu sagen? Das ist mir peinlich." Mit Schritten, die für ihre hohen Absätze zu groß sind, eilt sie davon.

Loser schaut überrascht auf, aber wir verstehen Mom.

Zehn Minuten später kommt sie errötet und verschwitzt zurück. Die Zwanzig-Dollar-Note hängt schlaff in ihrer Hand. „Verschwunden, einfach so." Mom streicht sich eine Haarsträhne aus dem Gesicht. „In Rauch aufgelöst."

„Bad Karma", sagen wir.

„Ihr müsst mit diesem Karma-Gedöns aufhören", knurrt Mom und steckt den Geldschein in ihr Portemonnaie. „Kommt, lasst uns weiterfahren. Ich will pünktlich im Hotel sein."

Ida

„Gute Nachrichten", sage ich. „Mein Artikel wird in dem Wochenmagazin der Zeitung veröffentlicht."

Obwohl ich nie daran gezweifelt habe, dass die Redakteure eines der großen Meinungsmagazine dieses Mal zustimmen werden, ist es doch sehr erfreulich, dass die offizielle Bestätigung endlich da ist. Ich lasse mein Handy zurück in das Ablagefach der Autotür gleiten und schaue Till von der Seite an. Keine Reaktion.

„Aber erst, wenn wir wieder in München sind", füge ich rasch hinzu.

Till atmet jetzt ein wenig kräftiger aus als sonst. Seine Schultern sinken ein paar Zentimeter, die Hände liegen noch immer entspannt auf dem Lenkrad.

Ich betrachte sein Profil, während ich den letzten Teil meiner dreistufigen Rakete in Umlauf setze. „Sie erwarten, dass ich jede Menge Staub aufwirbele. Ich muss für Interviews erreichbar sein."

Till rührt sich nicht.

Mein betagter Freund Hakido würde sagen, dass ich mich zu einer Frau entwickelt habe, die um die Aufmerksamkeit ihres Mannes buhlt. Und alles, was Hakido behauptet, enthält ein Körnchen Wahrheit. Wegen dieser Gewissheit konsultiere ich ihn schließlich.

„Das überrascht mich nicht", sagt Till schließlich. „Selbst die seriösen Magazine sind heutzutage ziemlich sensationsgeil. Erhöht die Auflagen." Er wendet sein Gesicht ein wenig von mir ab. Höchstens einen Zentimeter, aber es reicht aus, um seine Missbilligung zu symbolisieren.

„Wirklich nett, deine Begeisterung. Und dieser Erfüllungsstolz."

Einmal mehr antwortet Till nicht sofort. Seine Unbeweglichkeit kontrastiert mit der Landschaft, die entlang des Highway 101 an uns vorbeigleitet. Wogende Felder in leuchtendem Sonnengelb und sattem Grün, Bäume, wie im erträumten Paradies. Farmen, Weinberge, hier und da ein Blick auf das große Blau des Ozeans. Mittlerweile verstehe ich, warum über Kalifornien viele Lieder komponiert wurden. Warum die Reichen der Welt dieses Fleckchen Erde als ihr Zuhause wählen.

„Nimm es mir nicht übel", knurrt Till schließlich. „Ich mache mir nur Sorgen um deinen guten Ruf als Journalistin."

„Über meinen Ruf?" Es klingt schärfer, als ich es beabsichtige. Seine Reaktion überrascht mich nicht. Er hat mir in den vergangenen Monaten mehrfach zu verstehen gegeben, dass ich einer falschen Spur folge. Dass ich Gespenster sehe. Dass ich mich festbeiße, wie ein Pitbull. Dass ich durchdrehe. Wenn ich es nicht besser wüsste, würde ich glauben, dass er ein persönliches Interesse daran hat, die Wahrheit über den HPV-Impfstoff gegen Gebärmutterhalskrebs unter Verschluss zu halten.

„Mein Artikel enthält nur Fakten! Schlüssige nachvollziehbare Fakten!"

Jetzt seufzt er tatsächlich. Als Nächstes spielt er mit den Fingern der rechten Hand eine Zeit lang auf der Unterlippe Klavier. „Es kommt nur darauf an, welchen Farbfilter man vor die Lichter hängt, damit das Publikum das sieht, was es sehen soll."

Okay, es geht los. Neuerdings erkenne ich den Moment, wenn wir den verbalen Boxring betreten. Achtzehn Jahre hing ich wie betäubt in den Seilen, bevor ich überhaupt daran dachte, mich zu verteidigen, aber jetzt bin ich wach und bereit, zurückzuschlagen.

„Du meinst, es gibt im Grunde keine Fakten?"

„Ich meine, dass alles, wirklich alles, immer wieder von privaten Meinungen und Annahmen gefärbt ist. Selbst Fakten."

Jetzt bin ich mit dem Seufzen dran. Ich habe in meinem Leben Tatsachen aufgedeckt, die andere Menschen verheimlichen wollten. Ich wurde ausgebremst, sogar bedroht. Warum sollte ich mir die Mühe machen, wenn ein Fakt nur ein formbares Konzept wäre? Blödsinn!

„Dieses Auto ist blau", kontere ich. „Unsere Kinder sitzen auf dem Rücksitz. Es ist Montag. Drei Fakten. Ich sehe keinen Spielraum für andere Interpretationen. Du vielleicht?"

„Das sind nur Fetzen von Informationen. Nicht vollständig genug, um faktisch korrekt zu sein. Du schränkst die Informationen ein, die du preisgibst, und in dieser Einschränkung liegt bereits deine Vision."

„Bullshit!" In die Defensive gedrängt, verschränke ich die Arme.

„Nehmen wir mal an, das Auto wäre komplett blau", sinniert Till. „Innen und außen. Vom Gaspedal bis zur Hutablage. Das wäre dann etwas Besonderes. Aber weil du das Übliche, das Normale annimmst, erwähnst du diese Möglichkeit nicht. Du gehst davon aus, dass die Leute verstehen, dass nur die Außenseite des Autos blau ist."

„Was auch zutrifft." Meine Stimme schießt in die Höhe.

„Oder ein anderes Beispiel", fährt Till fort. „Unsere Kinder sitzen auf dem Rücksitz. Gut. Aber angenommen, wir hätten achtzehn Kinder. Das wäre seltsam, achtzehn Kinder auf dem Rücksitz. Dann bekommt so ein Fakt eine ganz neue Bedeutung. Das würde uns zu Kinderschändern machen. Es sei denn, wir fahren nicht mit einem Auto, sondern mit einem Bus. Das erzählst du aber den Leuten nicht."

„Sei nicht so ermüdend, Till. Wir fahren nicht mit einem Bus. Und wir haben auch keine achtzehn Kinder. Du weißt sehr wohl, was ich meine."

„In der Tat. Ich verstehe sehr gut, was du meinst. Das Problem ist, dass du nicht verstehst, was ich meine!"

Ich schüttele den Kopf und versuche, meine Gedanken wieder an ihren ursprünglichen Platz zurückzubringen. Es gelingt mir nicht. Mr. Anwalt hat es wieder geschafft.

„Wir haben zwei Kinder, Till. Und sie sitzen auf dem Rücksitz eines blauen Autos. Und heute ist Montag, verdammt noch mal!"

„Drei", klingt es hinter meinem Rücken, „drei Kinder."

„Tut mir leid, Babes." Ich drücke meine Fingerspitzen gegen meine Schläfen. „Drei Kinder, selbstverständlich."

Zwei plus Eins

„Nur um das klarzustellen", bedeutete Mom vor ein paar Monaten, als sie überlegte, ob wir uns gegen Grippe impfen lassen sollten. „Ich halte präventive Impfungen generell für sinnvoll und manchmal sogar für notwendig. Ich habe nichts gegen den wissenschaftlichen Fortschritt."

Wir fanden es ein merkwürdiger Kommentar, *ich habe nichts gegen den wissenschaftlichen Fortschritt.* Als hätte Mom nichts gegen Häuser, oder gegen das Atmen.

„Wirklich nicht", fuhr sie fort. „Immerhin verdanke ich es der Wissenschaft, dass ich euch am Ende doch noch bekam." Und erst da erzählte sie uns, dass wir ursprünglich Drillinge gewesen wären. Nicht, weil Mom glaubte, wir sollten es erst im Alter von zwölf Jahren erfahren, oder weil sie auf dem Sterbebett lag oder irgendetwas Interessantes in der Art, nein, nur weil es ihr erst jetzt in den Sinn kam, es uns zu sagen.

Der Arzt am Institut für künstliche Befruchtung hatte Mom zwei befruchtete Eizellen eingesetzt. Aber eine der beiden Eizellen hat sich in ihrem Bauch geteilt. Das waren wir, und das sieht man uns an: Wir sind eineiige Zwillinge. Der andere Fötus starb ein paar Monaten später. Wir wuchsen weiter, er wurde immer kleiner. Auf jedem Ultraschall war er immer schwieriger zu erkennen als auf dem letzten, bis überhaupt nichts mehr von ihm übrig war. *Vanishing twins*, so nennt man das. Oder *FiF*. Ein Fötus *in föto*, hat uns Mom erklärt. Das Wort gefällt uns besser, es könnte auch ein Vorname sein. Deshalb werden unseren kleinen Bruder Fif nennen. Und genau das ist passiert. Fif ist verschwunden. Oder, wie man bei Google nachlesen kann: Er wurde absorbiert. Zuerst dachten wir, das sei eine krasse Vorstellung, aber es hat auch seine Vorteile, zu wissen, dass er buchstäblich in unserem Fleisch und Blut übergegangen ist.

Jetzt verstehen wir, warum wir früher mit Dinosauriern und nicht mit Puppen gespielt haben. Warum wir heute mit den Jungs auf dem Schulhof Fußball spielen, anstatt uns in sie zu verlieben. Und warum wir an Leichtathletikwettbewerben teilnehmen und nicht an Dressurübungen.

Mom sagt, es sei nicht sicher, ob das dritte Kind ein Junge oder ein Mädchen war, aber wir wissen es besser. Wir haben schon unser ganzes Leben lang an ihn gedacht, selbst als wir noch nichts von der Existenz unseres kleinen Bruders wussten. Wir haben schon immer das getan, was *er* wollte. Er hat zwar keinen eigenen Körper, und doch ist er immer bei uns. Oder wahrscheinlich ist er immer bei uns, *weil* er keinen eigenen Körper hat – er kann ja auch nirgendwo anders hin.

Till

Verdammt! Sie werden Idas Artikel veröffentlichen. Darauf hätte ich auch noch verzichten können. Der Teufel hat sich dieses Mal meinen Garten für seinen Haufen Scheiße ausgesucht. Ich kann die Folgen noch nicht absehen, aber gut ist es allemal nicht. Ob ich mich später mit Andreas in Verbindung setzen soll? Vielleicht hat er einen Plan, wie wir diese Sache händeln können. Vielleicht sollte ich meinen Partner aus dem Spiel lassen, bis ich das Ausmaß des Problems erfasst habe. Vielleicht zieht es an mir vorbei. Vielleicht gibt es auch gar kein Problem.

Ich schaue zur Seite. Ida starrt demonstrativ aus dem Fenster. Sie wird erst wieder mit mir reden, wenn wir unser Ziel erreicht haben. Ich kenne sie. Keine Ahnung, wohin wir fahren. Aber gut, dass es auf der Straße ruhiger wird. Der höllische Verkehrsknoten rund um Los Angeles war nicht gerade entspannend. Bist im Urlaub und steckst stundenlang in einer Abgaswolke fest. Aber okay. Wie ich Ida einschätze, wird es zweifellos eine schöne Reise. Das Organisieren von Urlauben ist eines ihrer Talente.

Ida ist klug, witzig und – seien wir mal ehrlich – eine heiße Braut. Noch immer. Sie ist jetzt Mitte vierzig, aber auch die jungen Kerle, die für mich arbeiten, strecken ihren Brustkorb unwillkürlich ein paar Zentimeter, wenn Ida ihnen ihre Aufmerksamkeit schenkt. Wie neulich, als wir das fünfzehnjährige Jubiläum von Faber & Gruber auf der Isarjacht feierten, dem größten Partyschiff, das wir buchen konnten. Ein endloses Angebot an Austern, Hummer, Kaviar und Champagner an Bord. Alle Mitarbeiter mit ihren Familien. Einige wichtige Geschäftskontakte. Ungefähr hundertfünfzig Leute, alles in allem. Ab und zu schaust du dich nach deiner Frau um, ob auch sie sich amüsiert. Zumindest tue ich das. Auf die meisten Männer trifft das nicht zu, da sie ihre Frauen an ihrer Seite haben wie Klebstoff. Sie gehen dorthin, wo ihre Ehemänner hingehen. Wie Schatten. Ida wird nie der Schatten von jemandem sein. Im Gegenteil, sie ist ein Lichtblick in jeder Gesellschaft, wie ich auf der Party wieder feststellen konnte. Der energetische Mittelpunkt der Aufmerksamkeit, eine unerschöpfliche Quelle von Themen, über die jeder mitreden kann – wenn Ida in der Nähe ist, dann fühlt sich niemand verloren. Sie stand gewiss ganz vorne, als die Sozialkompetenzen verteilt wurden.

Ihre bisherige Arbeit zeigt auch ihr Auge für Details, eine originelle Sicht auf alltägliche Dinge und einen scharfen Verstand. Aber das war's dann auch schon mit der Lobeshymne. Denn mit ihrer Recherche über den neuen HPV-Impfstoff scheint sie den Blick für die Realität verloren zu haben. Und das will sie nicht hören. Sie will nicht vor dem freien Fall von der renommierten und preisgekrönten Enthüllungsjournalistin zur – sagen wir mal – Kolumnistin für Teenagerallüren in einem Altweibermagazin bewahrt werden.

Beim ersten Freitagnachmittagsdrink nach der Jubiläumsfeier sprach ich mit einer Angestellten. Sie war neu in der Kanzlei und die Art von Frau, die Andreas Gruber gern einstellt: jung, intelligent und ehrgeizig. Sie glaubte vermutlich, dass sie unter dem Einfluss der Menge an Sauvignon blanc, die sie heruntergespült hatte, es sich leisten könne, nach dem Wohlbefinden meiner kleinen Kräuterfrau zu fragen.

„Meine was?", hakte ich nach.

„Ihre Kräuterdame. Sie ist doch gegen das präventive Impfen, nicht wahr?"

Vermutlich hoffte sie, dass ihre unverschämte Bemerkung der Beginn eines guten Gesprächs über Idas Unzulänglichkeiten sein würde. Ein Gespräch, das wir in ihrer Wohnung fortsetzen würden, wo ich zwischen den unvermeidlichen Buddha-Statuen und Duftstäbchen meine Hose fallen lassen und ihren Bleistiftrock hochkrempeln würde. Es ärgerte mich, dass sie mich für einen solchen Klischeemann hielt, aber vor allem ärgerte es mich, dass ich aus ihren Worten schloss, dass Ida ihr Steckenpferd wohl ziemlich ungestüm auf dem Salonschiff geritten haben musste. Und dieses Geschwätz über ihre Recherche könnte sich angesichts der jüngsten Entwicklungen zu einem geschäftlichen Desaster für Faber & Gruber entwickeln. Der Geschäftsführer dieses verdammten HPV-Impfstoffherstellers hatte sich gerade mit äußerster Diskretion an uns gewandt, um ein Sondierungsgespräch über eine mögliche Zusammenarbeit zu führen. Es wäre klüger, wenn meine Frau sich nicht auf der Pharmafront ins Bild setzt.

„Was reden Sie denn da? Meine Frau ist überhaupt nicht gegen präventive Impfungen", sagte ich dem Bleistiftrock. „Unsere Kinder haben bereits das ganze Programm durchlaufen. Und wenn Sie so leichtfertig falsche Behauptungen in Umlauf bringen, prophezeie ich Ihnen eine ziemlich kurze juristische Karriere bei Faber & Gruber."

Ich bezahlte die Rechnung für den Haufen betrunkener Mitarbeiter und ließ sie in der Kneipe zurück. Ich machte mich auf dem Heimweg.

Zwei plus Eins

Das Hotel *The Madonna Inn* im kalifornischen San Luis Obispo sieht aus wie eine mit Zuckerstangen gefüllte Sahnetorte. Wir setzen unsere Sonnenbrillen gegen all das Rosa in der Lobby auf. Mom sollte ein Reisebüro gründen, sie weiß immer, wie man supercoole Orte findet, und sie sagt, sie macht es gerne. Das sagt sie nie über ihren Job als Journalistin. Er soll kompliziert und schwierig sein und bereitet ihr Kopfschmerzen.

Während Mom die Anmeldeformulare ausfüllt, schnappen wir uns den Zimmerschlüssel vom Tresen und laufen wieder hinaus. Loser wartet im Auto. Ihm fällt nicht einmal auf, dass wir unsere Koffer aus dem Kofferraum nehmen. Wie immer ist er über sein Smartphone gebeugt, so krumm wie die Bettlerin, die wir heute Nachmittag getroffen haben. Und immer sagt er, er hat Rücken, und nennt es Arbeitsstress. Darauf fallen wir schon lange nicht mehr rein. Mom aber immer noch.

Über einen Streifen klebrigen Asphalts sprinten wir zu unserem Zimmer. Genau wie im letzten Hotel stehen zwei große Betten nebeneinander. Das muss etwas typisch Amerikanisches sein. Ansonsten ähnelt nichts dem, was wir sonst in einem normalen Hotelzimmer gesehen haben. Der Teppichboden ist dick, weich und grün, das Bad ist eine Tropfsteinhöhle, die Bettdecken sind aus Pantherfellen und über den Betten hängen riesige Tigertrophäen.

Wir werfen unser Gepäck auf den Boden und wühlen nach unseren Badesachen. Wir sind erst seit drei Tagen unterwegs, aber die von Mom ordentlich gepackten kleinen Stapel sind längst dahin. Der Inhalt springt uns aus den Koffern entgegen, als wäre er schon viel zu lange eingeschlossen und darin fast erstickt. Beim Umziehen trösten wir unsere halbtoten Turnschuhe und Jeans und leisten Mund-zu-Mund-Beatmung an einem lila angelaufenen Toilettenbeutel.

„Alles in Ordnung, meine Babes?" Mom kommt herein. „Das ist ein Safari-Zimmer."

„Es ist superfett, Mom", jubeln wir. „Wir haben einen Wasserfall statt einer Dusche. Jetzt wollen wir ganz schnell zum Pool."

Mom lächelt. Sie mag es, wenn man ihr Komplimente für die Dinge macht, die sie organisiert hat. Als wir zum Pool laufen, schlürft uns Loser entgegen, immer noch über sein Telefon gebeugt. Der Koffer, den er hinter sich herzieht, scheint auch nicht in der Stimmung dafür zu sein.

„Kommst du auch zum Schwimmen, Papa?", fragen wir ihn gleichzeitig.

Er schaut auf, als würde er uns zum ersten Mal in seinem Leben sehen. „Ja", antwortet er dann. „Ich komme sofort."

Obwohl an der Rezeption ein Schild steht, dass das Hotel ausgebucht sei, ist niemand zu sehen. Weder auf den Balkonen, noch im Fitnessraum, und das Schwimmbad haben wir ganz für uns allein. Es ist groß, sauber und blau. Das Wasser schwappt über den Rand, es gibt Palmen und einen Jacuzzi. Wir tollen wie in einer Reality-Show auf MTV. Hier ist unser Haus, rufen wir unseren Rapper-Freunden aus der Musikanlage zu. Wir springen vom Sprungbrett, tauchen unter und versuchen herauszufinden, wer unter Wasser mit einem Atemzug die meisten Punkte sammeln kann, bis plötzlich eine Bombe im Becken explodiert.

Als Loser wieder auftaucht, lacht er wie früher: laut und mit seinem ganzen Gesicht.

„Hi, how are ya?", begrüßen wir Dad auf typisch amerikanische Art. „Welcome to our house, Mister from Munich."

Ohne dass wir ihn darum bitten müssen, spreizt er Arme und Beine. Wir klettern auf den Baum, den unser Dad darstellt, springen von seinen Ästen, schwimmen durch die gespreizten Beine, genau wie damals als wir klein waren, wir brüllen und haben Spaß und bleiben im Wasser, bis unsere Finger verschrumpelt sind und die Sonne hinter dem weißen, geschwungenen Gebäude verschwunden ist.

Ida

Trübes Morgenlicht scheint durch die Ritzen der Holzjalousien. Die grünen Wände des Zimmers umschließen mich, als wäre ich in der Isar untergetaucht, wie früher, während der endlosen Sommer, die ich mit meinen Freunden an ihrem Ufer verbracht habe, eine Kassette von Earth, Wind & Fire im Ghettoblaster, mit meinem damaligen Freund knutschend, ausgestreckt auf einem sandigen, von der Sonne gewärmten Handtuch.

Das Display meines Telefons zeigt Viertel vor sechs an. In München ist es demnach bereits Viertel vor drei am Nachmittag. Den besserwisserischen Jetlag-Experten sollte man nicht glauben, dass sie stets recht haben. Es ist eine Meisterleistung meines Körpers: Erst drei Tage in Amerika und schon hat er sich mein Schlafrhythmus angepasst.

Ich lausche dem Brummen der Klimaanlage und dem Atmen von Till neben mir. Das Rascheln der Bettdecke unserer Mädchen im Bett nebenan, sobald sich eines von ihnen im Schlaf umdreht. Meine Familie. Die drei wichtigsten Menschen in meinem Leben, alle zusammen in einem Hotelzimmer. Ich fühle mich sicher. Wenn jetzt ein Meteorit einschlagen würde, der von diesem exzentrischen Hotel nichts als einen rauchenden Krater in der Erde hinterließe, wäre alles in Ordnung. Wir sind zusammen. Keiner von uns wird allein zurückgelassen, es gibt also auch keinen Kummer, zumindest keinen, der zu groß ist, um ihn zu tragen.

Da ist wieder dieses Geräusch, das mich aufgeweckt hat. Eine tiefe Stimme, jemand, der schreien möchte, sich aber zurückhält. Schritte im Zimmer über mir. Das Knurren, aber nicht von einem Hund. Menschliches Knurren. Und dann plötzlich, laut und deutlich: „Hit me, motherfucker, hit me!" (*Schlag mich, du*

Wichser, schlag mich?) Wow. Dann ist da eine andere männliche Stimme, leiser, unverständlich, beschwichtigende Töne. Vater und Sohn? Ein schwules Pärchen? Brüder? Dann ein dumpfer Schlag. Die Decke vibriert sichtlich. Stille.

Till bewegt sich. Ich drehe mich um. Das Weiß seiner Augen leuchtet in der dämmrigen Dunkelheit, er sieht mich an. Ich kenne diesen Blick. Vor Ewigkeiten hat er ihn mir zugeworfen. In seinem geparkten Auto, in der Nacht, als wir uns kennenlernten. Er spielte mit seiner Coverband auf der Hochzeit von gemeinsamen Freunden. O Gott, ich mochte ihn sofort. Und er fand mich atemberaubend. Er brachte mich nach Hause und kurz bevor wir uns zum ersten Mal vor meinem Elternhaus küssten, war er da – dieser Blick.

Ich rutsche auf Tills Matratzenhälfte, er zieht mich näher an sich heran. Mein linker Arm ist zwischen unseren Bäuchen eingeklemmt, ich strecke ihn über meinen Kopf, was für meine Schulter nicht angenehm ist, aber so ein Arm muss ja irgendwo hin. Es kommt mir vor, als ob Körper am Anfang einer Beziehung problemlos zusammenpassen und später alle möglichen Ausstülpungen und Vorsprünge entstehen, die eine geschmeidige Umarmung erschweren. Obwohl man doch erwarten könnte, dass man auch körperlich zusammenwächst.

„Guten Morgen", flüstert er.

Ein Hauch von fauligem Geruch ist in seinem Atem. Das zwingende Bedürfnis, sich die Zähne zu putzen, bevor der andere wach ist, oder zumindest einen subtilen Versuch zu unternehmen, sich die Nacht mit der Zunge aus dem Mund zu streichen, verschwindet mit dem ersten Kuss. Wir küssen uns gegenseitig. Ganz sanft, nicht leidenschaftlich. An Sex ist nicht zu denken, wenn die Zwillinge in dem Bett neben uns liegen. Jedenfalls waren unsere Küsse nie wieder so spektakulär wie der erste, nach der Hochzeit, in seinem Auto. Wie sehr wünsche ich mir, dass es anders wäre. Vielleicht ist die Sehnsucht nach der Elektrizität der Anfangsphase ein fester Bestandteil jeder längeren Beziehung.

Aber ich kann mich nicht beklagen, denn wenn ich gut informiert bin – was ich vermutlich bin, da das Sammeln von Informationen mein Beruf ist – dann ist es eine Ausnahme, dass Ehepaare sich nach achtzehn Jahren noch küssen wie Till und ich es tun. Obwohl ich bei dieser mentalen Süßholzraspelei die Tatsache ignoriere, dass unser Sexleben seit Jahren auf Eis liegt und dass die aktuelle Wiederbelebung zweifellos auch etwas mit der Tatsache zu tun hat, dass Casper aus meinem Leben verschwunden ist. Denn in den Armen von Till hoffe ich, das wiederzufinden, was Casper mitgenommen hat. So wie ich zuvor in Casper das gesucht habe, was Till und ich verloren hatten. Aber im Nachhinein sind das alles Theorien. Eine überflüssige Erklärung für das einfache Ziel, meine Ehe mit Till aufrechtzuerhalten. Ich möchte mit ihm alt werden. Das Leben genießen, mit ihm, mit unseren Kindern, unseren Freunden. Das ist es, was ich will. Das ist es, worauf ich setze.

Zwei plus Eins

Bis zu unserem nächsten Hotel ist es nur eine halbe Stunde Autofahrt. Mom hat das absichtlich so geplant, weil sie im Internet entdeckt hat, dass man dort Unterricht im Stand-Up-Paddling nehmen kann. Sie dachte, das wäre etwas für uns, sozusagen das Projekt für den heutigen Tag. Die Idee gefällt uns.

Neulich in München, als wir von der Straßenbahnhaltestelle nach Hause liefen, sahen wir etwa vierzig oder fünfzig extrem hübsche Mädchen auf der Isar paddeln. Wir hingen über dem Geländer der Brücke, ignorierten unseren kleinen Bruder, der unbedingt unten planschen wollte, und fragten die Mädchen, was sie da machten. Ein Mädchen in einem schreiend hellblauen Surfanzug antwortete, dass sie Werbung machten. Sie hat nicht gesagt, wofür sie geworben haben. Vielleicht für den perfekten Körper. Oder für Haarverlängerungen.

Die Welt hinter dem Autofenster wird immer grauer. Die Sonne wohnt in den Bergen und hat keine Lust, mit uns an die Küste zu fahren. Als wir aus dem Auto aussteigen, werden wir von eisigen weißen Gespenstern überfallen. Unsere Körper zucken zusammen. Wir machen uns so schmal wie möglich, die Arme vor der Brust verschränkt, die Knöchel überkreuzt und die Beine zusammengedrückt, aber sie schneiden mit Leichtigkeit durch unsere Sommerkleidung, Haut und Organe, als wären wir noch durchsichtiger als sie es sind.

„Was für eine neblige Angelegenheit hier", sagt Mom.

Zitternd betreten wir das Büro, wo wir uns anmelden müssen. Die Frau sieht freundlich aus, sagt aber, dass wir erst drei Stunden später einchecken können.

„Aber was sollen wir denn in den nächsten Stunden anfangen?", fragen wir sie.

Sie schaut uns an, als hätte sie uns gerade den Schlüssel für den Vergnügungspark übergeben.

„Herumhängen. Das Wetter ist großartig!"

Auf dem Parkplatz suchen wir in unseren Koffern nach den wärmsten Klamotten, die wir finden können. Weiter als ein T-Shirt mit kurzen Ärmeln und Jeans kommen wir nicht. Alle hielten uns für verrückt, mitten im Sommer in den Südwesten der Vereinigten Staaten zu fahren. Viel zu heiß, sagten sie. Unerträglich heiß. Also dachte Mom, wir könnten unsere Jacken und Pullis zu Hause lassen. Sie reist gerne mit so wenig Gepäck wie möglich und wir müssen mitmachen.

Der Boulevard ist menschenleer, genau wie die Stand-Up-Paddling-School. Die Kälte schmerzt zwischen unseren Schulterblättern und der Nebel riecht nach Fisch. Der Steg am Rande des Dorfes knarrt und wackelt, Wasser schwappt gegen alte Boote. Ein Mann zeigt auf eine Uhr aus Pappe, die die nächste Abfahrtszeit für eine Bootstour in der Bucht anzeigt. Er bewegt die rostigen Ziffern, so dass sein Boot plötzlich auf dem Abfahrtszeitpunkt steht.

„Wollen wir?", fragt Mom. „Wir haben nicht wirklich etwas Besseres vor."

Wir wickeln uns in die Decken, die auf den Holzbänken liegen, und lassen uns durch den Nebel schippern. Reggae-Musik klingt aus einem altmodischen Radio. Sie hallt über dem Wasser nach und verebbt, als würden die Töne einen viel besseren Ort kennen. Der Skipper verhält sich wie ein Entdeckungsreisender, aber seine Welt ist nicht so groß. Auf der einen Seite liegt das Dorf, auf der anderen eine Sandbank, und die Pforte zum offenen Meer wird von einem bedrohlichen Felsen bewacht. Behaarte Seeotter schwimmen auf dem Rücken, die Vorderbeine über dem Bauch gefaltet. Sie glauben auch, dass das Wetter heute großartig ist. Die Otter sind eigentlich supersüß, aber das System in unserem Gehirn, das sich mit der Zuneigung befasst, funktioniert offenbar nicht bei minus siebentausend Grad.

Loser schiebt sein Handy immer wieder mit ungeduldigen Bewegungen in die Gesäßtasche, als ob es ihn selbst irritiert, dass er es ständig benutzt, aber innerhalb von zehn Sekunden hat er es vergessen und holt es wieder heraus. Moms Lächeln ist auf ihrem Gesicht eingefroren.

Nach der Rundfahrt müssen wir noch anderthalb Stunden die Zeit totschlagen. Das ist ein seltsamer Ausdruck: Zeit totschlagen. Als ob man die Zeit erschießen, erwürgen oder an einem Balken auf dem Dachboden aufhängen könnte. In der Vitrine eines Restaurants lesen wir, dass sie die beste *clam chowder* in ganz Kalifornien servieren. Wir wissen nicht, was das ist, *clam chowder*, aber wir machen nie viel Aufhebens, wenn wir neue Gerichte testen.

Die Kellnerin bringt uns lauwarmes, rotziges Zeug in einem Behälter. Wir haben noch nie Sperma gesehen, aber es muss so etwas wie das hier sein. Hieraus entstehen also Kinder. Unser kleiner Bruder träumt davon, dass wir ihm einen eigenen Körper geben. Er möchte, dass wir gleichberechtigt sind. Aber das ist nicht möglich, schließlich hat er die Körpergröße eines Däumlings. Es ist bestimmt auch viel ruhiger, wenn wir nicht mehr zu dritt in zwei Körpern sind. Auch ehrlicher. Er kann nichts dafür, dass er ein FiF ist und dass wir ihn absorbiert haben.

Wir würgen, schieben die Schüssel mit dem quietschenden Zeug von uns weg und fragen Mom, ob wir Pommes bestellen dürfen. Wir dürfen. Unsere nackten Unterarme kleben an der Plastiktischdecke. Die Kellnerin schiebt die Türen zur Terrasse noch weiter auf. Wir frösteln übertrieben und ziehen die Schultern hoch, so dass sie nicht einmal daran denkt, uns zu sagen, dass das Wetter super ist, aber sie grinst und tut es trotzdem.

Als wir, mit vor Kälte erstarrten Armen und Beinen, endlich zurück zum Motel laufen, entdecken wir einen Laden mit einem Schild an der Tür, auf dem in fröhlichen Buchstaben „Sunwear & Fogwear" steht. Das ist es also. Die Leute glauben, dass der Nebel hier genauso schön ist wie Sonne. Ja, dann ist es immer schönes Wetter, das versteht selbst unsere Nase. Wir kaufen vier

Fleece-Jacken, möglichst unterschiedlich, denn nichts ist so bescheuert wie Familienmitglieder, die die gleiche Kleidung tragen. Darin sind sich alle einig.

Im Motel haben wir wieder ein Zimmer mit zwei großen Schlafinseln auf einem Meer aus weichem Teppich. Die Fenster reichen bis zum Boden, auf der anderen Seite des Fensters schwimmen Enten im Wasser der Bucht.

Loser zündet den Gaskamin an, wir wickeln uns wie Raupen in die Steppdecken und legen uns auf den Boden in die Nähe des Feuers.

Mom lässt sich in den Sessel fallen, die Beine über die Lehne geschleudert, und greift nach ihrem Handy. „Zuhause ist da, wo das Wifi ist."

Loser macht ein Nickerchen. Seine Atmung vermischt sich mit dem Züngeln der Flammen im Ofen. Ansonsten ist es still.

„Langweilig", quengelt Fif.

„Halte einfach mal fünf Minuten die Klappe!", nörgeln wir.

Nach einer Weile sind wir alle aufgetaut.

„Wer möchte einen Spaziergang machen und den Surfern am Strand zuzusehen?"

„Ich." Loser steht gähnend auf.

Wir sind gespannt, ob er sich seit dem letzten Mal, als wir seine Facebook-Seite gecheckt haben, bei Habibi Hetti noch mehr Ärger eingehandelt hat. „Wir bleiben lieber hier", sagen wir. „Dürfen wir ein Spiel auf dem Laptop spielen?"

Ida

Till legt seinen Arm um meine Schultern, aber ich schaffe es nicht, mit ihm im Gleichschritt zu gehen, oder er schafft es nicht, so dass wir bei jedem Schritt unangenehm gegeneinanderstoßen. Nach etwa zwanzig Metern gibt er auf. Ich schaue zur Seite, um deutlich zu machen, dass ich seinen Versuch der körperlichen Berührung ohnehin nicht schätze, aber er hat sein Gesicht bereits abgewandt.

Wir gehen am fransenähnlichen Rand des Dorfes entlang: stille Touristenläden, ein einzelner Fischer am Steg, drei Schornsteine eines Kraftwerks am Horizont. Auf der Terrasse eines Restaurants singt eine gutaussehende Frau in den Fünfzigern ein Lied, von einem Mann auf einem Keyboard begleitet. Eine Handvoll Einheimischer starrt sie an, als würden sie es seit dreißig Jahren auf die gleiche Weise tun. Sie hat die Daumen in die Taschen ihrer Jeans eingehakt, deutet mit dem Absatz eines Cowboystiefels elegant den Takt der Musik an und schaut in die Ferne, an allen vorbei, an uns vorbei. Sie singt nicht für die Leute, sie singt nicht für uns, sie singt für niemanden, allenfalls für die Möwen. Vielleicht hat sie einst gehofft, von einem Plattenboss oder Agenten entdeckt zu werden, der hierher kam, um sich vom überhitzten Los Angeles abzukühlen, aber inzwischen hat sie begriffen, dass die Welt ein pulsierender Nachtclub außerhalb ihres Biotops ist und der *Morro Rock*, der vulkanische Plug an der Mündung der Bucht, ein Türsteher, an dem man nicht einfach vorbeikommt.

Der beeindruckende Felsen liegt noch im Nebel. Im Internet habe ich vorhin gelesen, dass die eisige Kälte vom Meer heranrollt, sobald in den umliegenden Gebieten warmes Sommerwetter herrscht. Jeder weiß das, außer mir. Strafpunkte für *Ida*

Travel – mein Spitzname in unserem Freundeskreis, der meint, ich hätte den wahren Spürsinn.

Ich liebe nichts mehr, als mit Freunden den Urlaub zu verbringen und dafür ideale Bedingungen zu schaffen. In den vergangenen Jahren haben die Zwillinge und ich die Sommer in Ferienvillen in Italien und Frankreich verbracht. Möglichst weit im Süden, als Garant für gutes Wetter und doch nahe genug, um Till zu ermöglichen, nach Hause zu fliegen, wenn seine Arbeit es erforderte, und ein geeigneter Ort für unsere Freunde, die sich uns für einen Teil des Urlaubs anschließen und ansonsten getrennte Wege gehen konnten.

Privater Pool, Tennisplatz, beeindruckende Aussicht und die Nähe zu einem charakteristischen Dorf standen ebenso auf der Wunschliste wie mindestens sechs Schlafzimmer und drei Bäder, damit jeder genügend Privatsphäre hatte. Und das Ganze sollte pro Familie nicht teurer sein als eine Wohnung in irgendeinem langweiligen Ferienpark. Eine unmögliche Aufgabe, dachten alle und, dass Ida Travel aber ein besonderes Talent besaß, solche Kleinode aufzuspüren. Ich lasse sie das gerne glauben, aber um ehrlich zu sein, besteht mein Talent einfach darin, weit im Voraus zu buchen, wenn die Rosinen im Luxusvillen-Angebot noch da sind.

„Sollen wir weitergehen?" Till nickt in Richtung Strand, der uns aus der Ferne anlächelt.

Ich werfe einen letzten Blick auf die Sängerin. Sie schaut tatsächlich zurück. Stolz flackert in ihren Augen. Sie glaubt, dass ich ein verwöhntes Touristenmädchen bin und sie selbst durch das Leben in diesem Dorf abgehärtet ist, wo der Meeresdunst einen nicht umhüllt, sondern bis in die Knochen dringt, und die Ausweglosigkeit des Daseins durch eine Nebelwand physisch geprägt ist. Ich ziehe mir die Kapuze der neuen Fleecejacke über den Kopf und schätze mich glücklich, dass ich *Morro Bay* morgen verlassen werde.

Zwei plus Eins

Vor zwei Monaten, an einem Samstagabend, als Loser noch einfach nur Papa war und kurz bevor Mom uns von unserem kleinen Bruder erzählte, waren wir allein zu Hause. Wir wollten das Internet nutzen, fernsehen und Chips essen, nicht in dieser Reihenfolge, aber alles zur gleichen Zeit. Unser Computer steht im Schlafzimmer und ist so beweglich wie ein Felsen im Meer, so dass wir damit nicht auf der Couch chillen können. Mom versteckt ihren Laptop in einer Schreibtischschublade in ihrem Arbeitszimmer, wenn sie ihn nicht benutzt, und dieses Arbeitszimmer ist für jeden tabu, der nicht Ida Travel heißt. Der Laptop von Loser ist eine andere Geschichte. Er streift im Haus herum wie eine kontaktfreudige Katze. Die Vereinbarung lautet, dass wir ihn benutzen können, wenn Loser ihn nicht braucht. Folglich taten wir in dieser Nacht nichts, was nicht erlaubt war.

Als wir Facebook öffneten, landeten wir direkt auf Losers Account. Er hatte vergessen, sich abzumelden, oder vielleicht weiß er nicht einmal, wie das funktioniert. Er hat ein Konto erstellt, hauptsächlich um uns online im Auge zu behalten. Wir waren seine ersten Facebook-Freunde und er hat nicht sehr viele hinzugefügt. Manchmal antwortet er auf Nachrichten von anderen, aber er postet nie selbst etwas. Alles nur Banalverkehr. Und nun waren wir plötzlich in seinem Account und hatten Stunden Zeit, uns zu entscheiden, mit welchem Status-Update wir ihn necken konnten. Während wir uns vor lauter Vorfreude in die Arme fielen, ertönte das Geräusch, das eine private Message ankündigt. Im Postfach erschien eine Nachricht von einer Hetti Lohmann.

„Online? Kannst du chatten?"

Wir sahen uns an. Aus dem Cyberspace rollte ein Einkaufswagen voller Süßigkeiten ins Wohnzimmer. Bevor wir überhaupt darüber gesprochen hatten, welche Streiche wir spielen könnten, ohne hunderttausend Jahre Hausarrest zu bekommen, kam die Antwort von Loser.

„Bin mit I. unterwegs. Melde mich später."

Loser und Mom waren gemeinsam auf einer Party, so dass wir sofort verstanden, wer I. war. Genauso begriffen wir sofort, dass I. so etwas wie ‚mit dieser Person' bedeuten musste, denn es erforderte kaum Anstrengung, auch die restlichen Buchstaben von Ida zu tippen. Vor unseren Augen verwandelte sich der Wagen mit Süßigkeiten in einen Wagen voller Scheiße. Konnten wir den Laptop zuklappen und alles über Hetti Lohmann vergessen? Vielleicht war es jemand von Faber & Gruber und es ging um seine Arbeit. Aber warum konnten sie dann nicht miteinander chatten, wenn Mom dabei war? Und warum standen sie über den Facebook-Messenger in Kontakt und nicht einfach über WhatsApp?

Plopp.

Hetti Lohmann: „Okay, Liebling. Kuss."

Wir scrollten nach oben bis zur ersten Kontaktaufnahme. *Sie* hatte angefangen, vor sechs Monaten und einer Million Nachrichten in der Zeit zurück. Die Schlampe hatte ihn auf einer Party gesehen, wo er mit seiner Altherrenband aufgetreten war.

„Schön, dass Sie meine Freundschaftsanfrage angenommen haben, Till. Ich fand es gestern ein inspirierendes Treffen. Ich hoffe, Sie bald wiederzusehen."

Zuerst hat er sich angeblich gewehrt, wegen seiner Frau und der Kinder, aber inzwischen war er eklig nett und klug und lustig zu ihr. Bald wurde ihre Korrespondenz ergänzt mit Smileys und Küssen, irgendwann gingen sie einen Kaffee trinken und danach waren sie verliebt.

Das Bild, das wir von unserem Vater hatten, zerfiel in unzählige Stücke und lag über den Parkettboden verstreut. Wir traten auf die Scherben, sie verschwanden unter der Couch, unter der Kommode, unter dem Schrank der Stereoanlage und in dem Gitter der Heizung. Selbst wenn jemand den Rest seines Lebens damit verbrächte, die Scherben aufzusammeln und das ganze Durcheinander kunstvoll zusammenzukleben, würde es nie wieder dasselbe sein.

Das wussten wir sofort.

Aber das Schlimmste kam erst noch.

Ida

„Mom!", schreien die Mädchen.

Ich erlaube mir, so zu tun, als würde ich sie nicht hören. Vielleicht schießen sie ihre Pfeile zur Abwechslung mal auf Till. Den Kopf in den Nacken gelegt, fotografiere ich den strahlend blauen Himmel. Bunt angestrichene Gondeln der Seilbahn gleiten in und aus meinem Blickfeld. Die Seebrücke von Santa Cruz. Materialisierte Nostalgie. Das glitzernde Casino, der Lärm der Scooter, Musikfetzen. Der Geruch von Popcorn, Zigarettenrauch und dem Meer. Ein verliebtes Paar sitzt am Strand unter uns – sie lehnt sich an ihn, sein Kinn ruht auf ihrem Scheitel. Andere hängen an der Reling, lachen, plaudern, schauen zu. Heimweh zerrt an meinem Bauchnabel, Heimweh nach den Tagen der gutaussehenden Jungs mit Tolle und der cremig-molligen Mädchen, nach minzgrünen Cabrios mit Flügeln, nach Tanzsälen mit glänzenden Holzböden und Gardinen vor den Fenstern. Heimweh nach Petticoats und Polka-Dots, nach Chrom und Skai, nach Elvis und Marilyn. Heimweh, kurz gesagt, nach einer Zeit, die ich nie kannte.

„Mom! Wir wollen mit der Achterbahn und den Baumstämmen und allem anderen fahren!"

Ich lande wieder in der Gegenwart, lasse mich zum Ticketschalter bringen, frage nach Fahrkarten.

„You're lucky", sagt das Mädchen an der Kasse, hinter dem Tresen. „It's Pepsi Night."

Sie zeigt auf eine knallige Bude auf der anderen Seite des Piers. Wenn wir dort eine Dose Cola kaufen, kostet ein Armband für alle Attraktionen nur dreizehn Dollar.

„Nein danke", antworte ich, „meine Mädchen bevorzugen Wasser."

Zufällig stimmt das auch. Es ist keine bewusste Erziehungsent-scheidung, meinen Töchtern keine Limonade zu geben. Sie mö-gen es einfach nicht. Als sie weniger als ein Jahr alt waren, schlu-gen sie ihre Trinkfläschchen auf den Tisch und zeigten auf das Waschbecken, wobei sie das Geräusch des quietschenden Was-serhahns nachahmten, bis ich merkte, dass sie Wasser dem Saft vorzogen.

Die Kassiererin runzelt die Stirn mit ihren schmalen Augen-brauen. „Aber dann sind es fünfzig Dollar."

„Fünfzig?", rufen die Zwillinge erstaunt aus.

„Es gibt also einen Rabatt von siebenunddreißig Dollar für Leute, die eine Cola kaufen?", frage ich.

Das Mädchen zuckt mit den Schultern, um deutlich zu ma-chen, dass sie es auch nicht ganz versteht, aber dass sie an un-serer Stelle den Vorteil nutzen würde.

„Lächerlich. Aber in Ordnung. Ich kaufe sie und schenke sie Ihnen."

Sie bringt ein kleines Lachen hervor. „Die Dosen müssen leer sein, um Ihren Rabatt zu bekommen, Madam."

Ich starre sie fassungslos an. Sie schaut ungerührt zurück.

„Unglaublich." Ich drehe mich um, gehe zur Bude und kaufe zwei Dosen Cola. In Sichtweite der Kassiererin leere ich sie über das Geländer des Stegs.

„Das ist doch alles dasselbe, Till", knurre ich. „Die Zuckerma-fia, die Tabaklobby, Big Pharma."

„Haha, gemütlich." Till schaut nicht einmal von seinem Tele-fon auf.

Ich schweige und studiere die beiden blubbernden Cola-Krater im dunkel gefärbten Sand unter mir.

Zwei plus Eins

Wir haben ein Zimmer mit Meerblick. Aber wirklich. Nicht, dass man den Hals strecken müsse, um ein bisschen Blau zu sehen, nein, einfach, bumm, direkt vor uns. Es liegt Nebel über dem Meer, aber er sieht anders aus als der Nebel in der Morro Bay. Diesen wird die Sonne bald vertreiben. Auf dem breiten, leeren Strand, hunderttausend Stockwerke tiefer als dort, wo wir vor dem Fenster stehen, laufen zwei kleine Puppengestalten an der Wasserlinie entlang: Mom und Loser. Sie haben sich vorgenommen, die ersten Europäer zu sein, die dünner statt dicker aus Amerika nach Hause kommen, also müssen sie jeden Tag etwas Sportliches machen.

Der Hotelpool ist immer noch verwaist und das Wasser im Whirlpool steht still, so dass man sieht, dass jede Menge Müll auf dem Boden liegt. Igittigitt, wie schön. Wir haben also gestern den Abend in diesem Deck verbracht. Zusammen mit einem zwanzigjährigen Jungen, den wir nicht kannten.

„Rutscht rüber, Ladys", hörten wir plötzlich neben dem lärmenden Geblubber der Blasen.

Der Junge stand hinter uns am Beckenrand und gab uns durch Gesten zu verstehen, dass er sich zwischen uns setzen wollte. Wir waren zu verblüfft, um zu protestieren, und rückten automatisch ein wenig auseinander, obwohl in der Wanne mindestens zwölf Personen Platz hatten und wir nur zu zweit waren – unseren kleinen Bruder nicht mitgerechnet. Der Junge ließ sich in das warme Wasser sinken, breitete seine Arme über den Rand des Whirlpools aus und legte den Kopf zurück.

Wir saßen ein wenig unbequem aufrecht, denn wenn wir uns zurücklehnen würden, müssten wir unsere Köpfe auf seinem Arm legen. Er hatte muskulöse Arme. Und ein hartes Gesicht, mit diesen kantigen Kiefern und einer geraden Nase. Seine Wimpern waren nass, lang, zerzaust und schwarz.

„Also, was meint Ihr?", fragte Fif. „Es scheint mir ein geeigneter Kandidat zu sein."

Natürlich! Es war kein Zufall, dass sich plötzlich ein gutaussehender Typ zwischen uns in einen verlassenen Whirlpool setzte. Unser Bruder hatte das arrangiert, denn er konnte Dinge arrangieren, die für normale Menschen unmöglich waren.

„Äh, ja!", antworteten wir. „Und jetzt?"

„Ich muss euch auch *alles* erklären. Das mit dem Ficken und so." Unser kleiner Bruder seufzte übertrieben.

Unter dem wild sprudelnden Wasser packte er unsere Füße und drückte sie sanft gegen die Beine des Jungen. Der Junge hielt die Augen geschlossen, aber seine Augenbrauen schossen ein paar Millimeter in die Höhe und gleich darauf erschien ein Lächeln um seinen Mund. Langsam glitten unsere Zehen wie Schnecken über seine Haut. Der Junge bewegte seine Arme nach vorne und seine Finger berührten unsere Schultern, womit er ein ganzes Bündel von Mini-Raketen abfeuerte, die durch unsere Haut, unser Fleisch und unsere Adern bis zu unseren Mägen schossen und dort explodierten. So hat es funktioniert. Plötzlich wurde der ganze idiotische Plan unseres Bruders zu etwas, das wir ernsthaft ausführen konnten.

„Du bist ein böser, böser Junge, FIF", flüstern wir FIF ins Ohr.

„Wieso? Es gefällt euch doch! Ihr seid ja ganz heiß auf diesen Lucifer!"

„Aha, da seid Ihr ja!" Mom kam auf uns zu.

Schnell begannen wir, uns gegenseitig mit Wasser zu bespritzen und laut und exzessiv zu lachen. Der Junge öffnete seine Augen. Seine Iris war hellblau, mit einem dunklen Rand. Das hätte unserem kleinen Bruder gut gestanden.

„Ihr müsst hereinkommen, Babes", sagte Mom. „Es ist elf Uhr, Daddy und ich wollen schlafen."

„Mach's gut, Fremder", riefen wir, als wir aus dem Whirlpool kletterten. „Have a nice life!"

Wir hätten natürlich auch nach seiner Zimmernummer fragen, oder ihm zuflüstern können, dass er warten solle, bis unsere Eltern eingeschlafen seien und wir zurückkämen. Aber wir waren viel zu erleichtert, dass wir uns verabschieden konnten. Und dass wir ihn nie wieder sehen würden.

Unten am Pool erscheint ein Mann in einer weißen Uniform. Mit einem Schöpfkescher fischt er den Dreck aus dem Whirlpool. Mom und Loser laufen am Strand entlang in unsere Richtung. Ein paar Meter vom Ufer entfernt schwimmen vier Delfine mit ihnen, die im Sonnenlicht glitzern. Der Nebel hat sich tatsächlich aufgelöst.

Till

Ida und ich überqueren die Straße, die Zwillinge wollen wieder im Hotel bleiben. Die Kids hüpfen von einer WiFi-Wolke auf die andere, sie ziehen es vor, den Rest der Welt zu ignorieren.

San Francisco kommt mir paradoxerweise seltsam bekannt vor. Die steilen Straßen, die Straßenbahnen, die Bettler. Nur der eisige Wind wirkt mitten im Sommer fehl am Platz. Selbst unsere Jacken aus Morro Bay wärmen uns nicht allzu sehr. Am Union Square kaufen wir beide einen Mantel und schlendern nach *Haigth-Ashbury*, wo die Zeit stehen geblieben ist, seit sich hier Hippies aus aller Welt versammelt haben. Blumen in ihren Haaren, Nächstenliebe in ihren Herzen. Geschäfte voller Secondhand-Kleidung, Yoga-Klamotten und Wasserpfeifen. Ein breitschultriger Polizist schnappt sich in einem Souvenirshop eine rosafarbene Sonnenbrille in Herzform aus einem Gestell, setzt sie auf und flirtet mit Ida. Soll er ruhig. Ich räume ihm keine große Chance ein. Nicht dass ich mich für den sympathischsten Mann auf Erden halte, im Gegenteil, im Moment trifft es sicher nicht zu, aber Ida hat kein Interesse an anderen Männern. Ich weiß nicht, womit ich das verdient habe. Vielleicht ist sie im Laufe der Jahre immun geworden gegen zweideutige Bemerkungen und Verführungsmanöver. Wenn man zu viel davon bekommt, mag man es einfach nicht mehr.

Ich fotografiere den Zigarrenladen, über dem Jimmy Hendrix gewohnt hat und nutze die Gelegenheit, um neue Nachrichten zu lesen. Ida wirft einen vernichtenden Blick auf mein Handy. Ich fürchte, sie hegt einen Verdacht wegen Hetti. Aber ich kann mich auch irren. Vielleicht beobachtet sie mich nur so genau, weil sie sich davon überzeugen will, dass ich diesen Urlaub genieße. Schließlich bin ich derjenige, der immer gesagt hat, er wolle eine Reise durch den Südwesten der Vereinigten Staaten machen, aber ich bin auch derjenige, der stets andere Prioritäten setzt. Mit dem Argument, dass die Zwillinge nicht mehr zu jung, aber auch nicht zu alt sind, um uns zu begleiten, hat Ida es geschafft, dass ich in diesem Sommer fünf Wochen in meinem Terminkalender blockiere. Fünf Wochen.

Natürlich war Hetti noch nicht auf der Bildfläche erschienen, als ich diese Verpflichtung einging. Sie flippte aus, als ich ihr sagte, wie lange wir in USA sein würden, was ich in Anbetracht der aktuellen Umstände verstand, aber es war einfach keine Option, Ida zu sagen, dass es nach reiflicher Überlegung eine schlechte Idee wäre, wenn ich auch in diesem Jahr wieder über einen Monat nicht in der Kanzlei sein würde.

Sie hatte diesen Urlaub perfekt organisiert, jedes Detail geprüft, als handle es sich um eine ihrer eingehenden journalistischen Recherchen. Wenn ihr irgendetwas auffiel, das auch nur im Entferntesten mit unserer Reise zu tun haben könnte, griff sie sofort nach ihrem schwarzen Notizbuch. Fast ein Jahr lang hat sie getüftelt, geplant und gegoogelt. Natürlich, weil sie das gerne macht, aber hauptsächlich, um unserer Familie eine unvergessliche Reise zu ermöglichen. Das weiß ich. Und das ist so süß. Aber das ändert nichts an der Tatsache, dass dieser verdammte Artikel über den HPV-Impfstoff existiert und Hartel schadet. Und ich kann Ida gewiss auch keinen Vorwurf machen, dass ich einen heftigen Streit mit meiner Geliebten habe.

Ich stecke das Telefon in meine Jackentasche und beschließe, es mindestens eine Stunde lang dort zu lassen. Hetti liegt vermutlich schon im Bett. Sie ist müde, ihr ist übel, sie ist schwanger.

Obwohl die Fertilitätsuntersuchungen keine besonderen Auffälligkeiten ergaben, war sich Ida sicher, dass es nicht an ihr, sondern an mir lag, dass sie nicht spontan schwanger wurde, und ich hatte diese Annahme nie in Frage gestellt – eine Naivität, für die ich jetzt teuer bezahlen muss.

„Das nennst du also *mehr oder weniger unfruchtbar*", nörgelte Hetti in dem Café am Viktualienmarkt, in das sie mich während ihrer Mittagspause gebeten hatte – ein Ort, der mich sofort schweißtreibend feucht werden ließ, da wir uns in der Regel bei ihr zu Hause für eine Portion dampfenden Nachmittagssex trafen.

„Ich wusste nicht, dass meine Bemerkung dich von deiner eigenen Verantwortung entbunden hätte", wandte ich ein.

„Meine eigene Verantwortung?" Sie legte die Hände flach auf den Tisch und zuckte zusammen, als wäre sie in einem Theaterstück und wolle ihre Empörung auch dem Publikum in den hinteren Reihen vermitteln. „Du glaubst also, dass es der Verantwortung einer Frau obliegt, *nicht* schwanger zu werden?"

„Ja, zu fünfzig Prozent. Aber wenn ich eine Frau wäre, würde ich mich für die vollen Hundert entscheiden. Schließlich bist du ja auch schwanger, wenn es schief läuft."

„Wenn es *schief läuft*?" Sie sah mich an, als wäre ich ein Hundehaufen auf dem Gehweg.

Erst da dämmerte es mir, dass dieses Gespräch vielleicht nicht unmittelbar in eine Abtreibungsklinik führte. „Entschuldige", sagte ich, „aber ich dachte, du wolltest keine Kinder haben."

Hettis Gesicht entspannte sich, nachdem ich den anderen möglichen Ausgang ihrer Schwangerschaft laut ausgesprochen hatte: ein Kind.

„Nicht von einem anonymen Spender, Till. Und da bis heute kein passender Vater aufgetaucht ist, ich jetzt weit über dreißig bin und ein schönes Leben habe, war ich mit dem, wie es war, zufrieden." Hetti hielt inne.

Ich sah die Kunden auf der anderen Seite des Fensters, roch den Duft von Kaffee, hörte das Rauschen des Milchaufschäumers, spürte die Wärme der Tasse an meiner Lippe und wusste, dass meine Sinne auf Hochtouren liefen, denn dies war einer dieser Momente, in denen dein Leben in zwei Teile zerfällt: vorher und nachher.

Zwei plus Eins

Es ist kalt auf dem Boot. Mom hat eine Tour nach Alcatraz gebucht und wir müssen sie begleiten. Natürlich wären wir lieber im Hotel geblieben. Ein bisschen chillen. Ein bisschen fernsehen. Papas Hippie-*Francisco-Song* hören. Lesen, worüber Loser und diese Lohmann-Bitch diskutieren. Anscheinend versteht er nicht, dass alle Nachrichten, die sie über den Messenger senden, auch in seinem Facebook-Account erscheinen, und dass er sich nie abmeldet. So ein Blödmann.

Er war auch zu blöd zu schnallen, wie Babys gemacht werden. Weil er es nicht beabsichtigte. Es war *ihre* Absicht, klar, nicht seine. Wenn er darauf hereinfällt, dass das ein Versehen war, ist das seine Sache. Wir sind nicht blöd.

„Beeindruckend, nicht wahr?" Mom nickt in Richtung der geisterhaften Insel, die immer näher kommt. „Stellt euch vor, sie bringen euch dorthin und ihr werdet inhaftiert, mit dem Wissen, dass ihr da eine ganze Weile nicht mehr rauskommt? Oder vielleicht nie wieder."

Wir frösteln in unseren Fleecejacken. Als wir von Bord gehen, fliegt eine Möwe so nah an uns vorbei, dass wir uns ducken müssen. Als wollte sie uns sagen, dass wir besser zum Festland zurückkehren sollten. Dass wir nicht einmal daran denken sollten, den steilen Pfad zum Eingang des Gefängnisses zu erklimmen. Wow, cool. Vielleicht wurden diese Vögel angeheuert, um alles hier spannender zu gestalten. Wir sind jetzt ganz froh, dass Mom uns mitgeschleift hat.

Wir machen eine Audiotour und es ist alles wie im richtigen Leben. Ab und zu ein Schrei, der Nachhall von Metall auf Metall, Männer klappern an den Gitterstäben. Die Zellen sind sehr klein, wie Käfige — nebeneinander, gegenüber, übereinander. Ein

Tierheim ist dagegen harmlos. Den breiteren Korridor zwischen den Zellenblöcken nannten die Häftlinge Broadway, und der Platz, an dem die Glocke hing, wurde Times Square genannt. Untereinander waren sie also durchaus humorvoll.

In einer Zelle liegen ein Wollknäuel und Stricknadeln. Die Stimme in den Kopfhörern erzählt, dass ein Häftling den anderen das Stricken beigebracht hatte, woraufhin diese Verbrecher manchmal tagelang in ihren Zellen saßen und wie unsere Omas strickten. Am spannendsten ist die Geschichte von drei Häftlingen, die aus ihrer Zelle durch einen Hohlraum hinter der Toilette entkamen und einfach in der Bucht ins Wasser sprangen. Keiner weiß, ob sie ertrunken sind oder ob sie irgendwo anders glücklich weiterleben.

Loser sagt, dass ein Film über die Flucht gedreht wurde und dass wir ihn uns zu Hause gemeinsam ansehen werden. Das wird natürlich nicht passieren, wenn wir wieder zu Hause sind. Aber es ist schön, dass er jetzt denkt, dass er das machen möchte.

„Könnt ihr euch das vorstellen?" Als wir wieder auf der Fähre sind, meldet sich unser kleiner Bruder. Das macht uns Angst. Fif hat schon eine Weile nichts mehr von sich hören lassen. Wir dachten, er wäre wütend, weil wir aus dem Whirlpool in Santa Cruz gestiegen und weggelaufen sind und danach nicht mehr über seinen Plan gesprochen haben, aber seine Stimme klingt sanft und süß.

„Diese Männer wollten lieber ertrinken, als dortzubleiben", fährt unser kleiner Bruder fort.

Wir blicken noch einmal zurück auf das geheimnisvolle Gebäude auf der Insel.

„Es macht wirklich keinen Spaß, eingesperrt zu sein", sagt er. „Es kann einen in den Wahnsinn treiben."

Wir nicken.

Ida

Die Golden Gate Bridge ist in Nebel gehüllt, als wir San Francisco verlassen. Till möchte in Sausalito einen Hamburger essen, weil der Sänger von *Diesel* das in dem Song Sausalito Summernight macht. Das Navigationssystem führt uns zu dem Ort, an dem es laut dem Reiseführer die besten Burger der Stadt gibt. Dort steht eine Schlange von etwa vierzig Personen an der Tür und wartet darauf, einen Sitzplatz zu bekommen.

„Haben wir darauf Lust?", frage ich.

„Du also nicht?" Till hat bereits nach dem Autoschlüssel gegriffen, um den Motor abzustellen, erstarrt nun aber in seiner Bewegung.

„Wir wollen keine drei Stunden für einen Burger anstehen", tönt es von der Rückbank. „Sollen wir dort einfach welche kaufen?" Die Zwillinge zeigen auf einen kleinen Supermarkt auf der anderen Seite des Parkplatzes.

„Okay", antwortet Till. „Dann lassen wir das mit den Burgern." Er fährt über den Parkplatz und parkt direkt vor dem Laden. „Soll ich etwas einkaufen oder gehen wir alle hinein?"

„Wir kommen mit." Die Mädchen setzen sich in Bewegung.

„Bringt mir einfach etwas mit. Ich bin mit allem einverstanden."

Meine Familie wird von der Dunkelheit hinter den Glasschiebetüren verschluckt. Das Letzte, was ich sehe, ist, wie Till das Telefon aus seiner Gesäßtasche nimmt. Ich ziehe meine Sandalen aus, stelle meine nackten Füße auf das warme Armaturenbrett und schließe die Augen. Till ist noch nicht angekommen. Er ist noch nicht in Amerika, noch nicht hier, nicht bei uns, nicht bei mir. Er braucht länger als sonst. Für gewöhnlich braucht er zwei oder drei Tage Pause, um von seinem Juristenplaneten herunterzukommen, aber mittlerweile sind wir schon eine Woche unterwegs.

Unser gemeinsamer Urlaub ist der Treibstoff, mit dem die Maschine den Rest des Jahres läuft. Wenn Till dieses Mal den ganzen Tag mit seinem Telefon beschäftigt ist und sich weigert, aus seiner Blase zu kommen, dann ist es vorbei. Dann ist der Versuch, wieder zueinanderzufinden, zum ersten Mal gescheitert und wir befinden uns unwiderruflich im letzten Akt unserer Ehe. Umso mehr, da dieses Mal mehr auf dem Spiel steht als je zuvor. Dies ist die Reise, von der Till seit seiner Studienzeit geträumt hat und die ich anhand aller Hinweise, die ich erhalten hatte, akribisch zusammengestellt habe. Nicht nur, weil ich Till die Reise seines Lebens schenken wollte, sondern auch, weil ich mich in etwas stürzen wollte, nachdem Casper und ich letztes Jahr unsere Affäre beendet hatten. Vielleicht ist es eine Beschäftigungstherapie oder das Abtragen von Schuldgefühlen – obwohl ich nicht wirklich darunter gelitten habe, denn ich habe Till oft genug gesagt, dass ich wieder das Gefühl haben möchte, dass mich jemand für die beste Frau der Welt hält. Dass ich das vermisse. Dass ich ihn vermisse. Er hörte zu, mimte den verständnisvollen Ehemann und ging wieder zur Tagesordnung über. Schließlich kommt seine Arbeit vor allem anderen. So einfach ist das.

Ein winziges Kitzeln an meinem kleinen Zeh lässt mich die Augen öffnen. Ein Schmetterling. Da ist ein Schmetterling auf meinem Fuß! Er breitet seine Flügel aus und zeigt mir seine Schönheit. Er ist rot mit einem Hauch schwarzer Punkte und ein paar schludrigen weißen Klecksen an den Spitzen, als ob er sie schelmisch gemalt hätte. Ich lächle. *Julia. Hallo, mein Schatz …*

Julia und ich saßen auf der Bank vor ihrem Haus in der Rudliebstraße. Ich hatte mich über meine Beziehung beklagt. Sagte ihr, dass es meinem Mann völlig egal sei, was ich tat. Sagte, wie ich mich dabei fühlte. Dass ich sehnlichst das Bedürfnis nach aufrichtiger Aufmerksamkeit hätte. Und wenn Till mir das nicht geben könne, ich diese Ehe nicht mehr aufrecht erhalten wolle. Dass ich mir einen anderen netten Mann suchen würde. Der mich begehren und lieben und auf Händen tragen würde.

„Aber das ist doch dumm", meinte Julia. „Man muss nur zusammenhalten. Jede Krise geht vorbei und dann habt ihr besonders viel Spaß zusammen."

„Bist du wirklich davon überzeugt?" Ich sah sie von der Seite an. Sie trug eine neue Perücke und sah aus wie vor ihrer Krebserkrankung – widerspenstige dunkelbraune Locken, funkelnde Augen, die kleine Metallbrille, durch die sie nie hindurchsah, sondern stets drüber schaute, die rot geschminkten Lippen. Schon damals nannte sie sich scherzhaft *Miss Morphine.*

„Absolut. Du kannst wie ein Schmetterling immer zum nächsten Blümchen flattern, aber du wirst den Nektar früh genug aufgesaugt haben. Und dann stehst du vor dem gleichen Problem."

Julias Nachbar grüßte uns auf seinem Fahrrad im Vorbeifahren. Sie bedankte sich bei ihm für den Kuchen, den er ihr gestern an die Türklinke gehängt hatte.

„Du musst richtig essen, Mädchen", rief er über seine Schulter.

Wir blickten ihm nach, bis er um die Ecke verschwand. „Man muss einfach zusammen alt werden", fuhr Julia fort. „Das ist so wunderbar, Ida."

Dann waren wir eine Weile still. Julia nippte an dem Champagner, den ich mitgebracht hatte. Feine Bläschen glitzerten im späten Sonnenlicht. Das Wissen, dass sie selbst nicht mehr die Chance hatte, noch viele Jahre mit ihrem Mann zu verbringen, zumindest nicht auf Erden, schnürte mir die Kehle zu, aber ich wusste, dass Julia nicht wollte, dass ich deshalb weinen würde.

Sie legte ihre Hand auf mein Knie und drückte es sanft. „Es heißt doch nicht umsonst, bis dass der Tod uns scheidet", sagte sie und lächelte.

Ich schluckte und schluckte, konnte aber nicht verhindern, dass mir ein paar Tränen über die Wangen liefen.

Zwei plus Eins

Wir haben eine Schachtel mit hartgekochten Eiern gekauft. Superpraktisch. Loser nimmt ein Ei, den Rest heben wir für später auf. Mit den Stiften aus unserem Mäppchen zeichnen wir die Vorderseite eines Autos auf den Eierkarton und Gesichter auf die restlichen Eier. Zwei fröhliche Puppen auf dem Rücksitz, ein leeres Ei zwischen uns. Vorne zwei Eier, mit einem geraden Strich statt eines Mundes, und darüber jeweils eine große schwarze Sonnenbrille.

Eier-Mom und Eier-Loser. Kalte, harte, glatte Dinger. Sie denken nichts, sie sagen nichts und von ihnen kommt auch nichts.

„Warum bekomme ich kein Gesicht", quengelt Fif.

„Woher sollen wir denn wissen, wie du aussiehst?" Sein Gejammer über diesen eigenen Körper geht uns allmählich auf die Nerven.

„Vielleicht genau wie Ihr. Aber als Junge."

Die Landschaft außerhalb unseres blauen Autos ist kunterbunt. Grüne Felder, rosa Berge, blaue Seen. Und alles ist riesig. Unser kleiner Bruder räuspert sich.

„Hör zu", sagen wir schnell, bevor er wieder anfängt zu nörgeln. „Wir verstehen total, dass du einen Körper haben möchtest, aber dein Plan ist uns einfach zu krass, um ihn auszuführen."

„Oh, das ist ja nett!"

„Es ist nicht unsere Schuld, dass wir dich absorbiert haben", betonen wir.

„Nein, aber meine ganz sicher nicht!"

Mindestens hunderttausend Kilometer lang sagt niemand ein Wort.

„Außerdem wissen wir nicht, wer sich um dich kümmern wird, wenn du ein Baby bist", sagen wir schließlich.

„Darum kümmere ich mich selbst!" Er klingt sofort wieder fröhlich. Offenbar glaubt er, dass er uns doch noch überzeugen kann.

„Und mit dreizehn ist man ohnehin viel zu jung, um mit jemandem zu schlafen." Wir versuchen, Moms Tonfall am Ende einer endlosen Diskussion zu imitieren.

„Blödsinn", sagt er.

„Doch!"

„Stimmt nicht", beharrt er. „Zwölf ist ein normales Alter, um damit anzufangen. Durchschnittlich gesehen."

„Nein!"

„Und ob!"

„Mom", sagen wir. „Wir haben eine Frage."

„Verhaltet euch bloß normal!", flüstert Fif.

Mom schaut uns mit hochgezogenen Augenbrauen über die Schulter an.

„Dreizehn ist doch furchtbar jung, um mit einem Jungen ins Bett zu steigen, nicht wahr?"

„Wie bitte?" Loser ist empört.

„Wieso wollt ihr das wissen?", fragt Mom.

„Nur so." Wir schauen sie an, ohne mit den Augen zu zwinkern.

„Zu jung, wirklich", sagt Mom.

„Viel zu jung", knurrt Loser. „Lachhaft jung."

Für unseren Bruder ist eine fiese Grimasse fällig.

„Aber dennoch passiert es manchmal", fährt Mom fort. „Wir haben uns neulich darüber unterhalten, als wir über diese Impfungen sprachen."

Loser stöhnt, als hätte Mom etwas sehr Nerviges von sich gegeben.

„Angenommen", sagen wir zu unserem kleinen Bruder, „wir würden mit einem Jungen schlafen, dann wäre das doch sinnlos, denn unsere Körper sind noch gar nicht in der Lage, schwanger zu werden."

„Doch, das sind sie. Die Mädchen in Afrika sind jünger und machen nichts anderes."

Wir brechen in Gelächter aus, aber er schaut uns wütend an.

„Das war kein Scherz, Bitches", murmelt FIF. „Ein anständiger Fick würde euch guttun, dann bekäme ich endlich einen Körper!"

Er ist heute nicht sehr glücklich.

„Wir würden dir ja gerne helfen", versuchen wir ihn zu beruhigen. „Wirklich. Aber nur, wenn du eine bessere Idee hast."

„Wir würden dir ja gerne helfen", ahmt er uns mit einer seltsam hohen Stimme nach und schneidet eine hässliche Grimasse „Nun, dann ist ja alles klar. Ich komme darauf zurück!" Und schon ist er wieder weg.

Manchmal wünschen wir uns, Mom hätte uns nicht von FIF erzählt. Dass er nur ein Gefühl war, dessen wir uns nicht einmal wirklich bewusst waren. Aber wenn die Dinge einmal ausgesprochen sind, kann man die Worte nicht mehr zurückspulen. Wir leben jetzt mit unserem kleinen Bruder, diesem bösen, bösen Jungen. Die Zeit kann man auch nicht zurückdrehen.

Ida

Es ist fast fünf Uhr, als wir das Areal der Evergreen Lodge erreichen. Genau nach dem Plan, den ich vor Monaten gemacht habe, zum Entsetzen jener Freunde, die es immer noch romantisch finden, planlos zu reisen. Ich selbst halte es für eine Verschwendung, jeden Tag meines Urlaubs ein paar Stunden damit zu verbringen, einen Platz zum Schlafen zu finden – in sengender Hitze, mit zwei hungrigen, kriegslüsternen Teenagern auf dem Rücksitz. Nur, um zu dem Schluss zu kommen, dass alle guten Hotels ausgebucht sind und man sich mit einer schmuddeligen Hütte an der Autobahn begnügen muss, die man am nächsten Morgen nach einer schlaflosen Nacht wegen eines verdammt lauten Pärchens auf der anderen Seite der Pappwand und mit Beinen voller Flohbissen, wieder verlässt.

Außerdem macht es mir sehr viel Freude, die ideale Reise zu planen. Für jeden Tag dieses Urlaubs habe ich mindestens zwei Abende zu Hause hinter meinem Laptop verbracht. Und das bisher mit einem sehr zufriedenstellenden Ergebnis, auch wenn ich es bin, die das behauptet. Mittlerweile bin ich Expertin darin, den Wert von Online-Bewertungen einzuschätzen. Ich spüre, ob die Person, die eine negative Bewertung abgegeben hat, nur jammert oder ob wirklich etwas mit dem Ort nicht stimmt. Zwischen den Zeilen zu lesen, zu hören, was nicht gesagt wird, zu sehen, was man lieber beschönigt, ist nach einer jahrelangen journalistischen Tätigkeit zu meiner Spezialität geworden.

So bin ich auch auf die dubiosen Praktiken rund um den neuen HPV-Impfstoff aufmerksam geworden. Als die Zwillinge zur Impfung vorgeladen wurden, schrillten irgendwo in einer Ecke meines Gehirns die Alarmglocken wegen des zwanghaften Tons, in dem das Anschreiben formuliert war. Und als ich kurz darauf einen Fragebogen des städtischen Gesundheitsamtes erhielt, der sich mit der Entscheidung der Eltern befasste, ob sie ihre Töchter impfen lassen wollen oder nicht, schwoll dieser Ton auf den Pegel einer Blaskapelle in meinem Badezimmer an.

Wenn Sie sich entscheiden, Ihr Kind nicht zu impfen und es später im Leben Gebärmutterhalskrebs bekommt, wie sehr bereuen Sie es dann? Sehr/kaum/gar nicht.

Ich habe die Frage mehrmals gelesen. Das stand tatsächlich da.

Sie hatten sich nicht einmal die Mühe gemacht, die Kehrseite der Medaille zu berücksichtigen. Sie hätten z.B. fragen können, wie leid es mir täte, wenn ich meine Töchter hätte impfen lassen und es sich herausstellen würde, dass sie dadurch unfruchtbar geworden wären. Oder wie leid es mir täte, wenn ich mein Kind impfen lassen würde und es später dennoch Gebärmutterhalskrebs bekommen könnte. Nein, so etwas haben diese Beamten der Regierungsbehörden nicht gefragt.

Mein Interesse war geweckt.

Ida

Glacier Point, Yosemite National Park. Das Paradies liegt mir zu Füßen. So viele Grüntöne, Wasserfälle, Ausblicke, Granitklippen. Selbst Till und die Mädchen haben fünfzehn Minuten lang zugeschaut, ohne ihre Handys in die Hand zu nehmen, und ohne Fotos zu machen. Der Führer erzählt uns, dass das Tal jahrhundertelang die Domäne der Indianer war, bis sie von den Kolonisten gewaltsam vertrieben wurden. Kolonisten aus Europa, wie er immer wieder betont.

Oh, nein, das wird nicht geschehen! Ich werde mir kein schlechtes Gewissen einreden lassen. Als ob ich für die Handlungen anderer verantwortlich gemacht werden kann, nur weil wir zufällig in diesem Teil der Welt geboren sind. Ich fühle mich mit Freunden, Familie und Bekannten verbunden. Alle außerhalb dieses Kreises ordne ich unter der Rubrik „der Rest der Menschheit" ein, innerhalb derer es keine Hierarchie gibt, die auf geografischer Herkunft oder möglicher entfernter Vorfahren beruht. Wenn ein Flugzeug abstürzt, empfinde ich es als Tragödie, ob nun Landsleute oder Kongolesen, Australier oder wer auch immer darin saß. Wenn ein Deutscher bei den Olympischen Spielen eine Goldmedaille gewinnt, ist das eine großartige sportliche Leistung, aber ich empfinde keinen Nationalstolz. Ich verstehe es nicht, wenn jemand sagt: „Jetzt wird es eng, es kommt immer näher", sobald im eigenen Land eine Katastrophe passiert ist oder es einen Anschlag gab. Dummes Gerede! Es war schon immer ganz nah. Alles ist nah. „Entwirre deine Wurzeln, steige auf und betrachte aus der Ferne die unbedeutende Erbse, die den Planeten Erde darstellt. Betrachte die Menschheit mit den Augen eines Außerirdischen, unbelastet von pädagogischen, kulturellen und sozialen Informationen, und sehe das

Ganze, die Zusammenhänge." So hat es mir der alte Herr Hakido beigebracht.

Ich sollte mich erklären: Herr Hakido ist *meine* Art, auf Distanz zu gehen und *meine* Position zu bestimmen. Wenn ich nicht weiß, was ich von einer Sache halten soll, dann versetze ich mich in seine Lage – die Objektivität selbst – und betrachte die Situation mit seinen Augen. Oft rufe ich ihn sogar unbewusst auf. Dann taucht er plötzlich auf und macht mir klar, dass ich, sobald ich zweifle, eine Entscheidung treffen muss, selbst wenn ich unsicher bin. Ich weiß, dass er nicht wirklich existiert, zumindest nicht in physischer Gestalt, aber er ist seit meiner Kindheit ein wesentlicher Bestandteil in meinem Leben.

Ich muss ungefähr fünf gewesen sein, als ich entdeckte, dass niemand sonst meinen besten Freund sehen konnte. Wir hatten Gäste zu Hause, wollten uns an den Tisch setzen. Der alte Herr Hakido stand bescheiden an der Tür und wartete darauf, an den Tisch geführt zu werden, aber als alle Platz genommen hatten, war kein Platz mehr für ihn da.

„Bekommt er keinen Stuhl?", fragte ich.

„Wer, Liebes?", fragte meine Mutter.

Ich zeigte auf den alten Herrn Hakido an der Küchentür.

„Sie meint ihr eigenes Spiegelbild", rief mein Vater.

Alle brachen in Gelächter aus.

Der alte Herr Hakido zwinkerte mir zu und verschwand.

Zwei plus Eins

Hier ist es so schön, dass alle still staunen. Nicht nur Mom und Loser und wir, sondern auch die anderen Touristen sind still. Ab und zu hören wir das Klicken einer altmodischen Kamera. Manchmal steigen die Stimmen von Wanderern aus dem Tal herauf. Sie wissen offensichtlich noch nicht, dass hier eine heilige Stille herrscht.

Als wir in München Loser und Hetti Lohmann ausspionierten, standen wir um die Ecke ihres Stammcafés. Auf den Steinstufen neben einer Baustelle machten ein paar Bauarbeiter gerade Mittagspause. Sie machten Bemerkungen über die Mädchen, die an ihnen vorbeigingen. Pfiffen, lachten, fragten nach Telefonnummern, machten Komplimente und solche Sachen. Bis eine Frau vorbeikam, die wirklich schön war. Supermodelhübsch. Da haben sie nichts gesagt. Eine echte Schönheit lähmt die Stimmbänder.

Loser legt seinen Arm um Moms Schultern und zieht sie an sich. Sie schaut ein wenig überrascht zu ihm auf und lächelt dann. Wenn Mom wüsste. Sollte Loser Hetti Lohmann versprechen, dass er für das beschissene Baby da sein wird, dann werden wir es Mom sagen. Dann haben auch wir nichts mehr zu verlieren. Denn dann wird sie es irgendwann ohnehin erfahren und zwischen unseren Eltern wird nichts mehr so sein, wie es mal war.

Es sieht auch so aus, als würde Bitch Hetti ihren Willen durchsetzen. Loser hat es noch nicht wirklich geschnallt, er ist ein echter Launch, ein Vollpfosten, aber wir spüren, dass sie ihn zweifeln lässt. Dass das Kind ein Recht auf einen Papa hat. Auch die Bitch selbst ist überzeugt, dass alles in die richtige Richtung geht. Sie schreibt wieder nette Dinge und verwendet sogar Küsse und Herzen in ihren Nachrichten. Igittigitt.

Wird er bei ihr einziehen, wenn das Baby kommt? Tagsüber geht er immer zur Arbeit, danach hat er meist Verabredungen zum Abendessen mit Leuten, die er für wichtig hält, und am Wochenende muss er immer auf eine Party, oder er hat einen Auftritt mit diesen fünf alten Männern, die Musik aus der Zeit der Dinosaurier spielen. Wenn er dann auch noch woanders schläft und wir uns nicht mehr im Bad oder beim Frühstück sehen, werden wir ihn nie wieder sehen.

An und für sich ist das kein Problem. Ein abwesender Vater ist immer noch unser Vater. Genauso wie unser Haus unser Haus bleibt, wenn wir im Urlaub sind. Und die Zwillingsschwester ist immer noch eine Zwillingsschwester, auch wenn man sie in eine andere Klasse gesteckt hat.

Aber bevor wir da waren, war Loser kein Vater, also hat dieser Vater Loser nur in der Weise existiert, wie wir ihn kennen. Wenn er ein weiteres Kind bekommt, müssen wir nicht nur einen Teil von ihm aufgeben, so dass wir keinen vollständigen Vater mehr haben, sondern er nimmt auch eine andere Gestalt an. Dann wird er zu einer Art Fremdkörper. Und wir müssen das akzeptieren.

Der neue Junge wird eines Tages in die Schule gehen und der Welt erzählen, dass Loser sein Vater ist. Und das stimmt ja auch. Schlimmer noch, Loser geht natürlich auch in diese Schule, zum Beispiel zu Elternabenden oder um seinen Sohn dort hinzubringen oder abzuholen, oder vielleicht sogar, um bei einem Sporttag oder einer Klassenfahrt zu helfen. Das hört man doch immer wieder von den Vätern, die alles besser machen wollen, wenn sie ein Baby mit einer neuen Frau bekommen. Plötzlich stellen diese Männer fest, dass ihre Kinder erwachsen geworden sind, während sie mit anderen Dingen beschäftigt waren. Und anstatt zu versuchen, den Schaden wiedergutzumachen, indem man gemeinsam etwas unternimmt, was Spaß macht oder sich zum Beispiel ein Reitturnier anschaut, macht der Vater einfach ein neues Kind, so dass er keine Zeit mehr für die anderen Kinder hat.

So nehmen neue Kinder dem Vater nicht nur die bereits vorhandenen Kinder weg, sondern sie bekommen auch noch die Aufmerksamkeit, die eigentlich für die ersten gedacht war und die er vergessen hat, ihnen zu geben. Und es ist natürlich Unsinn, dass der Vorrat nie zur Neige geht. Jedem Menschen wird bei der Geburt eine bestimmte Menge an Liebe mitgegeben, die er verteilen kann, und wenn sie zur Neige geht, geht sie zur Neige. Genau wie die Anzahl der Stunden am Tag. Genau wie unser Taschengeld.

Ida

Leise schließe ich die Terrassentüren unseres Zimmers hinter mir. Im Motel ist es ruhig, selbst Till und die Mädchen schlafen noch. Hinter der Hecke sausen Autos vorbei. Wenn man ein Motel namens *The Creekside Inn* bucht, erwartet man – vielleicht naiv – etwas Idyllisches in grüner Umgebung, aber der Ort *Bishop* scheint seine Existenzberechtigung allein aus seiner Lage auf halbem Weg zwischen *Yosemite* und *Las Vegas* abzuleiten. Eine asphaltierte Straße, mit Hotels, Restaurants und Tankstellen auf beiden Seiten, das ist alles, was der Ort bietet. Das im Innenhof des Motels angelegte Kaskadenbecken, mit strategisch platzierten Felsbrocken und echten Fischen, ist ein mutiger, aber auffälliger Versuch, den euphemistischen Namen zu rechtfertigen.

Das Holz der Brücke zum Pool fühlt sich unter meinen nackten Füßen trocken und warm an. Auch hier ist keine lebende Seele zu sehen. Ich drücke die Taucherbrille fest gegen mein Gesicht, so dass sie ein Vakuum um meine Augen erzeugt und stelle mich auf ein Sprungbrett. Das Wasser ist kräuselfrei, fast unsichtbar. Ich muss mich zwingen, einzutauchen – auf den Grund eines leeren Pools zu stürzen, steht offenbar nicht auf der To-do-Liste meines Unterbewusstseins. Mein Körper bricht die Wasseroberfläche, die Kälte lässt mich den Atem anhalten. Fünfzig Runden, das ist die Aufgabe für heute. Um die Pommes und das Dessert von gestern Abend wegzuschwimmen.

Wir haben im Bowlingcenter auf der Terrasse gegessen. Drinnen trainierten zwei Teams. Ihre Strikes wurden stillschweigend als logische Konsequenz des richtigen Wurfes akzeptiert und bestenfalls mit einem anerkennenden Nicken oder einem High-Five belohnt – keine Spur von den lauten Jubelrufen und spielerischen Freudentänzen, mit denen wir Amateure einen glücklichen Wurf begleiten.

Till versucht mir zu zeigen, dass er sich amüsiert, aber das kommt so künstlich rüber wie der Betonbach, dem dieses Motel seinen Namen verdankt. Die erste Woche an der Küste, unsere Tage im *Yosemite National Park*, die raue, atemberaubende, wilde Leere Kaliforniens – nichts scheint wirklich zu ihm durchzudringen. Er weilt in seinem Kokon. Zum Glück kann ich den Mann, den ich liebe, dennoch ab und zu hinausschlüpfen sehen.

Als wir auf dem Weg hierher anhielten, um uns die Mammutbäume anzusehen, schaute er auf einen dieser riesigen Baumstämme, dann auf seinen Schritt und fragte dann mit schroffer Stimme, ob ich eine Ahnung hätte, warum unsere Freunde ihn *Mister Sequoia* nannten. Und gestern Abend in der Bowlingbahn trank er einen russischen Wodka, sackte auf dem Hocker zusammen und seufzte nach dem dritten Glas selig: „Love is all around ...“

Ende 2001 sahen wir uns zum ersten Mal gemeinsam den Liebesfilm „Tatsächlich Liebe" an und kamen glücklich aus dem Kino. Es regnete, das Kopfsteinpflaster schimmerte, als wäre es eigens für uns poliert worden, wir küssten uns im Licht einer Straßenlaterne und, inspiriert von dem Liebesfilm, versprachen wir uns auf der Stelle, dass wir sofort gemeinsam Kinder machen würden – noch nicht wissend, welche Arroganz in dieser Aussage steckte.

„Und mein geschundenes Herz wird dich lieben, bis du so alt aussiehst", sagte ich gestern, wie wir es immer tun, wenn einer von uns den Liebesfilm zitiert, aber Till starrte schon wieder nachdenklich in sein Glas, diesmal unfähig, das Spiel zu Ende zu spielen.

Was war nur mit meinem Mann los?

Langsam schieben meine Hände wie Meeresschildkröten das Wasser zur Seite. Die Sonne wirft zackige Schatten auf den Grund des Beckens, die runde Unterwasserlampe in der bläulichen Ferne kommt näher. Zum dreiunddreißigsten Mal tippe ich auf den Beckenrand und wende. Eine Gestalt sitzt regungslos auf einer der Sonnenliegen. Hinter den beschlagenen Gläsern der Schwimmbrille drücke ich meine Augen zu Schlitzen zusammen. Der alte Herr Hakido. Ich hätte ihn fast nicht erkannt.

Jedes Mal, wenn mein Gesicht die Wasseroberfläche durchbricht, um Luft zu holen, macht der Lichtblitz mich schwindelig. Der blaue Himmel, das Grün der Bäume, das Rauschen der Luftblasen an meinen Ohren, der Wasserstrahl, der mein Bikinioberteil jedes Mal zur Seite schiebt und meine Büste entblößt.

Es gibt etwas, das Till beschäftigt, und dieses Etwas befindet sich zweifelsohne etwa neuntausend Kilometer von hier. Es findet seinen Weg zielsicher über Ozeane und Kontinente, mit seinem blöden Telefon als Empfänger, dieses E.T.-Nach Hause-Handy. Vielleicht sollte ich das Ding in die Toilette fallen lassen oder es versehentlich in seine Tasche stecken, wenn ich in der Gästewäscherei irgendeines Hotels Wäsche wasche.

Fünfzig. Ich hebe mich aus dem Wasser und lege mich auf eine Liege. Mir ist übel und ich bin außer Atem. Die feuchte Haut um meinen Nabel pulsiert im Rhythmus meines beschleunigten Herzschlags. Ich ignoriere den alten Herrn Hakido, der versucht, meinen Blick zu erhaschen, aber ich weiß, was er denkt: Da liegt eine einsame Frau.

Till

Das Autoradio ist auf einen Country-Sender eingestellt. Aalglatter Relipop, bei dem ich laut fluchen möchte, im Wechsel mit Schnulzen für die Tränendrüsen. Ida singt leise die bekannten Lieder mit, ihr Gesicht von mir abgewandt, weil sie glaubt, dass ich ihren Gesang als störend empfinde. Das ist aber nicht wahr. Ida hat ein Gefühl für Rhythmus und kann erstaunlich viele Songtexte auswendig. Dass es nicht immer einwandfrei ist, könnte erst dann zum Problem werden, wenn sie mit einem Mikrofon und Ambitionen auf einer Bühne stehen würde.

Die karge Landschaft, die gestern an unserem kilometerfressenden Ford Flex vorbeizog, war nur ein Vorgeschmack auf die immense Leere, die wir heute durchqueren. Seit wir Bishop zurückgelassen haben, gibt es praktisch nichts mehr. Eine endlose, gerade Straße. Meile für Meile. Ab und zu ein Dorf, das sich als Punkt am Horizont offenbart, und in dem Moment, in dem man es endlich erreicht hat, ist man auch schon daran vorbei.

„Shit", tönt es von der Rückbank. „Können wir zurückfahren?"

Ida hört auf zu singen und dreht sich um. „Warum?"

„Unsere Sonnenbrillen sind noch im Hotel."

„Jesus", sagt Ida. „Verdammt, denkt doch einmal an eure Sachen!"

„Dafür hatten wir keine Zeit. Denn wir mussten innerhalb von drei Sekunden unsere Koffer packen und auf die Toilette gehen, sonst würde der Zeitplan durcheinandergeraten."

„Oh, auch noch eine große Klappe?" Ida sieht mich an, schüttelt den Kopf und sucht nach pädagogischer Unterstützung.

Ich kratze mich am Kinn und konzentriere mich auf die Straße.

„Ja, das stimmt", fahren die Mädchen fort. „Du tust immer so, als wäre das Auto ein Flugzeug, das pünktlich abfliegen muss."

Ida blickt über ihre Schulter. „Das reicht jetzt! Ihr habt eure Sonnenbrillen vergessen, das ist eure Schuld, nicht meine!"

„Aber können wir nicht …?"

„Nein. Wir werden nicht zwei Stunden wegen zwei Sonnenbrillen zurückfahren." Wieder schaut Ida in meine Richtung. „Korrekt?"

„Korrekt! Ich kaufe euch in Las Vegas neue Brillen."

Durch den Rückspiegel zwinkere ich den Zwillingen zu. Sie zucken die Schultern und schauen wieder nach draußen. Natürlich haben sie recht, dass der Zeitplan für einen Urlaub ziemlich eng ist. Aber ein schnelles Tempo ist kein Grund, eine Spur von persönlichen Gegenständen zu hinterlassen. Letzte Woche mussten wir ihnen Flipflops kaufen, weil sie sie am ersten Tag irgendwo in der Nähe eines Pools vergessen hatten. Und ihre neuen Fleece-Westen wurden in San Francisco zurückgelassen.

Das Intro von *Wichita Lineman* ertönt aus den Lautsprechern. Innerhalb einer Sekunde erkenne ich es. Die Plektrum-Bass-Schleife über die Akkorde F und Bb/C – immerhin mein Hobby – , dann die Tremolo-Gitarre und natürlich die Geigen, die wir bei unseren Auftritten mit einem Synthesizer reproduzieren. *„I am a lineman for the county, and I drive the main road."* Die Stimme von Glen Campbell verfehlt wie immer ihre Wirkung nicht. Der Mann hat die Gabe, durch meinen Gehörgang direkt in mein Herz zu gelangen. Das klingt pathetisch, ich weiß.

„Wunderbar", seufzt Ida. „Spielt ihr das immer noch?"

Ich nicke. Idealerweise würde ich sofort einen anderen Sender suchen, aber das ist verdächtig, also beschränke ich mich darauf, das Radio aufzudrehen, in der Hoffnung, dass sie das Thema wieder fallen lässt.

Wir spielen immer noch *Wichita Lineman*. Und obwohl die Stimme unseres Sängers Nils natürlich nicht an die von Glen Campbell heranreicht, sind auch in unserer Version sich umarmende Paare und feuchte Augen garantiert. Hetti behauptet, ich hätte sie angemacht, weil ich sie bei unserem Auftritt mindestens zehnmal bedeutungsvoll angeschaut hätte, jedes Mal, wenn Nils „*and I need you more than want you, and I want you for all time*" gesungen hat. Ich bin mir sicher, dass ich Hetti zum ersten Mal gesehen habe, als sie nach dem Auftritt auf mich zukam. Es ist eine Tatsache, dass diese Strophe nur zweimal im Song vorkommt, aber diese Gegenargumente hielten sie nicht davon ab, es ‚unser Lied' zu nennen. Und weil das so ist, höre ich es seither überall.

Es muss eine Entscheidung getroffen werden. Nein, das ist zu passiv. *Ich* muss eine Entscheidung treffen. Hetti hat sich bereits entschieden: Sie wird die Mutter meines Sohnes sein, ob ich nun einverstanden bin oder nicht. Natürlich kann ich sie nicht dazu zwingen, das Baby entfernen zu lassen. Und selbst wenn ich diese Macht hätte, würde ich sie nicht geltend machen. Ich möchte nicht über Leben und Tod von Wesen entscheiden, die größer sind als mein Daumennagel. Genauso wie ich mich weigere, auf einen Hummer in einem Homarium eines Restaurants hinzuweisen. Manche Leute, vor allem Frauen, können das nur schwer mit meinem Ruf als knallharter Anwalt vereinbaren, der nur auf Profit aus ist, ohne Rücksicht auf die Handlungen und Taten der Mandanten, deren Interessen ich vertrete. Abgesehen davon, dass man den Wahrheitsgehalt dieses Bildes in Frage stellen kann, geht es in meiner Branche um geschäftliche Interessen. Um Finanzen. Um den Geldfluss. Meine Aufgabe ist es, die Dinge für diejenigen, die mich dafür bezahlen, so günstig wie möglich zu gestalten. Wenn ich Richter mit einer Beamtenbesoldungsgruppe R1 hätte werden wollen, wäre ich Richter geworden und nicht Anwalt.

Wir fahren an dem Dorf *Keeler* vorbei. Auf einem Schild steht, dass die aktuelle Einwohnerzahl fünfzig beträgt. Fünfzig Menschen in einem Ozean der Leere. Wie wachsen die Kinder hier auf? Gibt es eine Schule? Und danach? Gibt es einen Job, ein Café? Inzucht? Ich habe den Drang, die Geschwindigkeit zu drosseln, umzukehren und einem Keeler-Einwohner meine Fragen zu stellen, aber das ist eigentlich eher etwas für Ida. Plötzlich überwältigt mich eine unerklärliche Traurigkeit. Ohne langsamer zu werden, fahre ich weiter.

Ein flotter Country-Song dringt aus den Lautsprechern. Gott ist groß, Bier ist super und die Menschen sind verrückt. Zumindest ist das mal eine Aussage. Das gefällt mir. Gegen Ende des Liedes beginnt das Radio zu stottern. Kurz darauf verlieren wir komplett den Kontakt zur zivilisierten Welt. Wir fahren mitten im Nirgendwo.

Zwei plus Eins

Wir dachten, Death Valley sei gruselig. Etwas mit abgenagten menschlichen Knochen am Straßenrand, Geiern, die am Himmel über Kadavern kreisen und Zombies, die regungslos mitten auf der Straße stehen, so dass man anhalten muss und sie langsam auf einen zukommen und das Auto aufbrechen, auf der Suche nach Wasser oder ganz sicher nach Blut. Unserem Blut! Aber es ist nur eine Wüste mit einer quer hindurch laufenden, asphaltierten Straße. Auch *Stovepipe Wells*, von dem wir glaubten, als wir es auf der Karte sahen, dass es sehr nach Cowboy klang, entpuppt sich als eine Art Imbiss mit Souvenirladen, als wir dort anhalten. Langweilig.

Warum ist es hier nur einhundertzwölf Grad Fahrenheit, laut dem Thermometer, das über unserem Picknicktisch hängt. Loser rechnet vor, dass dies fast fünfundvierzig Grad Celsius sind. „Sechs Grad wärmer, als es jemals in München gewesen ist", fügt er hinzu.

„Oh je", sagen wir übertrieben interessiert.

„Die höchste Temperatur auf der Erde wurde in Libyen gemessen", grinst Mom.

Loser zieht die Augenbrauen hoch. Sie schauen sich eine Weile an, als wären sie Gegner im Finale der Weltmeisterschaft der unsinnigen Fakten. Wir bedauern, dass wir so getan haben, als wäre das ein faszinierendes Thema.

„Leider", prahlt Loser, „ist dieser Rekord in Libyen ungültig geworden. Jetzt ist das Death Valley wieder der heißeste Ort der Welt."

„Warum wisst ihr solche Dinge?", fragen wir. „Das ist beängstigend."

„Wissen ist nicht beängstigend", antwortet Loser. „Eure schulischen Leistungen würden enorm profitieren, wenn ihr beide diese Idee über Bord werfen würdet."

„Wieso?"

„Diese Bemerkung verstehe ich auch nicht ganz, Till", antwortet Mom. „Sie machen sich in der Schule meiner Meinung nach ganz gut."

Loser schüttelt den Kopf. „Unsere Zwillinge sind Notendesastergirls. Eine Todsünde."

Es ist wahr, dass wir in fast allen Fächern eine Vier im Abschlusszeugnis haben. Und eine Fünf und eine Sechs. Aber das ist keine Sünde, die Verschwendung von Energie, um bessere Noten zu bekommen, ist eine Sünde. Denn das bedeutet, dass wir mehr gelernt hätten, als unbedingt notwendig wäre. Wir müssen nur darauf achten, dass wir nicht sitzen bleiben. Das ist es, was die Schule ausmacht.

„Oma sagt, der Apfel fällt nicht weit vom Stamm. Du hättest in der Schule auch nur Fünfer und Sechser bekommen."

„Genau. Und das habe ich während meines Studiums bereut."

Der Loser hat also gerade einen erzieherischen Moment. Und sie wissen nicht einmal, dass wir die Hausarbeit aufteilen. Mit Hausaufgaben und Tests. Solange unsere Klassen die Tests nicht zur gleichen Zeit haben, ist das überhaupt kein Problem. Eine von uns trägt ihr Haar immer in einem Pferdeschwanz und die andere offen. Das machen wir absichtlich. Damit sie glauben, sie können uns auseinanderhalten. Denn niemand scheint zu wissen, dass man ein Gummiband ganz einfach hineinstecken und wieder herausnehmen kann.

Wenn die Leute uns besser kennen würden, würden sie die Unterschiede sehen. Unsere Nasen sind nicht genau gleich und eine von uns hat einen kleinen braunen Punkt in der Iris des linken Auges. Er ist nicht größer als ein Flohkot, man muss nur genau hinschauen. Und das tut niemand.

Wir haben nicht wirklich Freunde. In den Pausen spielen wir oft Fußball auf dem Schulhof. Das wird weniger, denn nach jedem Urlaub finden es die Jungs tougher, im Fahrradschuppen Zigaretten zu rauchen, und es fällt ihnen schwerer, Mädchen normal zu behandeln. Die Mädchen in der Schule hassen uns nicht, aber wir sind auch nicht mit ihnen befreundet. Jetzt, wo wir wissen, dass unser kleiner Bruder immer dabei ist, verstehen wir das. Man redet nicht über Make-up und Verliebtheit, wenn ein Junge dabei ist. Und die Mädchen werden es auch bemerkt haben, dass er da ist, ohne es wirklich zu wissen, genau wie wir.

Während der Unterrichtsstunden sind wir also einsam, weil wir in getrennten Klassen untergebracht sind. Aber wir können immer noch miteinander kommunizieren, direkt durch die Wände, Flure und Klassenzimmer. Telepathisch, aber auch über WhatsApp. In den Pausen und nach der Schule sind wir immer zusammen. Wir sind zu zweit draußen, insgesamt sind wir zu dritt. Und das ist genug. Nur manchmal denken wir: Drei ist einer zu viel.

Ida

Der Schweiß steht auf meiner Oberlippe, reibt unter meinen Achseln. Till und die Zwillinge sehen auch nicht mehr ganz so frisch aus. Auf dem Weg hierher gab es nichts. Die reinste und überwältigendste Form der Leere, die ich je gesehen habe. In Las Vegas ist die Leere aber geprägt von Überfluss: dampfende Hitze, Abgase, Menschenmassen auf den Brücken über den Strip, Feuerspucker, Showgirls, Bettler, Doppelgänger, Läden, Theater, Springbrunnen, Paläste, Leuchtreklamen, schreiende Wasserverkäufer, Musikfetzen, rasende Luftschlitze, unaufhörliches Hupen, knatternde Motoren, Jahrmarktgeräusche, die durch gläserne Drehtüren auf die Straße gepresst werden.

„Sollen wir etwas essen und dann zurück ins Hotel gehen?", schlage ich vor.

Niemand protestiert. Zu groß ist der Kontrast zwischen der Ruhe und dem Frieden der vergangenen Tage und diesem Wahnsinn. Wir speisen in einem überdachten Dschungel, in dem periodisch ein Gewitter ausbricht, das alle wilden Tiere im Restaurant zum Leben erweckt. Ein Affe schleicht über unseren Tisch, hinter mir beginnt ein Elefant so laut zu trompeten, dass ich erschrecke und die Flasche Olivenöl auf meinen Teller fallen lasse. Er zerbricht. Es spielt keine Rolle. Ich bin ohnehin nicht hungrig.

Die Mädchen leben auf, als sie ihr Dessert serviert bekommen. Ein Schokoladenvulkan. Sobald die sprühenden Flammen erloschen sind, stürzen sie sich auf die Gefahr. Fünfzehn Minuten später haben sie den Vulkan auf der Toilette ausgekotzt und sich danach in ihre Stühle fallen lassen.

Sie nörgeln und jammern nicht, das ist alles was zählt.

Wir gehen The Strip entlang zurück. Wieder springen mich Hitze, Menschenmassen und Lärm an. All diese Gesichter. Fassaden der Fröhlichkeit.

Ich habe das Hotel *New York, New York* gebucht, weil es mir der Gipfel der unterhaltsamen Hysterie zu sein schien, da es eine Achterbahn in der Lobby gab. Ich wusste nicht, dass solche Dinge hier völlig normal sind.

Durch das klingelnde Casino machen wir uns auf den Weg zu den Aufzügen.

„Können wir morgen einen Scream-Pass kaufen?", fragen die Mädchen. „Dann können wir den ganzen Tag mit der Achterbahn fahren."

„Nur, wenn der Vulkan sich ein wenig beruhigt hat", antwortet Till. „Sonst wird es für die Leute im Wagen hinter euch unangenehm werden."

Sie verpassen ihm einen sanften Stoß in die Seite. Eine Frau im Aufzug lächelt mich an und zeigt mir, dass sie Till für einen netten Vater hält, die Zwillinge für nette Kinder und uns als Einheit für eine nette Familie. Ich grinse zurück. Wir *sind* auch eine verdammt nette Familie!

Heute Nachmittag bei der Ankunft habe ich uns ein Upgrade in eine Player-Suite auf einer der höchsten Etagen für einen kleinen Aufschlag gebucht. Ein Jacuzzi für sechs Personen in der Mitte des Raumes. Eine separate Sitzecke. Luxus pur. Die Mädchen putzen sich die Zähne und verschwinden in einem der riesigen Boxspringbetten, Till klappt seinen Laptop auf, ich schnappe mir ein Glas Chardonnay aus der Minibar und setze mich in den Sessel am Fenster. Ich werde mich nicht bei Amnesty International wegen Luxusmissbrauch beschweren. Alle zwei Minuten fährt die Achterbahn auf Augenhöhe vorbei, doch das Kreischen der Fahrgäste wird durch die Doppelverglasung gedämpft. Die Ruhe im Zimmer ist wohltuend und beruhigend wie das Summen der Klimaanlage, die leisen Tastenanschläge von Till, das bereits regelmäßige Atmen der Zwillinge.

Dort unten in der Tiefe, entlang des glitzernden Bandes, paradieren Tausende Menschen. Freundeskreise, Glücksjäger, Teilnehmer an Junggesellenabschieden. Alle zehn Meter ein Pärchen, Männer und Frauen, die meinen, dies sei der schönste Tag ihres Lebens.

Weil ich nicht warten wollte auf Rosenblätter zwischen den Laken, Kerzen im Bad oder einen Kerl, der auf der Bettkante Gitarre spielt, war ich stets der Meinung, dass die Ehe nichts für mich sei. Dennoch haben Till und ich vor drei Jahren geheiratet. Wir waren es leid, nach jeder Änderung des Erbrechts oder anderer Familienangelegenheiten zum Notar gehen zu müssen, um unsere Testamente aktualisieren zu lassen.

Es war eine schlichte Zeremonie am frühen Montagmorgen. Nur sechs Personen in dem tristesten Raum des Rathauses: nur wir beide, unsere Mütter und unsere vor Freude strahlenden Mädchen. *Sie wollen also heiraten? Ja, sicher. Wollen Sie alles gemeinsam teilen? Ja, absolut. Und die Zeugen stimmen zu? Natürlich werden sie das.* Unterschriften, fertig. Kein Schnickschnack, kein Gehabe, einfach nur Ja sagen zu einem gemeinsamen Leben. Liebe kann nicht durch einen Vertrag erzwungen werden. Seine Angelegenheiten aber füreinander und für die Nachkommen vernünftig zu regeln, ist genau genommen ein Akt der Liebe. Und auf diese Weise, reduziert auf das Wesentliche, ist es vielleicht sogar romantischer, als wenn man sich verschleiert und sich mit großen Gesten die ewige Treue schwört. Es ist schön, dass Till und ich ähnlich denken. So wie wir über viele Dinge ähnlich denken. Auch wenn wir manchmal ein wenig auseinanderdriften, schaukeln unsere Boote doch immer in die gleiche Richtung.

Ich nehme den letzten Schluck Wein, stehe auf und gehe ins Bad. Im Vorbeigehen streichle ich Tills Hals. „Kommst du auch ins Bett?"

Er schaut auf. Sein Lächeln ist schief, ein Augenzwinkern. „Ich komme."

Als ich kurz darauf zwischen die Laken gleite, reibt der Stoff angenehm an meinen nackten Brüste.

„Till?", flüstere ich.

„Fast fertig, Liebling." Er klingt wieder geistesabwesend, schwebt in seiner Blase durch den Raum. Das letzte, was ich sehe, bevor ich einschlafe, ist sein ernstes Gesicht im schwachen Schein des Laptops.

Zwei plus Eins

Manchmal ist Mom so mürrisch, dass wir es schon von weitem sehen können. Und zwar nicht an ihren Mundwinkeln oder dem Stirnrunzeln zwischen ihren Augenbrauen, sondern an der grauen Wolke, die sie umgibt. Eine sichtbare Wolke. Aber wirklich.

Gestern war es schon schrecklich, und als wir heute aufgewacht sind, war es noch schlimmer. Ihre Wolke ist fast schwarz. Mom und Las Vegas – keine gute Kombination. Loser verhält sich wie ein Hund, der etwas falsch gemacht hat. Hat auf den Teppich gepinkelt. Hat ihre Lieblingssneakers gegessen. Zuerst glauben wir, dass er ihr von Hetti Lohmann und dem Baby erzählt hat, aber dazu gibt es keine Kommentare in seinem FB-Postfach, also kann es das nicht sein. Wir stürzen uns in den Whirlpool, starren auf unsere Zehen und warten darauf, was als Nächstes kommt.

Mom geht ins Fitnessstudio. Das ist, was also passiert.

„Soll ich mitkommen?", fragt Loser.

„Wie du willst. Aber ich gehe jetzt und nicht erst in zwei Minuten!"

Loser bleibt im Bett. Als Mom zurückkommt, geht es ihr etwas besser. Die Wolke ist jetzt nur eine Art Aura, sie hat gerötete Wangen und ihre Schultern glänzen vor Schweiß. Wenn wir fünfundvierzig sind, wollen wir auch wie Mom aussehen. Nicht so alt, aber genauso sportlich. Sie lässt sich rückwärts auf unser Bett fallen. Wir sind klug genug, ihr nicht zu sagen, dass wir es hassen, wenn sie ihren Schweiß auf unsere Laken schmiert.

„Was werden wir heute machen?", fragen wir.

Unsere Finger sind schon ganz faltig, wir müssen raus aus der Wanne, bevor wir uns auflösen und für immer im Abfluss verschwinden.

„Ich habe etwas Interessantes entdeckt," sagt Mom. „Ein interaktives Mafia-Museum."

„Ein Museum?", rufen wir und schneiden eine Grimasse. Manchmal könnten wir Travel Mom in die Wüste schicken.

„Das soll aber Spaß machen."

„Jammert nicht!", bellt der schuldbewusste Jagdhund aus seinem Bett. „Ihr wisst genau, dass eure Mutter keine blöden Sachen aussucht."

Mom macht ein Geräusch, als würde sie lachen, aber so sieht sie nicht aus.

Nach dem Frühstück schlendern wir in der brütenden Hitze ein Stück über *The Strip* und melden uns dann in der Lobby irgendeines Hotels bei einem Typen, der einen Hut und eine Sonnenbrille trägt. Er gibt uns Falschgeld und sagt, dass es noch viel mehr zu holen gibt, wenn wir clever genug sind. Er schickt uns durch eine Tür und wir landen auf einem Kai. Es ist kalt und neblig. Überall liegen große Taurollen. Holzkisten mit Aufklebern aus allen möglichen Ländern sind kreuz und quer verstreut.

Nach einer Weile kommt ein kleiner Mann mit einem Umschlag auf uns zu. Er sagt, dass er gehört hat, dass wir gerade als frische Einwanderer vom Schiff gekommen sind und er vermutet, dass wir etwas Geld verdienen wollen. Als Experiment zur Erprobung unserer Zuverlässigkeit dürfen wir den Umschlag bei Big Tony abgeben. „Eine Sache noch. Was auch immer passiert, ihr dürft nicht mit der Polizei sprechen!"

„Also, no cops", sagt Loser, als wir wieder allein sind. „Merkt euch das."

Wir lachen ein wenig, vor allem, weil Mom völlig unempfänglich ist. Ihre Mundwinkel treffen fast ihre Schuhspitzen.

Es ist ziemlich einfach. Wir gehen durch die Räume, in denen Fotografien und Informationen über die Mafia, den illegalen Schnapshandel und die Ursprünge von Las Vegas hängen. Big

74

Tony finden wir hinter einem Teller Spaghetti in einem Café. Wir geben ihm den Umschlag. Er nickt, steht auf und verschwindet hinter einem Vorhang.

Loser macht einen Scherz, den wir nicht verstehen, und Mom verzieht den Mund für eine Nanosekunde zu einem Lächeln, schaut aber dann wieder in die andere Richtung. Sie ist zwar weniger wütend als heute Morgen, aber gemütlich ist anders. Wir fangen fast an, Loser zu bemitleiden.

„Lasst uns gehen, Leute", sagen wir. „Die schießen hier doch nur auf Karotten."

Loser lacht übertrieben.

Im Nebenraum kommt ein Polizist auf uns zu und will wissen, was in dem Umschlag war.

Wir sagen ihm, dass wir nicht hineingeschaut haben. Er warnt uns vor Männern wie Big Tony und geht wieder.

„Ich weiß nicht", grübelt Mom. „Ich denke, ihr hättet sagen sollen, dass ihr nicht wisst, wovon er spricht?"

„Ja, nicht mit den Bullen reden, bedeutet *nicht* mit den Bullen reden!", sekundiert ihr Loser. „Das war ohnehin eine intelligente Unterhaltung."

Wir zucken mit den Schultern und tun so, als wäre es uns egal, aber eigentlich sind wir stinksauer. Was für ein langweiliger Mist.

Im Nebenzimmer werden wir von einem Italiener angesprochen, der aussieht, als hätte er früher viele Pickel im Gesicht gehabt. „Der Boss will euch sehen. Sofort!"

Er schiebt uns durch eine Tür. In diesem Raum ist es noch kühler und nebliger als im ersten. Niemand da, nur einige Kisten und Kartons, Dämmerung, das Geräusch eines undichten Wasserhahns. Nach hundert Stunden des Wartens erscheint ein dicker Mann im Regenmantel.

„Ihr habt mich enttäuscht. Es gibt nur eine Lösung für Ungehorsam", sagt er und nimmt einen Zug von seiner Zigarre und klopft mit dem Fuß auf den Boden, als würde er auf den Bus warten.

Wir sehen uns gegenseitig an. Es ist ziemlich gruselig hier drin für ein Museum.

„Kommen die Leute hier eigentlich jemals lebend raus?", flüstert Loser und lacht.

„Es gab gute Bewertungen im Internet, Till. Ich nehme an, dass Tote das nicht tippen können." Sie lächelt nervös.

Der Mafiaboss schaut verstört in unsere Richtung. Zwei Männer mit Maschinengewehren erscheinen. Der dicke Mann wirft seine Zigarre auf den Boden und geht.

Die Männer zögern nicht. Sie sagen nicht, dass es ihnen leidtut, nichts. Sie zielen und beginnen zu schießen. Lichtblitze, ohrenbetäubende Knalle, pfeifende Kugeln, die unsere Haare wehen lassen. Wir schreien und schreien, Mom auch und versuchen, uns hinter Loser zu verstecken, der selbst am lautesten kreischt, und schreien, dass sie aufhören sollen und dass sie nicht mehr bei Sinnen sind.

Wir sind mindestens achtzig Mal gestorben, bevor wir merken, dass wir keinen Schmerz empfinden. Unsere Attentäter nicken zufrieden, werfen sich die Waffen über die Schulter und verschwinden in der Dunkelheit.

„Cool!" Fif ist der erste, der wieder sprechen kann.

Zurück in der Lobby stellt sich heraus, dass wir alle während der zehn Sekunden, die die Schießerei gedauert hat, eine heisere Stimme bekommen haben.

„Wir klingen wie Schweine, die aus dem Schlachthof fliehen", röchelt Mom.

Auf einem Bildschirm erscheint eine Momentaufnahme, in der wir durchlöchert wurden. Wir sehen ziemlich verängstigt aus. Nur unser kleiner Bruder grinst.

„Angsthasen, das war doch nur Hühnerkacke", sagt Fif. „Darauf seid Ihr hereingefallen? Nicht zu fassen!"

„Du hast leicht reden", antworten wir, „ohne einen Körper!"

Draußen scheint die Sonne viel zu grell für Menschen, die gerade der Unterwelt entkommen sind.

„Können wir jetzt eine neue Sonnenbrille kaufen, Mom?"

„Ja. Lasst uns einkaufen gehen." Sie meint es ernst.

Wir gehen hinter Mom und Loser her und beobachten, wie sie ihre Finger in die Gesäßtasche seiner Bermudas einhakt. Er schaut zur Seite, legt seinen Arm um ihre Schultern und gibt ihr einen Kuss auf den Kopf.

Gemeinsam zu sterben, hilft gegen einen Streit.

Ida

Leaving Las Vegas. Der Song hat eine wesentliche Rolle in meinem Leben gespielt. Ich summe ihn vor mich hin, während Till das Auto durch den Verkehr auf *The Strip* navigiert. Ich bin froh, dass ich Las Vegas von der Liste der Orte, die ich unbedingt sehen wollte, abhaken und jetzt verlassen kann.

Mit Anfang zwanzig bin ich von Alsdorf nach Hamburg gezogen, bekam einen Teilzeitjob bei einer Zeitschrift, und fragte mich, ob das das Erwachsenenleben wäre. Ich hatte kein Interesse an meiner Arbeit und kam auch nicht über die Runden. Ich nahm einen Job als Go-Go-Tänzerin in einem angesagtesten Nachtclub der Stadt an. So war meine disziplinierte Ballettjugend rückwirkend doch für etwas gut.

Nacht für Nacht wälzte ich mich in einem Käfig auf der Bühne. Ich füllte mich mit kostenlosem Tequila ab, bekam fünfundsiebzig Mark schwarz auf die Hand, nahm ab und zu einen attraktiven Kerl mit nach Hause, schlief am nächsten Tag aus, alberte ein paar Stunden in der Redaktion herum, machte mein Workout im Fitnessstudio und begann dann das gleiche Programm noch einmal von vorne.

Manchmal ging ich mit den wenigen Freunden, die mir von der Journalistenschule geblieben waren, aus, die wie ich der Meinung waren, dass das Leben im Allgemeinen und unsere Arbeit im Besonderen von mehr Tiefe profitieren würden. Wir besprachen, welche Missstände wir auf welche Weise aufdecken und welche Wirtschaftskriminellen wir entlarven würden, wobei wir so viel tranken, dass wir uns am nächsten Tag gegenseitig anrufen mussten, um zu fragen, was in den feuchten Stunden passiert war, da uns Erinnerungen fehlten, und was unsere

Weltverbesserungspläne unter dem Einfluss des Jahrhundertkaters zum Einsturz brachte.

Der alte Herr Hakido hat sich nicht oft blicken lassen. Er hat mich erst mal toben lassen. Bis er dachte, dass es genug war. Das war 1993, als ich dreiundzwanzig war und zwei Jahren in einem alkoholischen Rausch verbracht hatte. Es war gegen sieben Uhr abends und wie jeden Tag um diese Zeit lag ich auf der Couch und aß Chips, die ich mit Streichkäse aus einer Tube mit einer Kappe in Form einer Kochmütze füllte. Ich habe kaum etwas anderes gegessen. Keinen Fisch, kein Fleisch, kein Gemüse. Es ist ein Wunder, dass ich noch lebe, wenn man bedenkt, was ich meinem Körper alles abverlangt habe und wie wenig ich im Gegenzug gegeben habe.

Plötzlich wurde das Radio aufgedreht. Oder vielleicht war die Schüssel mit den Chips leer und ließ Raum für andere Geräusche als das ohrenbetäubende Knarren der Chips zwischen meinen Zähnen. Wie auch immer. *Leaving Las Vegas*. Ein Song, den ich noch nie gehört hatte, eine Sängerin, die ich nicht kannte: Sheryl Crow. Die Dringlichkeit tropfte nur so aus dem Song heraus. Man konnte hören, dass diese Frau diesen Ort verlassen *musste*. Dass die Leere sie von innen her auffraß und, dass sie sich auflösen würde, wenn sie dem jetzt nicht entkam.

„I'm leaving for good."

Ja! Mach das! Verschwinde von hier und komme nie wieder!

Ich stand auf und drehte die Lautstärke noch mehr auf. Natürlich wusste ich, dass man Hamburg nicht mit Las Vegas vergleichen kann, aber es ging nicht um die Stadt selbst. Es ging um das Karussell, das immer weiterdreht, wenn man es einmal betreten hat, obwohl man eigentlich nur eine oder höchstens zwei Runden drehen wollte. Immer wieder ziehen dieselben Orte vorbei und dieselben austauschbaren Gesichter, und man will aussteigen, aber das Karussell hält nicht an, also muss man springen, und das ist beängstigend, weil man nicht weiß, wie und wo man landen wird, und na ja, so schlecht geht es einem nicht auf dem schwebenden, fröhlich bemalten Pferd, also wenn man noch eine Runde wartet …

„Such a muddy line between the things you want and the things you have to do", singt Sheryl Crow, was soviel bedeutet wie 'die Grenze zwischen dem, was man will, und dem, was man tun muss, ist so verworren'.

Das war der letzte Strohhalm. Ich fing an zu weinen. Einfach so. Und ich konnte nicht aufhören. Ich rief in der Disco an, um zu sagen, dass ich nicht zum Tanzen komme, und blieb drei Tage lang im Bett. Die ganze Zeit über saß der alte Herr Hakido am Fußende des Bettes, in dem Schaukelstuhl, der meiner Groß-mutter gehört hatte. Er hat nichts gesagt, hat mich nicht ange-sehen. Er war einfach nur da.

Till

Der Eisenhaken, der bald mein ganzes Körpergewicht tragen muss, fühlt sich beruhigend kühl und schwer an, aber die Millimetertoleranz in der Schließe gefällt mir nicht. *Metallermüdung!*

Das Wort trifft mich wie eine betrunkene Tussi in einer Late-Night-Bar. Du versuchst sie zu ignorieren, aber ehe du dich versiehst, bist du in ein lispelndes Gespräch über Spiritualität und ihre traurige Vergangenheit verwickelt.

Wie erst kürzlich. Wir hatten *See you in Court* auf einer dieser traditionellen Hochzeiten gespielt, bei denen man normalerweise nicht tot aufgefunden werden möchte. Die Zeit, in der ein Auftritt mit der Band eine willkommene Ergänzung unseres Studentenbudgets war, liegt weit hinter uns. Heutzutage spielen wir, weil wir gerne Musik machen und uns so regelmäßig sehen, so wie andere Männer ihr Leben lang Fußball spielen. Aber auch in Nils Gartenhaus ist es schön, sich zu treffen und Musik zu machen. Dafür brauchen wir keine Auftritte. Wir wollen keine blöden Partys mehr, bei denen die Hälfte des Publikums meint, die Musik sei zu laut, die andere Hälfte nur damit beschäftigt ist, Wünsche zu skandieren, und die erste Hälfte am Ende der Show so lahm ist, dass sie vergessen hat, dass sie Probleme mit der Lautstärke hat und sich gegen die Lautsprecher lehnt, und Luftgitarre spielt. Aber das ist in Ordnung. Manchmal schlüpft so eine idiotische Buchung eben durch die Ritzen unseres Netzwerks. Wie neulich bei dieser ätzenden Hochzeit.

Warum denke ich daran, jetzt, wo ich hier meterhoch auf der Plattform einer Seilbahn stehe? Ach ja, die lispelnde Tussi mit ihrem hirnlosen Gefasel. Wir hatten uns auf nur eine Zugabe beschränkt und tranken noch ein schnelles Bier an der Bar, bevor wir uns auf den Heimweg machten. Besagte Dame hatte den Brautstrauß aufgefangen und war davon überzeugt, in diesem Moment ihren zukünftigen Ehemann erblickt zu haben: Nils, der Gitarrist der Band, der musste es sein. Nils stand da und hörte ihrem Geschwafel mit sichtlichem Widerwillen zu, zu höflich, um sie direkt zu unterbrechen, aber als sie sich nach seinem Sternzeichen erkundigte, wurde es ihm zu viel. „Stier!", sagte er. „Und bevor Sie nach meinen Aszendenten fragen: Bullenschwanz!"

Metallermüdung. Ist es klug für einen erwachsenen, ein Meter neunundachtzig großen Mann, sich entlang einer Gondelbahn an einem Seil – gedacht als Unterhaltung für die Jugend – in die Tiefe zu stürzen?

„Papa, mach schon!"

Die Mädchen schreien mich von unten an, ihre Gesichter schimmern blass im Licht des Scheinwerfers, der auf den Kletterturm gerichtet ist. Die ersten zehn, fünfzehn Meter des Stahlseils sind sichtbar, dann verschwindet die Welt in einem dunklen Loch. Sehr, sehr weit entfernt, glitzert ein Licht, klein wie ein Glühwürmchen. Das Ziel, an dem ich wie ein Fisch an der Leine in Empfang genommen werde – es sei denn, ich bin auf dem Weg dorthin bereits in die Tiefe gestürzt. Welcher Idiot hätte je gedacht, dass es Spaß macht, Kindern abends einen Adrenalinstoß zu verpassen? Diese Zipline ist schon tagsüber ziemlich spektakulär.

„Das ist nicht gruselig!", tutet meine liebende Frau und hält sich die Hände vor den Mund. Ich kann nicht leugnen, dass sie selbst ziemlich glücklich und entspannt aussah, als sie sich von der Plattform stürzte. Und sie ist noch am Leben.

Ich schüttle meine Beine aus. Der Hüftgurt fühlt sich wie eine Windel an. Da haben wir es wieder. Habe nur einen Moment lang nicht an das Baby gedacht. Heute, auf der Fahrt von Las Vegas hierher, ist es mir keinen Moment lang aus dem Kopf gegangen. Nicht eine Sekunde lang. Wenn ich das tue, dann passiert genau das hier. *Zion National Park*, mit roten Felsen in Form von riesigen Torten. Wenn ich nach links fahre, gerate ich rechts in Schwierigkeiten. Querschnitte durch Millionen von Jahren der Erde. Aufziehende dunkle Wolken. Oh, Mann, sich nicht zu entscheiden, ist keine Option. Blitz und Donner. Es ist kein Szenario denkbar, bei dem ich alle zufrieden stelle. Sintflutartiger Regen.

„Da steht eine ganze Schlange hinter dir, Dad!", kreischen die Zwillinge, die mich unbedingt springen sehen wollen.

Ende der achtziger Jahre war ich mit Freunden in Südfrankreich im Ferienhaus von Nils Eltern. Auf einem Platz in Antibes gab es einen Turm, von dem man mit einem Gummiband an den Füßen springen konnte - unsere erste Einführung in das Phänomen Bungee-Jumping. Die Freunde dachten, es würde Spaß machen. Alle gingen hoch, alle anderen wagten den Sprung, nur ich ging auf demselben Weg zurück, auf dem ich heraufgekommen war: im Korb der Hebebühne. Ich nahm das Gejohle der Jungs und den Spott des Managers als selbstverständlich hin.

Metallermüdung. Elastizität, die gedehnt wurde.

„Papa!"

Ein letzter Blick auf meine Töchter und Ida. Sie sollten wissen, was auf sie zukommt. Mit beiden Händen greife ich das Seil. *Ich Tarzan, du Jane.* Ich blicke ein letztes Mal in die tödliche Tiefe. Mit einem Schritt verschwinde ich in der Dunkelheit.

Zwei plus Eins

Mom hatte zwei Nächte auf einer Ranch eingeplant. Für uns natürlich. Damit wir mit einem Cowboyhut auf dem Kopf und einem Lasso in der Hand durch die Berge rasen und „Yeehaw" schreien konnten. Das hier war enttäuschend. Sie hatten zwar Pferde auf dieser Ranch, aber man durfte nur mit ihnen spazieren gehen. Sich stampfend fortbewegen! Nicht traben und schon gar nicht galoppieren. Denn dann hätten sie Angst, dass wir herunterfallen könnten und ihnen ein Anwalt wie Loser auf die Pelle rückt, der siebenhundert Billionen als Schadensersatz fordert, und sie Pleite gehen. Wir sind uns sicher, dass das alles schrecklich wäre, aber warum haben sie dann eine Ranch? Sich stampfend mit den Pferden fortbewegen. *No Go!* Man fährt doch auch nicht mit einem Rennwagen in einem Trauerzug, oder?

Zum Glück hatten sie einen Billardtisch, eine Minigolfanlage und ein Schwimmbad mit Rutsche. Und natürlich die Zipline. Und wir durften das alles so nutzen, wie es gedacht war. Uns war also nicht langweilig, aber wir haben auch nichts dagegen, jetzt endlich weiterzuziehen. Tschüss Ranch. Mit deinen unechten Cowboy-Pferden. Und Loser dreht das Radio laut auf, als Glen Campbell Rhinestone Cowboy zum Besten gab und wir laut mitsangen.

„Schaut euch das an", ruft Mom. „Ein T-Ford!"

Ein kleines Auto fährt vorbei, das aussieht, als wäre es aus dem Loser-Stapel alter Donald Duck-Heftchen entsprungen.

„Dass es noch fährt", staunt Loser.

„Wahnsinn." Mom strahlt.

Sie sind sich immer noch über alles einig, seit wir in Las Vegas getötet wurden. Zumindest bei allem, was sie laut aussprechen. Gestern Abend gingen sie zusammen in der Bar etwas trinken, während wir mit dem Laptop von Loser im Zimmer blieben.

„Noch eins! Das ist etwas Besonderes", sagt Mom einen Moment später, dabei fährt genau das gleiche Auto wieder vorbei.

„Vielleicht fahren sie im Kreis." Wir rollen mit den Augen.

„Noch eins." Mom hat die Stimme einer Ziege.

Loser lacht laut auf. Sie werfen sich einen Liebemachen-Blick zu, als hätten sie sich gerade kennengelernt. Davon wird uns ein bisschen übel. Loser hat immer noch keine Entscheidung über sein Baby mit Hetti Lohmann getroffen. Oder zumindest hat er sie nicht wissen lassen, was er plant. Wir wissen es also auch noch nicht.

Bitch Hetti hat inzwischen eine neue Taktik. Sie tut so, als wäre es ihr egal, ob Loser ein richtiger Vater für das Baby sein wird. Sie schickt besonders niedliche und alberne Nachrichten über den Messenger und tut so, als wäre sie eine unabhängige Frau, die durchaus in der Lage ist, ein Kind alleine großzuziehen. Das ist ein cleveres Spiel. Das ist auch uns aufgefallen. Sie zwingt Loser nicht, sich für sie zu entscheiden, sondern gibt ihm das Gefühl, ein Trottel zu sein, wenn er es nicht tut. Diese linke Bitch. Manchmal fragen wir uns, ob wir ihn nicht aufrütteln sollten. Aber wenn wir ihm sagen, was wir wissen, werden wir nichts mehr lesen können. Dann verschwindet Hetti Lohmann in eine unsichtbare Welt und wir können nur noch abwarten, ob unser Vater ihr nachgeht oder nicht.

„Wir sind da." Loser bremst an einem dieser Eingangstore, die am Eingang aller Nationalparks stehen. Ein Mann in Sandalen und weißen Socken ist auf die Backsteinmauer mit dem Schild in der Mitte, auf dem „Bryce Canyon National Park" steht, geklettert. Eine Frau in einer viel zu engen rosa Hose macht Fotos von ihm. Man kann genau sehen, wo sich die Unterhose in ihr Fleisch quetscht. Das sieht aus wie der Braten, den Oma immer zu Weihnachten macht. Ihre Kinder blieben im Auto. Wir würden auch nicht aus dem Auto steigen, wenn Loser und Mom solche Klamotten tragen würden.

Loser zeigt der Dame hinter dem Schalter unseren Parkausweis. Der Sandalenmann will von der Mauer springen, aber er traut sich nicht. Er dreht sich um, hängt mit dem dicken Bauch an der Kante und lässt sich langsam herabgleiten. Als seine Füße den Boden berühren, hält er sich immer noch an der Oberseite der Mauer fest, die ungefähr ein Meter fünfzig hoch ist.

„Loser gibt es in allen Gestalten und Größen", kommentiert Fif.

Wir stimmen mit ihm überein.

„Aha", sagt Mom, als wir in Sichtweite des Parkplatzes kommen. Unzählige Cartoon-Autos wimmeln über den Parkplatz, die meisten von ihnen sind rot oder schwarz. Sie wollen scheinbar gerade losfahren. Leute steigen ein, man fährt vorwärts und rückwärts, fährt im Kreis, alles ohne miteinander zu kollidieren. Cool.

„Das erklärt einiges." Loser klingt enttäuscht.

Wenn also *ein* altmodisches Auto daherkommt, ist es wundervoll und verrückt und ein Wunder, dass es noch fährt, aber wenn sich viele Leute die Mühe gemacht haben, so eine alte Kiste zu reparieren, dann ist es nicht *noch* wundervoller und *noch* verrückter, sondern weniger clever vom ersten Automechaniker. Logisch! Wovon es mehr gibt, ist nicht mehr speziell.

Wie ein zusätzliches Baby.

Ida

Ich blicke ins gleißende Licht des Himmels, das sich vermischt mit den höllischen Farben von Feuer, und mit zunehmender Dämmerung einen violettroten Abend entstehen lässt. Der Blick über das Tal ist nicht weniger atemberaubend. Ich fühle mich einsam. Nicht nur in meinem Kopf, auch in der Realität. Niemand geht mehr über den Weg entlang der Schlucht. Auch das Zuschlagen von Autotüren in der Ferne ist verstummt. Die Bank, auf der ich sitze, ist noch feucht vom Regen. Ein Vogel klopft auf den Ast eines scheinbar toten Baumes und holt essbare Kugeln heraus. Schwalben fliegen über den unermesslichen Abgrund voller Tropfburgen kunstvoller Giganten. Wenn die Tagesausflügler verschwinden, bleiben dir die überwältigende Schönheit und die Stille der Natur. Ich sage: Bonuspunkte für Ida Travel. Von nun an werde ich mir meine Reisebegleiter etwas besser aussuchen, damit ich nur noch Top-Urlaube machen kann. Denn Till benimmt sich wie ein unglaublicher Trottel. Hirnverbrannt. Diese Pharmafirma hat sein Hirn frittiert.

Okay, ich war heute Abend auch nicht in Bestform. Das Einchecken in der Lodge hat so verdammt lange gedauert, dass es mich wütend gemacht hat. Sie wollten alles wissen, sogar das Baujahr des Mietwagens, so dass sie für jeden Gast mindestens eine Viertelstunde benötigten. Ich war die Sechste in der Schlange und es gab nur eine Empfangsdame. Als ich endlich den Schlüssel zu unserer Hütte ,Western Cabin' bekam, stellte sich heraus, dass sie direkt neben einer lauten Eiswürfelmaschine lag. Nachdem ich zum x-ten Mal das Gewitter, mit begleitendem Wolkenbruch abgewartet hatte, ging ich zurück zur Rezeption, um mich zu erkundigen, ob wir in eine ruhigere Hütte umziehen könnten - was natürlich nicht in Frage kam –, woraufhin ich beim Verlassen des Hauptgebäudes draußen im Schlamm zusammenbrach. Das Restaurant war überfüllt mit glatzköpfigen Männern und Frauen mit dauergewelltem Kurzhaarschnitt und ausrasiertem Nackenhaar, die verächtlich auf unsere Weinflasche starrten. In Utah gibt es eine ziemlich rigide Regelung in Bezug auf Alkohol, die offenbar bedeutet, dass jeder, der kein Abstinenzler ist, als liederlicher Trinker gilt. Dabei ist die Landschaft hier so schön, aber die Atmosphäre ist nicht das, was wir uns wünschen.

Der Tag verblasst noch weiter, das Tal zu meinen Füßen nimmt unwirkliche Farben an. Rosenrote Gipfel, braun-grüne Hügel, dahinter nebelumhüllte Berge. Eine riesige Schüssel, in der der Bryce Canyon die untere, zerklüftete Schicht bildet. Es beginnt wieder leicht zu regnen. Ich setze die Kapuze meiner Jacke auf, aber sie kann mich um den Hals nicht genügend vor dem kalten Wind schützen. Was wäre, wenn ich zwei Schritte nach vorne mache, meine Arme ausbreite und davonfliege?

Während des Abendessens musste ich ein paar Mal niesen – ein Souvenir aus Las Vegas: Schlafen mit eingeschalteter Klimaanlage – was meine Gedanken auf den ausgetretenen Pfad vom Kranksein über Medikamente, Pharmaindustrie bis hin zum HPV-Impfstoff gegen Gebärmutterhalskrebs, schickte. Ich erwähnte im besagten Artikel die in Deutschland aufgetretenen Nebenwirkungen.

Hätte ich tiefer in der Kloake gegraben, wäre ich vielleicht nie wieder herausgekommen.

„Wusstest du, dass der Gouverneur von Texas versucht hat, Mädchen zu zwingen, sich gegen das HPV-Virus impfen zu lassen?", fragte ich. „Ansonsten durften sie nicht zur Schule gehen. Der Typ wurde vom Hersteller des Impfstoffs bezahlt. Und sein zweiter Mann wurde kurz darauf Lobbyist für denselben Hersteller. Die Bürger revoltierten, bis schließlich die texanische Legislative dem Gouverneur Einhalt gebot. Heftig, nicht wahr?"

Tills Gabel schwankte für einen kurzen Moment auf dem Weg zu seinem Mund und das war's dann auch schon. Nicht ein Blick, nicht ein Wort. Alles, was meine Recherche betraf, wollte er sich nicht anhören, er schottete sich ab und schob mich einfach beiseite.

Plötzlich war ich es leid. „Was zum Teufel ist los mit dir, Till?", fragte ich. Vielleicht habe ich sogar geschrien.

Till war schockiert, die Mädchen schauten mich erstaunt an, die anderen Restaurantgäste sprangen auf, in der Hoffnung, dass ihr Abend doch noch eine spektakuläre Wendung nehmen würde.

„Früher konnten wir uns stundenlang über solche Themen unterhalten", fuhr ich fort, nun leiser. „Das ist ein wichtiges Thema, denke ich, und ich weiß eine Menge darüber. Es interessiert *mich*, nicht nur, weil wir pubertierende Töchter haben. Warum können wir nicht mehr über Dinge reden, die nicht dich, sondern mich betreffen?"

Till legte sein Besteck zur Seite und sah mich an. Sein Blick verhärtete sich. Subtil, aber unübersehbar. Eine Jalousie vor einem Schaufenster, um unerwünschte Besucher fernzuhalten. Wir sind eingeschlossen.

„Tut mir leid", sagte er schließlich, „aber wie du weißt, bin ich mit deiner ganzen HPV-Story überhaupt nicht einverstanden. Und es frustriert mich, dass du dich weigerst, die Sache aus einer anderen Perspektive zu betrachten."

„Ich habe alle möglichen Perspektiven korrekt beleuchtet", erwiderte ich, „und meine überlegte Schlussfolgerung ist, dass unsere Regierung der Lobbyarbeit eines kommerziellen Pharmaunternehmens erlegen ist und zig Millionen pro Jahr für einen Impfstoff ausgibt, dessen Wirksamkeit noch nicht bewiesen ist und dessen mögliche langfristige Nebenwirkungen unbekannt sind. Das ist alles. Das ist die einfache Wahrheit."

„Die einfache Wahrheit", spottete er. „Deine Wahrheit ist nicht meine."

Selbstverständlich. Du Killer.

Den Rest des Abendessens verbrachten wir schweigend. Sehr gemütlich.

Ich schaue auf mein Telefon. Viertel vor neun. Die Dämmerung stirbt und verfinstert den violetten Himmel in die schwarze Nacht. Keine Nachrichten oder verpasste Anrufe von Till. Wird er nach seinem Spaziergang zum Sunrisepoint schon wieder im Zimmer sein? Dann haben ihm die Mädchen gewiss erzählt, dass ich in die andere Richtung gegangen bin, in Richtung Sunsetpoint. Vor über einer Stunde. Und dann hoffe ich, dass er anfängt, sich Sorgen zu machen und nach mir sucht. Mir ist kalt und ich muss pinkeln. Aber wenn ich vor Till wieder in unserer Western Cabin eintreffe, habe ich die ganze Zeit umsonst hier verbracht.

Die Tropfburgen in der Tiefe bilden verspiegelte Gestalten, wie Paare, alle gemeinsam, als Einheit. Es ist jetzt fast dunkel. Der Felsen mit dem wogenden Gras am Rande der Schlucht hat sich in einen Pferdekopf mit flatternder Mähne verwandelt. Die Jeans zieht sich klamm und kalt um meine Beine zusammen. Zwei Schritte vorwärts und Till wird es für den Rest seines Lebens bereuen.

Frau aus München zwischen Sunsetpoint und Inspirationpoint umgekommen.

Was für eine bescheuerte Schlagzeile.

Verschwundene Mutter auf fliegendem Pferd in der Dämmerung gesichtet.

Besser!

Mysteriöser Tod eines HPV- Impfstoff-Whistleblowers.

Viel besser!

Wieder prüfe ich mein Telefon. Endlich eine Nachricht von Till. Ob ich zur Hütte komme. Das ist zwar keine Entschuldigung, aber immerhin etwas.

Zwei plus Eins

Wir wachen mitten in der Nacht auf. Unser kleiner Bruder hüpft auf unserem Bett auf und ab, wie ein Kleinkind auf einer Hüpfburg.

„Voodoo", rief er aus. „Voodoo, Voodoo!"

„Halt die Klappe, Idiot", sagen wir.

Das Licht des Laternenpfahls neben unserer Cabin strahlt durch die karierten Vorhänge herein. Tisch, Stühle, Schrank – hier ist alles klein. Es riecht nach Weihnachtsbaum und Kamin. Wir würden uns nicht wundern, wenn auf der anderen Seite der Tür der große böse Wolf bereit wäre, unsere kleine Hütte in die Luft zu jagen. Wir sind die drei kleinen Geißlein, bereit, verschlungen zu werden.

„Voodoo!" Fif lässt sich zwischen uns fallen. Wir haben ihn noch nie so aufgeregt gesehen.

„Pst." Wir führen den Zeigefinger an unseren Mund.

Im anderen Bett wirft Loser die Decke beiseite und murmelt. Seit diesem Urlaub schlafen er und Mom Rücken an Rücken zueinander. In der Vergangenheit schmiegte sie sich immer an ihn. Wir schweigen, bis sich seine Atmung beruhigt hat. Mom schnarcht ein wenig. Sie kann nichts dafür, dass sie eine Erkältung hat, aber es ist ein unangenehmes Geräusch.

„Denkt nach", flüstert Fif. „Voodoo!" Er macht eine Geste mit zehn gespreizten Fingern vor seinem Gesicht, puff, wie ein Magier, der etwas verschwinden lässt.

Dann verstehen wir. Seine Idee ist so spannend, dass wir ganz still sind. Wir starren die Decke an, als ob sie eine Voodoo-Anleitung enthält. Es kann furchtbar schief gehen, wenn man etwas falsch macht. Aber echt. Nachher bekommen wir statt Hetti Lohmann Bauchschmerzen. Oder eines der Pferde bekommt eine Kolik, wenn unsere Gedanken zur Reitschule abschweifen, während wir mit einer Voodoo-Puppe beschäftigt sind. Niemand kann an nur eine Sache auf einmal denken. Ja, vielleicht ein Mönch, der das sein ganzes Leben lang praktiziert hat. Normale Menschen können das nicht.

„Morgen werden wir herausfinden, wie man es macht", sagen wir. „Oder weißt du das?"

„Ein wenig. Du kannst die Puppe aus allem machen, solange es ein natürliches Material ist. Seile oder Zweige oder so etwas. Das gelingt uns schon. Und dann brauchen wir Stecknadeln. Wir müssen sie irgendwoher bekommen."

„Fett! Wir voodooisieren das dumme Baby, bevor sie es merken. Wir glücklich, Loser glücklich, Mom glücklich, alle glücklich."

„Was?" Unser kleiner Bruder sieht uns an, als hätten wir etwas Blödes gesagt.

„Nicht?", fragen wir.

Er seufzt und schüttelt den Kopf. „Wir machen überhaupt kein Voodoo. Wir voodooisieren mich irgendwo hinein!"

Ida

Die Mädchen schlafen noch, Till liegt neben mir, halb aufgerich-
tet in den Kissen, beschäftigt mit seinem Smartphone. Als er
merkt, dass ich wach bin, schaltet er das Ding aus und sieht mich
überrascht an.

„Wie spät ist es?", frage ich.

„Fast halb neun."

„Mist!", rufe ich aus.

Der Hauptgrund, warum ich eine Übernachtung im Bryce
Canyon gebucht habe, ist der sensationelle Sonnenaufgang. Und
jetzt habe ich ihn verpasst.

„Dir auch einen guten Morgen", sagt Till.

Wir machen also da weiter, wo wir gestern Abend aufgehört
haben. Uns geht es gut. Oder faktisch gar nicht gut. Ich habe es
satt. Die angespannte Atmosphäre, das ständige Fingern am Telefon, seine abfälligen Kommentare zu meiner HPV-Story, das
Desinteresse am Hier und Jetzt. Ich habe keine Lust mehr. Nicht
in diesem ganzen verdammten Urlaub. Dabei haben wir nicht
einmal die Hälfte geschafft. Aber aufhören ist keine Option. Und
ich möchte nicht vor den Kindern mit ihm darüber sprechen.

„Ich gehe joggen. Du kannst ungestört mit dem fortfahren,
womit du gerade beschäftigt warst." Mein Grinsen trifft ins
Schwarze. Till sieht mich mit einem Blick an, der mehr Verach-
tung ausdrückt, als selbst er in Worte hätte fassen können.

Ich ziehe mich an und gehe nach draußen. Die Tagesausflügler
sind bereits in großer Zahl auf dem Fußweg entlang der Schlucht
unterwegs. Ich muss Slalom laufen, um ihnen auszuweichen. Die
Luft hier oben ist dünn, meine Nase ist immer noch verstopft
und meine Beine sind schwer, als würde ich durch ein Schwimmbad laufen. Nach nur fünf Minuten pocht das Blut in meinen

Schläfen und mir ist schwindelig vom Sauerstoffmangel. Ich bleibe stehen, verschränke die Hände hinter dem Kopf und schnappe nach Luft. Ein Schild weist auf den *Navajo Loop* hin. Eineinhalb Meilen herunter, auf der anderen Seite wieder hinauf. In der Tiefe winken die Schatten. Jetzt in die Hütte zurückzukehren, ist so oder so keine Option.

Mit Hilfe der Schwerkraft steige ich hinab. Mein Herzschlag kommt zur Ruhe. Ein Windhauch trocknet den Schweiß auf meinem Körper, kühlt ihn. Der Weg führt vorbei an orangefarbenen Riesensäulen, über rosarot gewellte Steinebenen und durch ein Tal, in dem an den unwahrscheinlichsten Stellen Bäume aus den Felsen zu wachsen scheinen.

Vielleicht liegt es an der psychedelischen Umgebung, an der spürbaren Präsenz alter, weiser Navajo-Indianer oder an der Reinigung meiner körperlichen Anstrengung, aber mit jedem Schritt fühle ich, wie sich mehr Raum in meinem Kopf bildet. Die Scholle negativer Gedanken wird vorsichtig gelockert, entwirrt, mit Luft durchdrungen. Einzeln betrachtet sind sie nicht viel wert. Lass Till mit seinem Handy beschäftigt sein, wenn er das Bedürfnis verspürt. Solange er nichts dazu zu sagen hat, ist das, was er tut, offenbar nicht wesentlich für unsere Beziehung. Und sei froh, dass Till nicht immer deine Meinung teilt – eine der Eigenschaften, die ich einst an ihm attraktiv fand, war, dass er nicht auf mich einredete und ständig widersprach. Und vor allem respektiert er, dass jeder die Dinge auf seine eigene Art genießt. Was sage ich da? Ich habe die Nase voll von diesem ganzen miesen Urlaub? Schau dich um.

Die Natur ist majestätisch. Sie demütigt. Warum hat nicht jeder Mensch das Grundrecht, die Nationalparks im Südwesten der Vereinigten Staaten mindestens einmal im Leben zu besuchen? Bei Bedarf mit staatlicher Unterstützung. Auf der anderen Seite der Bilanz wird dies in Form von höherer Produktivität wertschätzender Bürger, stabileren Ehen, also weniger Scheidungen und entgleisten Kindern, dem Durchbrechen negativer Denkmuster, also weniger Antidepressiva, ausgeglichen und –

hoppla! Nimm diesmal nicht die bekannte Route und schließe daraus, dass die Pharmaindustrie diesem utopischen Plan einen Riegel vorschieben wird, weil sie davon profitiert, dass die Massen Pillen schlucken und Spritzen bekommen. Im Moment allerdings nicht.

Es dauert noch etwa zehn Schritte, dann trifft mich die Erkenntnis so abrupt, dass sie mich zum Stehenbleiben zwingt. Das ist es, was Till meint: wenn auch nur für einen Moment. In den letzten Monaten war ich so sehr mit meiner Forschung beschäftigt, dass es kein Entkommen gab. In jedem Gespräch fand ich einen Haken, an dem ich meine HPV-Story aufhängen konnte. Ich habe nie eine Gelegenheit ausgelassen. Mein Gott, wie nervtötend.

Im gleichmäßigen Tempo steige ich das letzte Stück aus der Schlucht hinauf. Till und ich müssen die Züge, in denen wir aneinander vorbeirasen, zum Anhalten zwingen. Wir beide. Ein Rendezvous in einem klassischen Bahnhofsrestaurant mit hohen Decken, Holzvertäfelung und sanfter Klaviermusik. Das Wiedererwachen der Tatsache, dass wir am Ende zusammen sein wollen. Und wenn sich die Lokomotiven wieder in Bewegung setzen, werden wir uns zuwinken, wissend, dass wir unterwegs an den anderen denken und dass uns am Ende der Strecke ein neues Aufeinandertreffen erwartet.

Der alte Herr Hakido sitzt auf der Bank vor der Tür zu unserem Cabin. Die Hände im Schoß gefaltet, ein Hauch eines Lächelns auf seinen sommersprossigen Lippen. Als ich an ihm vorbeigehe, nickt er mir aufmunternd zu. Die visualisierte Form meines Unterbewusstseins stimmt mit mir überein. Es ist alles in Ordnung.

Im Zimmer scheint sich seit meiner Abreise wenig verändert zu haben. Alle sind noch im Bett. Der einzige Unterschied ist, dass nicht nur Till, sondern jetzt auch die Zwillinge mit ihren Telefonen beschäftigt sind. Ich schaffe es, die plötzliche Verschlechterung meiner Stimmung zu unterdrücken.

„Steht auf, ihr Faulpelze", sage ich so fröhlich, wie ich kann. „Dann werden wir frühstücken und uns auf den Weg nach Page machen."

„Was sollen wir dort machen?", fragen die Mädchen.

„In einem Stausee schwimmen."

Till sieht mich misstrauisch an. Er zweifelt offenbar an der Aufrichtigkeit des fröhlichen Klangs meiner Stimme. Ich zwinkere ihm zu. Erstaunen in seinen Augen.

„Haben wir dort Wifi im Hotel?", wollen die Zwillinge wissen.

„Jammert nicht", sagt Till. „Wozu braucht man Wifi, wenn man schwimmen kann?"

„Du hast leicht reden", antworten die Mädchen. „Mit deinem endlosen Daten-Roaming."

Zwei plus Eins

Loser und Mom haben beschlossen, dass wir die ‚landschaftlich reizvolle Route' nach Page nehmen werden. Normalerweise bedeutet das einen Umweg, das haben wir längst gemerkt, aber in diesem Fall ist er laut dem Navigationssystem Bella sogar viel kürzer.

Nur hat Navi Bella jetzt den Weg verloren. Buchstäblich. Bella spricht schon lange nicht mehr und der Bildschirm ist leer, bis auf einen sich vorwärts bewegenden Pfeil: wir. Es spielt keine Rolle, dass der Rest verschollen ist, denn es gibt nur eine Straße, also können wir uns nicht verirren. Das Problem ist, dass diese Straße nicht von ihrer Existenz überzeugt ist, wie Navi Bella. Wir kriechen über Berge von Schlamm und tauchen durch tiefe Pfützen mit einem Geräusch, als würde uns der Boden unter den Füßen weggerissen. Ab und zu drehen die Reifen des Fords durch und Loser kann nur durch lautes Fluchen verhindern, dass wir stecken bleiben. Seit über einer Stunde rasen wir durch ein Gebiet, das im Vergleich zum Death Valley so ungemütlich ist wie die Zeche Zollverein in Essen, die wir mal besichtigt haben. Uns ist bisher kein einziges Auto oder irgendein Lebewesen begegnet, und soweit wir in die Zukunft blicken können, wird das auch nicht passieren.

„Wir hätten wohl auf die Hinweistafel achten sollen. Da stand, dass diese Strecke nur für Allrad-Fahrzeuge geeignet wäre", nuschelt Mom, während Loser wieder an ein paar Schlaglöchern vorbei manövriert, die so tief wie Zombiegräber sind.

„Aber nein, Ida. Diese Straße war auch auf der Touristenkarte eingezeichnet, die wir in Bryce bekommen haben. Die Amerikaner würden das nie tun, wenn das hier nicht eine offizielle Route wäre. Mit ihren Haftungsphobien."

„Vielleicht steht dieses Hinweisschild aufgrund früherer Schadensfälle da", sagt Mom.

„Blödsinn", schnauzt Loser. „Es ist alles in Ordnung."

Loser ist ziemlich gestresst für jemanden, der denkt, dass nichts falsch läuft. Er drückt das Lenkrad so fest, dass seine Knöchel weiß werden, die Muskeln an seinen Kiefern sind angespannt. Wir wissen natürlich nichts davon, aber es erscheint uns gefährlicher, mit einem ungeeigneten Auto durch diese Mondlandschaft zu fahren, als auf einer Pferderennbahn zu galoppieren – und das war verboten.

Ein paar große Steine rollen unter den Hinterreifen des Fords weg, wir sinken ein wenig nach links herab, schleudern und klappern. Loser gibt Gas, sagt ein Wort, für das *wir* uns beim Schuldirektor melden sollten, und er kann gerade noch verhindern, dass wir von der Erde verschluckt werden.

„Shit!" Mom umklammert das Armaturenbrett, als ob sie am Rande einer Schlucht hängen würde. „Ist es nicht besser, zurückzufahren?"

„Nein!" Loser deutet auf den Himmel, der die Farbe von Moms allseits geplagter schwarzer Wolke hat. „Wenn die Böen aufreißen, bevor wir die asphaltierte Straße erreichen, sitzen wir unwiderruflich fest."

„Aber vielleicht ist das Stück, das wir noch vor uns haben, länger als das Stück, das hinter uns liegt." Mom klingt verzweifelt. „Oder vielleicht endet die Straße auf den Überresten einer Felsruine oder geht in einen wirbelnden Fluss über."

„Tja!".

„Tja was?" Wir wissen nicht, ob Mom wütend ist, oder nur Angst hat, oder beides.

„Tja", wiederholt Loser. „Könnte durchaus alles passieren. Aber vielleicht liegt die bewohnte Welt jenseits davon." Er nickt in Richtung des Hügels, auf den wir gerade zufahren.

Mom ist eine Zeit lang still. Sie hofft vermutlich, dass Loser recht hat. Das tun wir auch. Wir haben keine Lust mehr, durchgerüttelt zu werden.

Plötzlich prasseln dicke Regentropfen gegen das Fenster. Aber richtig dicke. Solche Tropfen haben wir noch nie gesehen. Als würden die Wolken diese kleinen durchsichtigen Meeresquallen auf uns werfen.

„Verdammt! Warum versagt das blöde Ding immer dann, wenn man es braucht!" Mom gibt Navi Bella eine blutige Ohrfeige mit der linken Hand. Das Navi fällt auf den Boden.

„Reiß dich gefälligst zusammen", brummt Loser. „Vielleicht ist es jetzt nicht mehr funktionstüchtig."

Mom steckt sich den blutenden kleinen Finger in den Mund und schaut wütend aus dem Seitenfenster.

„Bad Karma", sagen wir, denn diese Chance können wir uns nicht entgehen lassen.

„Hört auf mit dem Karma-Scheiß", schreien Mom und Loser im Chor.

Yes! Ein Doppelkarma. Wir quetschen uns gegenseitig den Oberarm. Sieben Mal *Bad Karma.* Cool. In diesem Urlaub schaffen wir mit Leichtigkeit die zehn.

Loser hebt Navi Bella auf und hängt es wieder in die Halterung. Die Scheibenwischer machen seltsame Geräusche, als würde man mit den Fingernägeln an der Schultafel kratzen. Das Angebot an Regenquallen war nicht so groß.

„Ich sehe was, was du nicht siehst", sagt Loser plötzlich. „Und die Farbe ist blau."

Wir schauen alle nach oben. Ein entgegenkommendes Auto kommt über den Hügel auf uns zu. Ein kleines glänzendes Auto, überhaupt nicht mit Schlamm bedeckt.

„Gerettet!", schreit Mom. Sie hebt ihre Faust siegesbewusst und schlägt sie gegen das Autodach. Loser sieht sie an, sagt ihr aber nicht, dass sie sich normal verhalten soll.

Das blaue Auto hält an einer Lichtung, so dass wir daran vorbeifahren können. Wir winken dem Fahrer zu, als sei er unser bester Freund, den wir seit einem Jahrhundert nicht mehr gesehen haben. Kurze Zeit später erreichen wir eine Kreuzung mit einer normalen Straße. Es gibt sogar ein Straßenschild mit den

Entfernungen zu den nächstgelegenen Dörfern und Städten. Auch unser Ford ist froh, endlich mit seinen Reifen dem Schlamm zu entkommen. Mit einem Freudensprung biegt er auf die Straße ein.

„Warte, ich möchte den Asphalt küssen."

Unsere Eltern sind so seltsam, dass sie tatsächlich solche komische Sachen machen. Loser hält an, Mom öffnet die Tür, fällt neben dem Auto auf die Knie und küsst den Boden. Heiße Luft strömt ins Innere. Wegen der Klimaanlage hatten wir völlig vergessen, dass wir in der glühend heißen Wüste sind.

„Köstlich." Mom sackt zurück in ihren Sitz. „Und jetzt Gas geben mit dieser Flunder."

Loser beugt sich übertrieben tief über das Lenkrad und macht ein Brrr-Geräusch, wie kleine Jungs es tun, wenn sie Rennwagen spielen.

„Neustart", krächzt Navi Bella plötzlich.

Wir schauen alle erstaunt auf das Gerät.

„Halt die Klappe, Schlampe", ruft Loser.

Das bringt Mom und ihn so sehr zum Lachen, als hätten wir wirklich etwas, worüber wir erleichtert sein können.

Ida

Natürlich habe ich mir bei der Planung dieser Reise unzählige Landschaftsfotos im Internet angeschaut. Und so schön ich sie oft fand, so kann ich jetzt sagen, dass kein einziges Bild auch nur annähernd an das herankam, was die Realität zu bieten hat. Es ist, als würde man durch das Loch eines bereits schönen Dioramas krabbeln, woraufhin sich herausstellt, dass der Inhalt nicht aus zweidimensionalen Teilen besteht, die herausgeschnitten wurden, sondern dass es sich um ein großartiges, reines und perfektes Ganzes handelt. Mutter Natur ist die größte Künstlerin, die die Welt je gekannt hat. Soweit es mich betrifft, ist das eine Tatsache, was auch immer Till, mit seinem Gefasel über Vermutungen und Farbfilter, darüber denken mag.

Auch der Lake Powell ist von erstaunlicher Schönheit. Ein riesiger, tiefblauer See zwischen hoch aufragenden Felsen in allen Schattierungen von Rot bis Gelb. Schäfchenwolken schweben am Himmel und spiegeln sich im Wasser. Jedes Foto, das ich hier mache, könnte in einem Reiseführer oder Bildband abgedruckt werden.

Till und die Mädchen schwimmen, ich sitze im Bikini am korallenartigen Ufer. In der Ferne segelt eines der vielen Urlaubsschiffe vorbei. Von außen hässlich – aus diesem Blickwinkel gesehen, könnte es auch ein aufgeblasenes Bügeleisen sein – aber innen strotzt es vor Luxusappartements, geeignet für mindestens drei Familien. Ich habe einmal den Versuch unternommen, mit einigen Freunden einen dieser schwimmenden Paläste für ein paar Tage zu buchen. Schwimmen, Lesen, Shuffleboard spielen, Wein trinken. Abends an einem verlassenen Strand ein Feuer machen und Fisch grillen, den wir selbst gefangen haben. Idyllisch. Aber selbst diese Schiffe sind Monate im Voraus ausgebucht. Natürlich stieß ich in unserem Freundeskreis auf Spott oder erntete zumindest hochgezogene Augenbrauen, als ich sie bat, sich so kurzfristig auf Urlaubspläne festzulegen. *Da kommt sie wieder, unsere Travel Ida.* Folglich wurde es nur ein kleines Motel.

Inzwischen sind die Mädchen ein wenig weiter an Land geklettert. Sie hocken und sammeln etwas. Wahrscheinlich Muscheln oder Kieselsteine. Manchmal, aber immer seltener, sind sie plötzlich wieder meine kleinen Mädchen, die sie einmal waren. Köpfe zusammen stecken, gleiche Körperhaltung, gleiche Statur. Zwei identische Silhouetten gegen die tiefstehende Sonne. Ich weiß, Mütter sind nicht objektiv, aber meine Töchter sind wirklich außergewöhnlich gut gelungen. Süß. Skurril. Lustig. Till und ich haben der Menschheit zwei schöne Gestalten hinzugefügt.

Wieder mache ich ein Foto. Oder besser gesagt, zehn, die ich alle sofort wieder lösche, bis auf das Beste. Ich blättere zurück in meinem digitalen Fotoalbum. Bilder von Bryce, von Zion, von Las Vegas. Mittlerweile kenne ich sie auswendig.

Manchmal habe ich Heimweh nach der Zeit, als man noch Filmrollen mitnehmen musste, um dann Tage später einen Stapel glänzender Erinnerungen im Fotoshop abzuholen. Das anschließende Wiedersehen mit deinen Reisebegleitern. Fotos vergleichen, den Urlaub noch einmal erleben. Aufschreiben, welche Songs neu geordnet werden müssen. Und trotz deiner Absicht, diesmal ein richtiges Urlaubsbuch daraus zu machen, landete am Ende auch dieses Paket in der Kiste mit all den anderen Fotos, die noch eingeklebt werden mussten, bis auf die wirklich herausragenden – sie kamen gerahmt an die Wand.

Mein allerbestes Urlaubsfoto hängt immer noch im Flur. Ich bin darauf etwa fünfundzwanzig Jahre alt, bin mit einem Freund in Urlaub und stehe in einem griechischen Postamt und telefoniere. Blondes Meerwasserhaar, sonnengebräunt, kurzes Kleid, offene Sandalen. In meiner rechten Hand halte ich einen Stift, der über einem Notizbuch schwebt, mit der linken zeige ich auf den Telefonhörer, den ich zwischen Schulter und Ohr halte. Und ich strahle, weil ich gerade erfahren habe, dass mein Artikel über die umstrittene Eiskunstläuferin Tonya Harding veröffentlicht wurde. Ein Sieg. Besonders für mich.

Ich hatte immer das Gefühl, dass das Füllen einer Nachtleben-Kolumne die höchste Leistung für einer Journalistin meines Niveaus war. Erst nach dem Leaving-Las-Vegas- Zusammenbruch habe ich beschlossen, dass ich mich selbst herausfordern muss. Es war jede Menge los in der Welt und ich entdeckte, dass man nicht über alles Bescheid wissen musste, um darüber schreiben zu können. Ich musste mir nur ein Thema aussuchen, das mich wirklich interessierte, und mich darin vertiefen. Ich erkannte, dass die Dinge nicht nur zwei Seiten hatten, sondern Dutzende. Jedes Nachrichtenereignis ist wie ein facettierter Diamant. Die Kunst besteht darin, sich nicht von der Brillanz der einzelnen Facetten blenden zu lassen, sondern sich auf den ganzen Stein zu konzentrieren. Und wenn man den Überblick verloren hat, wenn alle Logik zu fehlen scheint, dann schaut man, wie das Geld fließt. Welche Partei profitiert von der Art und Weise, wie die Dinge laufen? Oft stellt sich heraus, dass die Realität viel größere Bösewichte beherbergt als ein stark beworbener Hollywood-Streifen.

Meine Recherche zu den HPV-Impfungen könnte auch die Grundlage für das Szenario eines Psychothrillers sein. Die Dokumente, die ich als Antwort auf meine Anfrage nach dem *Open Government Act* von der Regierung erhielt, waren fast vollständig geschwärzt. So gut wie alles, bis auf die Präfixe und Satzzeichen, wurde die Schwärze als ‚persönliche Sichtweise einer Person‘ oder ‚vertrauliche Firmeninformation‘ bezeichnet – die Art und Weise, wie man Dinge intern hält. Namen wurden gelöscht, Protokolle wurden nicht archiviert, Berichte konnten nicht gefunden werden. Außerdem teilte das Gesundheitsministerium Hartel Pharma mit, dass ich einen Nachforschungsantrag gestellt hatte, woraufhin alle meine aktuellen Interviewanfragen abgelehnt wurden. Und das alles, um die Tatsache zu verschleiern, dass sie aus reinem Profitstreben handelten.

Die Zeitschrift wird meinen Beitrag erst nach meiner Rückkehr in die Bundesrepublik veröffentlichen, weil sie erwarten, dass ich von den Nachrichtenprogrammen eingeladen werde, darüber zu sprechen. Zweifellos mit einem Vertreter aus der pharmazeutischen Ecke als Gegenspieler am Tisch. David gegen Goliath. Das ist in Ordnung. Ich bin bereit dazu, obwohl ich mich vor Kameras und in elitären Kreisen nicht besonders wohl fühle. Ich bin mit einem Anwalt verheiratet, aber seine Welt ist nicht meine. Vielleicht ist das auch ganz gut so. Wenn ich eine von ihnen wäre, hätte ich andere Interessen, als nur die Risiken sichtbar zu machen, die mit der Gesundheit vieler Menschen einhergehen, nur um die Taschen der Riesen zu füllen.

„Ida!"

Ich schaue auf. Till liegt auf dem Rücken im Wasser und streckt den Daumen nach oben. Ich weiß nicht, ob es ein Kompliment für meine Entscheidung ist, zum Lake Powell zu fahren, oder ob er wissen will, ob es mir gut geht. Ich hebe ebenfalls den Daumen, das scheint in beiden Fällen eine angemessene Reaktion zu sein.

„Foto!", rufe ich zurück.

Ich halte mein Smartphone wieder in Kameraposition, Till winkt fröhlich. Ich drücke mehrmals den Auslöser, schaue mir danach die Bilder an und treffe die Auswahl. Gewonnen hat das Foto, auf dem das typische Lächeln von Till Faber am breitesten ist. Das Lächeln, mit dem er fast alle Frauen um den Finger wickelt. Das Lächeln, das er mir in letzter Zeit kaum schenkt.

Ich stecke mein Ohrstöpsel ein. Im Sender läuft Justin Timberlake's Cant't stop the feeling!

Zwei plus Eins

Und wieder werden wir in einem Auto durchgerüttelt. Das ist ganz sicher unser neues alltägliches Ritual. Dieses Mal sitzen wir auf einer Holzbank in einem offenen Lastwagen, eingeklemmt zwischen unbekannten, klebrigen, nach Schweiß riechenden Menschen. Wir sahen sie schon auf dem Parkplatz, wo wir uns versammeln sollten, auf uns zu watscheln. Eine Gruppe von vier Erwachsenen, alle viel zu dick.

„Das sieht man nicht oft, dass Fastfood-Walrosse frei herumlaufen, Mom."

„Benehmt euch", ermahnt sie uns.

„Oh, heute ist es mal Indianer und kein Inder!", sagt eine korpulente Dame.

Inder… das Stichwort für meine Mädchen. Sie tippen sich mit dem Zeigefinger auf die Stirn: „Eine Feder. Kein Punkt, Madam!"

Der Indianer, der die Einteilung vorgenommen hatte, kann wohl nicht besonders gut rechnen, da er versucht, viertausend Pfund Übergewicht mit zwei spindeldürren Zwölfjährigen zu kompensieren. Er schickt uns nicht nur in denselben Wagen, sondern wir müssen auch auf derselben Bank sitzen wie die Doppelwhopper.

Mom grinst. „Bad Karma." Eins zu null für unsere Mutter.

„Supernett", nörgeln wir. „Wirklich."

Mom und Loser sitzen uns gegenüber, aber unsere Knie berühren sich dennoch. Hinter ihren Rücken zwei weitere Bänke. Sechs Personen pro Bank, vierundzwanzig insgesamt. Fünf Autos in einer Reihe. Der Fahrer merkt nicht, dass seine Fracht lebt, denn er bremst nicht einmal bei Schlaglöchern und Bodenwellen ab.

„So ist das also, wenn man ein Schaf in einem Viehwaggon ist.“, knurrt Loser.

„Touristenvieh.“ Mom schmunzelt dennoch. „Ja, ich fühle mich wie ein Touristenschaf.“

Wir nicken und finden es blöd, dass Touristen immer so tun, als ob nur andere Touristen Touristen sind.

„Warum genau haben wir diesen Ausflug noch einmal gebucht, Ida?“, fragt Loser.

„Ja, warum?“, papageien wir.

„Weil es die einzige Möglichkeit ist, zum *Antelope Canyon* zu kommen“, antwortet Mom schnippisch. „Und weil wir den *Antelope Canyon* nicht verpassen sollten. Das ist der Grund.“

„Es war auch nur eine Frage“, murmelt Loser.

Wir passieren eine Schranke und fahren in eine sandige Steinwüste. Unebenheiten, Straßenlöcher und ein endloses Gerüttel quälen uns. Wir spüren jeden Knochen in unseren Körpern und wünschen uns winzige Big-Mac-Polster am Gesäß. Irgendwann hören wir auf, „Aua“ zu rufen. Obwohl wir einfach geradeaus fahren können, überqueren die Indianer die Dünen gerne diagonal durch den losen Sand. Mit einem LKW voller Menschen, die gegeneinander gepresst werden. Unser Fahrer fährt schneller als die anderen LKWs. Wir hängen horrormäßig schief. Wenn wir nicht die zusätzlichen Kilos menschlichen Fleisches auf der hohen Seite hätten, wären wir umgekippt. Ein paar Frauen schreien, einige Männer lachen laut, um zu zeigen, dass sie keine Angst haben.

Loser spricht den Mann, der neben dem Taxifenster sitzt, an. „Er ist verrückt. Würden Sie so freundlich sein, an das Fenster zu klopfen und ihm zu sagen, dass er mit der Raserei aufhören soll?“

Der Mann ist Chinese. Oder ein Japaner. Er reagiert nicht und bleibt aufrecht, als ob das Bügelbrett noch in seiner Kleidung steckt und nicht fast aus dem Lastwagen fällt.

„Verstehe“, sagt Loser. „Chinesen erdulden alles, selbst im Ausland.“

Das Ganze gefällt uns nicht. Seit wir Voodoo-Priesterinnen werden wollen, sind wir mehrmals nahe daran in Wüsten zu sterben. Vielleicht haben die Kräfte der schwarzen Magie bereits begonnen, obwohl wir nur Informationen nachgeschlagen haben. Aber wenn man Menschen auf der anderen Seite der Welt arm oder reich, oder krank oder gesund machen kann, dann kann man offenbar auch sehen, wer was im Internet ausheckt.

Endlich halten wir an. Am Eingang zu einer Höhle. Wow. Eine Höhle! Das ist die dümmste Idee, die Mum je hatte. Wir besuchen während eines Schulausflugs immer irgendwelche Höhlen. Oder bei einem verregneten Urlaub in Italien. Dafür müssen wir nicht in der brütenden Hitze in einem Viehtransporter kauern, wogegen wir im Motel Wifi haben oder in einem See schwimmen können.

Einer nach dem anderen werden die Gittertüren der Viehwaggons geöffnet. Hopp, hopp, hopp, die Schafe springen raus. Bei den Dicken wabbelt alles beim Absprung, selbst das frittierte Hirn, so dämlich glotzen sie. Alle tragen ein T-Shirt, eine lange Hose in Schlabberlook, offizielle Wandersandalen und eine Mütze. Mom und Loser tragen normale sommerliche Stadtkleidung. Wir sehen auf unsere eigenen abgeschnittenen Jeans, Hemden und Flip-Flops hinunter. Vielleicht hat Mom recht und wir haben es als Touristen doch nicht ganz geschafft.

Endlich öffnet sich die hintere Tür. Der erste Zehn-Tonner stürzt von der Bank in den Sand. Der Boden wackelt. Diese Indianer sollten besser aufpassen, dass ihre profitable Höhle nicht einstürzt, wenn sie solche Specklawinen hierher bringen. Der Rest steigt auch aus. Genau zur rechten Zeit. Unsere gestauchten Körper springen wieder in ihre normale Form zurück. Wir warten, bis wir wieder Luft in den Beinen haben, damit sie nicht wie trockene Zweige knicken, dann springen wir aus dem Auto.

In Gruppen betreten wir die Höhle. Plötzlich schrumpfen alle. Eben noch waren wir Menschen, jetzt sind wir Plankton und schweben in einer gigantischen Muschel. Die Wände sind so glatt und rosa und so gewellt und gewunden, dass wir kaum glauben können, dass die Natur das geschaffen hat. Aber auch wenn es sich um ein Kunstwerk der Indianer handelt, so ist es doch das Schönste, was wir jemals gesehen haben. Unser Fahrer lächelt. Er muss Millionen von Menschen hierher gefahren haben, aber anscheinend findet er die offenen Münder immer noch amüsant.

Wir folgen ihm weiter in die Muschel. In der Decke sind hier und da kleine Löcher, durch die die Sonne ihr Licht wirft, so dass wir Flammen, Herzen, Tiere, erkennen können. Am Boden liegt feiner weißer Sand. Ab und zu wirft einer der Reiseführer eine Handvoll davon in einen Tageslichtstreifen nach oben, der dann langsam und glitzernd wieder nach unten sinkt. Alle Touristen fotografieren wie verrückt.

„Psst", flüstert unser kleiner Bruder, als wir wieder draußen sind. „Ideale Füllung für die Voodoo-Puppe."

Wir wurden mindestens zehnmal von den Indianern ermahnt, nichts anzufassen und schon gar nichts mitzunehmen. Aber Fif hat recht. Wir setzen uns gegen einen Felsen in der Nähe des Höhleneingangs und lassen die Hände voller Sand in unsere Taschen gleiten. Magischer geht es wirklich nicht.

Till

Was zum Teufel ist mit den amerikanischen Radiosendern los? Irgendwie spielen die Discjockeys mindestens einmal pro Autostrecke einen Song, bei dem ich mir wie ein labiler und überforderter Mensch vorkomme. Dieses Mal ist es Sting. Fields of Gold. Gleich als der Song im Bayern3 zum ersten Mal gespielt wurde, haben wir ihn in der Band übernommen. Er war jahrelang einer unserer größten Hits. Jetzt spielen wir ihn nicht mehr. Eines Tages geschah irgendetwas etwas mit Nils und seiner Ex. Seitdem will er „You'll remember me when the west wind moves, upon the fields of barley" nicht mehr singen.

Der melancholische Gitarrensound, die Stimme von Sting … Eine ermattende Leere über meinem Magen. Einen Knoten in meinem Hals. Melancholie pur.

Ich schaue seitlich zu Ida. Sie nimmt einen Schluck aus ihrer Wasserflasche, fährt sich mit der Hand durchs Haar und tut so, als würde sie meinen Blick nicht bemerken. Vor etwa zehn Jahren haben wir beide Sting live gehört. Sie hatte das Konzert als Überraschung für meinen Geburtstag vorbereitet. Eines der Dinge, die uns verbindet, ist die Liebe zur Musik. Alte Schallplatten zu Hause abspielen oder neue musikalische Entdeckungen miteinander teilen, Konzerte oder Festivals besuchen. Wir hatten nie viel Freizeit zusammen, aber wir verbrachten sie fast immer mit musikalischen Highlights.

Präteritum. Ich denke in der Vergangenheitsform. Gehen wir auf das Ende unserer Ehe zu? Habe ich uns gerade tatsächlich Präteritum genannt? Und ist es das, was ich will? Ich liebe Ida. Sicher, sie ist nicht perfekt. Sie will sich stets durchsetzen, quengelt herum, ist ein Kontrollfreak und glaubt stets, ich stecke zu wenig Energie in unsere Beziehung, während ich mich abrackere, um unsere Familie zu ernähren. Und ich stimme nicht immer mit ihr überein, insbesondere in letzter Zeit, mit all dem Gejammer über den HPV-Impfstoff. Aber ich liebe sie. Sie ist etwas Besonderes. Ein Freund sagte kürzlich, dass das Geheimnis einer guten Beziehung darin besteht, die Unzulänglichkeiten des Partners zu akzeptieren. Mit den guten Eigenschaften kann jeder umgehen. Ida ist wie eine offene Tür, durch die ich bedenkenlos eintreten kann. Und diese Erkenntnis ist für mich mit einem Mal eine Offenbarung.

Würde ich es auch mit Hetti auf Dauer aushalten? Nachdem ich sie so oft gesehen habe, dass ich hinter ihre Schönheit blicken kann? Wenn sie anfängt, über die Menge an Toilettenpapier zu nörgeln, die ich verbrauche, wenn sie meint, ich solle zur Geburtstagsparty ihrer Schwester mitkommen, obwohl ich diese Schlampe verabscheue? Von einer gemeinsamen Liebe zur Musik, die die geringeren Aspekte kompensiert, kann jedenfalls keine Rede sein. Hetti hat nicht mehr als dreißig CDs in ihrem Schrank – vermutlich alle geschenkt bekommen, denn einen bestimmten Geschmack kann man daraus nicht destillieren – und wenn Musik in ihrem Haus erklingt, dann ist es der amorphe Brei von Sky Radio oder etwas Ähnlichem. Aber okay. Hetti hat Eigenschaften, die Ida nicht hat. Ein Baby im Bauch, zum Beispiel. Meins, um genau zu sein. Was für ein riesiger Schlamassel.

Ida wendet ihr Gesicht ab und singt mit Sting mit. „Will you stay with me, will you be my love among the fields of barley. We'll forget the sun in his jealous sky, as we lie in fields of gold."

Ich will ihr etwas Nettes sagen oder sie berühren, aber bevor ich etwas tun kann, erhebt sich ein Geräusch aus der Ablage der Mittelkonsole. Metall auf Kunststoff. Ida und ich starren zuerst auf mein leuchtendes Handy, dann sehen wir einander an. Eine Textnachricht. Wer schickt heutzutage noch eine altmodische vibrierende Textnachricht?

„Soll ich?" Ohne meine Antwort abzuwarten, schnappt sich Ida das Handy aus der Ablage und tippt meinen Code ein - den Code, den ich nicht zu ändern wage, um keinen Verdacht zu erregen. In der Tat war es früher üblich, dass sie meine Anrufe und Nachrichten beantwortete, wenn ich hinter dem Steuer saß. Früher. Vor etwa acht Monaten. Damals, als das noch nicht weh getan hat.

Mit Hetti habe ich vereinbart, dass wir ausschließlich über den Facebook-Messenger kommunizieren, weil ich davon keine Benachrichtigungen bekomme und ich es abrufen kann, wann es mir passt. Sie kann mir nur im Notfall eine Textnachricht schicken und mich nur in einer lebensbedrohlichen Situation anrufen. Zunächst sträubte sie sich dagegen, weil sie ein solch bescheidenes und abwartendes Verhalten für eine Frau ihres Kalibers nicht für angemessen hielt, und damit hat sie recht, aber ich wollte meine Beziehung zu Ida nicht gefährden. Es war auch nie meine Absicht, dass aus der Affäre mit Hetti mehr werden würde. Es war schön, es war schmeichelhaft, es war lustig. *Und jetzt siehst du, was du angerichtet hast, du Depp! Vollpfosten! Sie ist schwanger!*

Heilige Scheiße! Es dringt erst jetzt wirklich zu mir durch, neuntausend Meilen von ihr entfernt.

Ida sieht aus, als hätte sie gerade eine Morddrohung erhalten. Oder bilde ich mir das nur ein? Kurzschluss in meinem Kopf? Kommt Hetti uns in die Quere? Schweiß perlt von meiner Stirn, obwohl es im Wagen angenehm kühl ist. Alarmstufe rot.

Im Radio ertönt *Say Something* von Justin Timberlake und Chris Stapleton. Das auch noch.

„Was ist es?" Kurz und knapp. *Beruhige dich.*

Sie sieht mich an. „Wie schön."

Die Nervenenden meiner Kopfhaut prickeln.

„Was?"

„Eine Flutwarnung", antwortet Ida. „Wir müssen einen Umweg über den Highway 98 machen."

„Von wem kommt das?"

„*Big Brother* natürlich", sagt sie. „Wer soll abgesehen davon wissen, dass wir hier unterwegs sind?"

Zwei plus Eins

Wir verstehen schon, warum man dies den Grand Canyon nennt. Noch bevor wir den Nationalpark betreten, sehen wir vom Auto aus einen riesigen Riss in der Erde. Nicht eine dieser vagen Schluchten, bei denen man sich nicht vorstellen kann, dass die Erde zuerst eine Einheit war, bis sie auseinanderbrach. Nein, das hier ist wie eine riesige Melone, aus der ein Stück herausgeschnitten wurde, nur eine Milliarde Mal größer. Es überrascht uns, dass all diese Canyons so unterschiedlich sind. Wir glauben zwar immer noch nicht, dass man sich stundenlang Felsen anschauen muss, aber die ersten paar Minuten an jedem neuen Ort sind schon ziemlich fett.

Unser Hotel besteht aus allerlei niedrigen Holzgebäuden und befindet sich nur wenige Meter von der Schlucht entfernt. Wenn wir kein Dach über dem Kopf hätten, könnten wir von unserem Trampolin-Bett in die Schlucht springen. Und wir haben das Zimmer für uns allein, mit kostenlosem Wifi. Mom ist ziemlich stolz, dass wir hierbleiben, denn es ist ein Jahr im Voraus ausgebucht. Das scheint uns gar nicht so kompliziert zu sein, man muss die Dinge nur früher regeln, die man alternativ ein paar Monate später machen würde. Aber sie tut so, als ob es schwieriger ist, ein beliebtes Hotel zu buchen als ein mieses Hotel.

„Wir mögen The Bright Angel Lodge, Mom", sagen wir.

„Schön, dass es euch Spaß macht, Babes", antwortet sie.

Wir würden selbst gerne Bright Angels sein. Engel, mit weißen Kleidern und sanft leuchtenden Flügeln, die vor einem dunkelblauen Abendhimmel flattern. Um dann von Mom fotografiert zu werden. Und dann lässt sie es auf eine Leinwand drucken, für die Ahnengalerie über dem Treppengeländer.

„Ja!" Fif zeigt auf den Schreibtisch in unserem Zimmer. Wir müssen zweimal hinschauen, aber dann sehen wir es auch. Es gibt ein Nähset. Ein Stückchen Pappe, um das ein paar bunte Fäden gewickelt sind, ein schwarzer Knopf, ein weißer Knopf, eine Sicherheitsnadel und eine Nadel. Schnell schlüpfen wir ins andere Zimmer, um das Nähzeug von Loser und Mom zu holen und packen die Beute in unseren Voodoo-Beutel, in dem wir auch den Sand vom Antelope Canyon aufbewahren. Es fängt an, nach etwas auszusehen.

„Kommt ihr?", ruft Mom. „Wir gehen essen."

Entlang des Canyons, über einen gewundenen Filmstarpfad, laufen wir zum Restaurant. Die Sonne ist gerade untergegangen und es ist sehr ruhig, denn alle Leute, die nicht am Grand Canyon übernachten, sind bereits in den abgelegenen Hotels. Plötzlich packt Mom Losers Arm und bleibt stehen. Sie dreht sich um und legt den Finger an die Lippen, um uns vom Kreischen abzuhalten.

„Mädchen", flüstert sie. „Seht euch das an."

Zwischen den Gebäuden unserer Lodge taucht ein riesiges Rentier auf. Er weidet direkt neben uns. Wir hören, wie es das saftige grüne Gras abreißt und es zwischen seinen Kiefern zermalmt. Sein Geweih ist so groß und samtig, dass wir sicher sind, dass es eine Fälschung ist. Wir schauen uns um und suchen nach einer versteckten Kamera, aber stattdessen sehen wir diese großen Rehe, die überall auftauchen. Fünfundzwanzig, oder dreißig. Sehr ruhig und friedlich.

Wir laufen weiter den gewundenen Pfad zwischen den grasenden Rentieren entlang. Niemand spricht, unsere Schritte sind gedämpft, und alles was wir hören, ist das leise Knacken des Grases und das Donnern der Hufe, wenn sich die Tiere bewegen. Wir kneifen uns gegenseitig die Arme bis zur Schmerzgrenze. Wir sind wirklich wach.

Ida

Sechs Uhr. Die Mädchen schlafen noch im Zimmer nebenan, sie wissen, dass Till und ich früh losfahren und um neun zum Frühstück zurück sein werden. Wir werden ein Stück über den Bright Angel Trails wandern, und wie immer wollten sie unter keinen Umständen mitkommen. Sich den Wecker zu stellen und sich unnötig zu ermüden, steht nicht gerade auf der Prioritätenliste unserer Mädchen.

Am oberen Ende des Weges sehen wir ein Warnschild. Ein gutaussehender, athletisch gebauter Mittzwanziger blickt in die Kamera. *Die meisten Todesfälle auf dem Bright Angel Trail sind Typen wie ich*, lese ich. Eine Geschichte über Hitze, Dehydrierung und Selbstüberschätzung.

„Ziemlich dumm, wie mir scheint, sich unvorbereitet in den Grand Canyon zu stürzen", fällt mir dazu ein.

„Was haben wir denn in Sachen Vorbereitung unternommen?", fragt Till.

„Wir haben Wasser, wir tragen Kopftücher, wir stellen sicher, dass wir wieder zurückgehen, bevor es zu heiß wird, und wir haben eine Bombenkondition."

„Bombenkondition? Wir?" Till lacht laut auf. „Ich bin fast fünfzig, Liebes. Und du bist fünfundvierzig. Körperlich haben wir unsere besten Jahre überschritten."

„Das gilt vielleicht für dich. Ich habe mich noch nie so fit gefühlt."

Das ist keine Lüge. Ein vollständiger Körpercheck wird zweifellos Zeichen des Verfalls offenbaren, aber ich treibe fast täglich Sport, rauche nicht mehr, esse bewusst und habe aufgehört, hochprozentigen Alkohol zu trinken. Nur Wein wird noch in

Maßen konsumiert. Man soll sich nicht alles verkneifen, was gut schmeckt – das ist auch ungesund.

Der Abstieg geht gut. Ich folge Till und muss kaum darauf achten, wohin ich meine Füße setze. Es ist schon sehr warm, aber die Hitze ist erträglich und die Aussicht atemberaubend. Eichhörnchen schießen an uns vorbei, Vögel segeln durch die Lüfte. Manchmal reden wir oder sind einfach nur still. Noch ist es ruhig auf dem Weg. Vor uns geht ein junges Paar, hinter uns sehe ich in den Kurven hin und wieder vereinzelt andere Wanderer. Nur einmal treffen wir einen Kletterer mit weit aufgerissenen Augen und laufender Nase, der zweifellos vor Stunden von der Ranch am Fuße des Canyons aufgebrochen ist. Er antwortet nicht auf meinen Gruß – ich bezweifle, dass er uns überhaupt bemerkt hat. Wir sehen ihn uns an.

„Das ist einer von denen", sagt Till, „der denkt, er sei Supermann."

„Oder ein bionisch inspirierter Roboter!"

„King Kong". Till macht sich breit und setzt sich wieder in Bewegung, er geht breitbeinig, die Arme ein wenig vom Körper weg. „Oder Hulk."

Er ist heute glücklich. Wir hatten gestern einen schönen Abend. Die wunderbare Begegnung mit einer Rentierherde, gefolgt von einem Abendessen im berühmten *Hotel El Tovar*. Alt, rustikal, stimmungsvoll und das beste Essen, das wir bisher in diesem Urlaub hatten – außer den Zeiten, in denen Till im Hotelappartement selbst gekocht hat, versteht sich. Es ist schade, dass er zu Hause so wenig Zeit dafür hat, er ist der talentierteste Hobbykoch, den ich kenne.

Als die Mädchen zu Bett gegangen waren, schloss Till die Tür zwischen unseren Zimmern so leise wie möglich ab. Er kam in der Dämmerung auf mich zu, legte seine Arme um mich und küsste mich, wie er es schon lange nicht mehr getan hatte. Etwas in mir rebellierte. Eine weinerliche kleine Stimme musste mir unbedingt sagen, dass er mich nicht ignorieren könnte, und dann, wenn er Lust auf Sex verspürte, ich die Gelegenheit ergreifen sollte. Ich musste der kleinen Stimme theoretisch recht geben, aber in der Praxis war es mir egal. Die Erinnerung an unsere verschwitzten Körper, die langsamen, intensiven Bewegungen und unser schwüles Geflüster in der Dunkelheit ließen meinen Unterleib noch Stunden später auf dem Bright Angel Trail kribbeln.

„Excuse us!"

Erst jetzt bemerke ich hinter uns eine Gruppe Touristen auf Maultieren. Wir drücken uns an die Bergwand, um sie passieren zu lassen. Der Guide tippt zum Dank an seinen Cowboyhut. Langsam stapfen die Tiere auf ihrem Weg nach unten vorbei. Die meisten Reiter haben Todesangst und können es nicht verbergen – die Augen weit aufgerissen, die Hände um den Sattelknauf geklammert, als wäre er ein hart erkämpfter Goldklumpen, den hölzernen Körper zur Bergseite geneigt, damit sie nicht mit ihrem Vierbeiner in die Schlucht stürzen.

Ich glaube, dass sie auf dem Rückweg bestimmt die Ausstrahlung des entspannten und erfahrenen Guides angenommen haben. Ich sollte jetzt ein Video von ihnen machen, mit ihren verdrehten Köpfen und versteiften Gliedern, und sie in dem Moment damit konfrontieren, in dem sie ihrem Maultier hochmütig auf den Nacken klopfen, weil sie glauben, dass es unter ihrer inspirierenden Führung, aber in Wirklichkeit ganz aus eigener Kraft, den Ausflug erfolgreich bewältigt hat.

„Kehren wir um?", fragt Till.

Ich schrecke auf, überrascht von meinen bösartigen Gedanken. Wir sind am *3-mile-guesthouse* angekommen - ein überdachter Picknickplatz mit Trinkwasser und Toiletten.

„Wie spät ist es?"

Er schaut auf sein Telefon. „Viertel nach sieben."

„Okay!"

Wenn wir um neun Uhr frühstücken wollen, wird es tatsächlich Zeit, zurückzugehen. Wir machen fünf Minuten Pause, füllen unsere Wasserflaschen, befeuchten unsere Kopftücher unter dem Wasserhahn. Unter normalen Umständen würde ich mir die Chance nicht entgehen lassen, auf die Toilette zu gehen, aber hier verdampfen meine Körperflüssigkeiten so schnell, dass sie nicht einmal meine Blase erreichen. Wir beginnen den Aufstieg.

Der Aufstieg ist steiler, als ich angenommen habe. Auf dem Weg nach unten habe ich meine Gedanken schweifen lassen, aber jetzt komme ich nicht mehr dazu. Mein einziges Ziel ist es, einen Fuß vor den anderen zu setzen. Meine Augen sind auf dem Weg gerichtet. *Vermeide die losen Steine. Straffe die Bauch- und Gesäßmuskulatur. Schiebe den Boden beiseite, strecke das hintere Bein. Bleibe aktiv. Nicht trödeln.*

In kürzester Zeit hat die Sonne mein Kopftuch getrocknet und ich spüre, wie sich mein Schädel erwärmt. *Linker Fuß, rechter Fuß. Linker Fuß. Rechter Fuß.*

Till ist schneller als ich. Logisch, er ist ein Mann, seine Beine sind länger und stärker als meine. Ab und zu wartet er auf mich, genießt die Aussicht, und sobald ich in der Nähe bin, setzt er seinen Weg fort, wie ein übermütiger Hund, der sein Herrchen im Auge behält. Nach dem vierten Mal explodiere ich.

„Verdammt, Till!"

„Was?" Überrascht schaut er über seine Schulter.

„Wenn du nicht warten willst, bis ich auch ausgeruht bin, bevor du weitergehst, dann wäre es mir lieber, du würdest gar nicht warten", schnauze ich.

„Jesus. Ich wusste nicht, dass du wütend bist."

„Ich bin nicht wütend. Ich gehe einfach lieber in meinem eigenen Tempo."

„Gut." Till ist beleidigt. „Dann sehe ich dich oben."

Innerhalb weniger Minuten ist er aus meinem Blickfeld verschwunden. Ich atme ein paar Mal tief durch, nehme den letzten Schluck aus meiner Wasserflasche.

Linker Fuß, rechter Fuß. Loser Felsbrocken, Vorsicht. Linker Fuß. Rechter Fuß. Spanne die Gesäßmuskeln an. Linker Fuß. Autsch. Geschwollen. Ich halte inne, verdrehe mir den Knöchel. Es geht gut. „Nach zwei weiteren Kurven kann ich mich wieder umsehen – hinunter, um zu sehen, was ich vollbracht habe, hinauf, um abzuschätzen, wie weit ich noch muss", flüstere ich mir zu. *Linker Fuß, rechter Fuß.*

Ich mache eine Pause. Mein Kopf hämmert und rauscht gleichzeitig, mein Körper trieft vor Schweiß. Ich weiß, ich sehe vermutlich aus, als wäre ich implodiert, und dass mein ganzes Fleisch, meine Venen und meine Muskeln wie Brei in meine durchscheinende Haut gepresst sind. Der bionische Wanderer, den wir heute Morgen an dieser Stelle begegnet sind, machte bei näherer Betrachtung noch einen recht frischen Eindruck.

Da! Das Steintor, an dem ich Till kurz nach Beginn unseres Abstiegs fotografiert habe. Ich bin fast am Ziel. Schau auf den Boden. *Linker Fuß, rechter Fuß. Linker Fuß, rechter Fuß.*

Meine Beine übersäuern und mir war noch nie in meinem Leben so heiß. Mein Gehirn ist überhitzt, ich kann es fühlen. Ich muss trinken, aber ich habe kein Wasser mehr. Ich habe doch zu wenig Flaschen mitgenommen. Vielleicht war es auch nicht klug, gestern im El Tovar eine Flasche Wein zu trinken. *Gott sei Dank. Das Tor. Geschafft.*

Ich lasse mich auf einen Felsbrocken fallen, im Schatten, der die Größe einer Briefmarke hat. Ich schaue nach oben, wie weit ich noch gehen muss, und bin schockiert. Dies ist ein anderes Tor. Ich bin erst drei Viertel des Weges gegangen. Höchstens. Das letzte bisschen Energie versickert durch das Loch, das dieser Rückschlag in meine Willenskraft reißt. Ich kann nicht mehr. Ich *kann* nicht weitergehen.

Von Till keine Spur. Keine Spur von anderen Wanderern auf dem Bright Angel Trail. Keine Spur von fitten Mittzwanzigern, die sich selbst überschätzen. Keine Spur von jemandem, der mir einen Schluck Wasser geben kann. Sie stecken alle unter einer Decke. Sie sitzen alle dort oben auf einer Bank und schließen Wetten ab, wie weit ich komme, bevor ich ohnmächtig werde. Ich sauge an meinen Wangen, versuche, Speichel zu erzeugen, aber mein Mund bleibt trocken. Ich muss weitermachen. Einen kurzen Moment meine übersäuerten Beine strecken und dann weiter.

Was ist das? Ein Kondor? Ein verdammter aasfressender Kondor? Was sage ich, zwei, drei, noch mehr verdammte Aasfresser-Kondore! Sie kreisen über mir, halten mich wohl für einen Kadaver. Diese dreckigen Aasgeier. Zu früh gefreut, ich lebe noch.

Steig auf, Ida. Los geht's. Mit deiner Top-Kondition. Ich hieve mich hoch und setze mich in Bewegung. *Linker Fuß, rechter Fuß. Loser Felsbrocken, Vorsicht. Linker Fuß. Rechter Fuß. Spanne die Gesäßmuskeln an. Linker Fuß.* Ich kann den Weg nicht mehr sehen, weil mir der Schweiß in die Augen läuft, oder es sind nur Tränen, ich weiß es nicht, aber es ist feucht und es beißt. Ich kann nicht weitermachen. Ich kann wirklich nicht. Ich bleibe stehen und lege meine Hände auf die Knie.

„Ida!"

Ich schaue auf. Till. Wunderschön im Salzwasser, in tausend Fragmenten auf meine Netzhaut projiziert.

„Oh je", sagt er.

Sein Arm um mich, ein Schluck lauwarmes Wasser aus seiner Flasche.

„Komm, Schatz, du bist fast da."

Zwei plus Eins

Auf dem Weg zum nächsten Hotel halten wir an einer Stelle, an der vor fünfzigtausend Jahren ein Meteorit eingeschlagen ist. Behaupten sie. Wir müssen eine Menge Dollar Eintritt bezahlen, um ein riesiges Loch zu sehen. Unser Schulgebäude würde mindestens achthundert Mal hineinpassen.

Wir glauben nichts von alldem. Warum sollten sie wissen, was vor fünfzigtausend Jahren passiert ist? Es gab kein Internet. Es gab keine Fotos. Keine Wochenschau, nicht einmal Zeitungen, nichts. Der einzige Beweis, den sie hätten erbringen können, war der Stein selbst. Wenn sie ihn dort gelassen hätten, ja, okay. Doch vom Meteoriten keine Spur. Nur vage Geschichten. Und ein langweiliges Museum. Und eklige Käsesandwiches. Sie haben einfach ein Loch mit Maschinen gegraben und am Abend sitzen sie da und zählen das Geld all dieser blöden Touristen und lachen sich schlapp. Zum Glück mögen Mom und Loser das auch nicht.

„Lasst uns weiterfahren. Ich will versuchen, dem Gewitter voraus zu sein". Loser zeigt auf den dunklen Himmel in der Ferne.

Wir sprinten zum Auto, bevor Mom sagen kann, dass wir zuerst auf die Toilette gehen müssen. Loser fährt schneller als sonst. Er kämpft mit den schwarzen Wolken, die uns hinterherjagen. Loser verliert: Erst donnert es und kurz darauf sind wir von Blitzen umgeben. Der Sturm hat uns eingeschlossen. Es regnet so stark, als würden wir durch eine Autowaschanlage fahren.

„Sollten wir nicht eine Pause einlegen?", versucht Mom den Lärm zu übertönen. Keine Chance.

Loser versucht sein Glück. „Noch eine halbe Stunde und wir sind in Winslow", schreit er und gibt sich hart und unbeeindruckt, aber bei jeder Lichthupe bremst er so stark, dass wir nach vorne schwanken und uns an den Vordersitzen festhalten müssen.

„Schnallt euch an", plärrt Mom, als wären wir auf einer Achterbahn.

„Gibt es in dem Hotel einen Swimmingpool?", fragen wir, als der Regen nicht mehr so heftig auf das Autodach klatscht.

„Hört auf zu jammern!" Wenn Mom eine Frage mit Nein beantworten muss, tut sie immer so, als würden wir sie kritisieren, dabei ist es nur eine Frage.

„Im Grand Canyon hatten wir auch schon keinen Pool", nörgeln wir, weil sie sowieso sauer ist.

„Da hattet ihr Maultiere!"

Das ist wahr. Gestern Nachmittag machten wir die langweiligste Wanderung aller Zeiten, holperten stundenlang auf einem steinharten Sattel hin und her zu einem Aussichtspunkt, zu dem man in zehn Minuten hätte fahren können, wenn man überhaupt dorthin wollte.

Mom schaut auf ihre Liste. „Morgen haben wir in Albuquerque wieder ein Hotel mit Pool. Heute noch nicht."

„Andernfalls könnt ihr ja draußen stehen." Loser bremst erneut für einen senkrechten Blitz. „Dann werdet ihr auch nass."

Wir sehen uns an. „Haha, wirklich lustig."

Als wir auf den Parkplatz fahren, hört es schlagartig auf zu regnen. Loser steigt aus, schüttelt Arme und Beine locker wie ein Sportler und schaut entrüstet auf.

„Bad Karma", versuchen wir. Aber er fällt nicht darauf rein.

Das Hotel ist ein umgebauter Bahnhof an der Route 66 und sieht nett aus. Es ist schade, dass sie keinen Pool haben, aber dafür hat das Zimmer kostenloses Wifi und in der Nachttischschublade liegt ein Nähset, mit einer Nähnadel, einer Sicherheitsnadel und zwei Stecknadeln. Jetzt haben wir acht Nadeln, die wir in irgendetwas hineinstechen können. Für das Voodoo-Ritual brauchen wir nur sieben.

„Worauf wartet ihr denn noch?", fragt unser kleiner Bruder. „Ich möchte das Baby so schnell wie möglich von Hetti Lohmann übernehmen. Bevor sein eigener Verstand zu stark wird."

„Wir werden die Puppe heute Abend machen", sagen wir. „Sofern Mom und Loser nicht zu früh ins Zimmer kommen."

Eigentlich finden wir das ziemlich beängstigend. Was ist, wenn es schief geht? Vielleicht werden Menschen sterben. Oder nehmen wir mal an, es gelingt uns. Wie geht es dann weiter? Was wird dann aus Fif? Und uns? Unser kleiner Bruder wird nicht mehr in uns sein, sondern in dem Scheißbaby. Und wir werden dann auch nicht mehr denken dürfen, dass es ein Scheißbaby ist. Aber wir sind uns sicher, dass sich das von selbst regeln wird. Das Kind von Hetti Lohmann wird nur eine Hülle sein. Ein Fleischpaket. Der Körper unseres Bruders. Auch wenn Loser ihm kein Vater sein wird, wissen wir, wo wir ihn finden. Wir können uns später treffen. In der Wirklichkeit. Wir sind dann endlich zu dritt. Drei Köpfe, drei Körper, sechs Arme, sechs Beine. Und von da an können wir auch wieder wir selbst sein. Zwei Mädchen, innen und außen.

Ida

Als wir zum Eingang des Hotels Albuquerque in der Altstadt laufen — ich mit klapperndem Koffer vorneweg, Till und die Mädchen drei Schritte hinter mir - stürmt eine Braut heraus. Raschelndes Kleid, Pumps in der Hand, flatternder Schleier. In ihrem Gefolge spuckt der stattliche Eingang einen Schwarm identisch gekleideter Brautjungfern aus.

„Diese blöde Schlampe!", ruft die Braut, nachdem sie überprüft hat, ob ihre Freunde ihr wirklich folgen.

Im Schatten der Bäume, entlang des Weges, beginnt sie zu weinen. Die anderen Damen drängen sich um sie. Sie alle wollen den Arm um ihre zitternden Schultern legen, die richtigen beruhigenden Worte sprechen, und als Retter dieser bevorstehenden — oder gerade vollzogenen — Ehe gelten. Die Zwillinge bleiben peinlich nah bei der Gruppe stehen, in der Hoffnung, etwas über die Ursache des Dramas zu erfahren.

„Mädchen, kommt ihr bitte!"

Sie reißen sich von der Szene los.

„Was glaubst du?", fragt Till, als wir das Hotel betreten. „Hat ihr Zukünftiger sie mit einer sogenannten Freundin betrogen oder streitet sie sich bereits mit ihrer Schwiegermutter?"

Bevor ich über seine Frage nachdenken kann, fällt mein Blick auf eine zweite Braut, die sich in eine Ecke der riesigen Lobby zurückgezogen hat. Im Gegensatz zu ihrer unglücklichen Kollegin draußen lächelt sie mit einer Unbekümmertheit, die vermuten lässt, dass ihre Zähne erst kürzlich komplett renoviert wurden.

Till und die Mädchen lassen sich auf eines der Sofas fallen, die kreuz und quer in der Lobby verteilt stehen, während ich zur Rezeption gehe. Obwohl das Gebäude selbst die von mir erwartete Grandezza hat, erinnert mich das aufgeregte Treiben eher an die Lobby eines Kinos als an die eines stilvollen Hotels.

Ein gut aussehender, perfekt gekleideter Mann in den Zwanzigern kommt auf mich zu. Er ist so in sein Telefon vertieft, dass er über meinen Koffer stolpert und ich ihn am Arm festhalten muss, damit er nicht stürzt.

Ich sehe Panik in seinen Augen, Schweiß auf seiner Oberlippe. Zweifelsohne ein Bräutigam. Gehört er zu der lächelnden oder der weinenden Braut? Er geht auf die Aufzüge am anderen Ende der glänzend gefliesten Halle zu. Wartet. *Ping*. Eine der Türen gleitet auf. Eine dritte Braut erscheint auf der Bildfläche. Sie lächelt ‚meinem‘ Bräutigam im Vorbeigehen zu, aber es ist nicht das Lächeln eines Liebhabers, eher ein Zeichen der Anerkennung eines Gleichgesinnten, wie ein Motorradfahrer, der einen anderen im Vorbeifahren grüßt. *Ping.* Der angrenzende Aufzug erreicht das Erdgeschoss. Erstaunt betritt eine vierte Braut mit einem Haufen schnatternder Brautjungfern die Lobby.

„Madam?"

Bei der Erledigung der Formalitäten frage ich die Rezeptionistin, was denn los sei, angesichts der vielen Brautpaare im Hotel.

„Nothing special", antwortet sie. „Wir haben heute sieben Hochzeiten im Haus."

„Sieben Hochzeiten?"

„Es ist Samstagabend, Madam", antwortet sie in einem Ton, als würde das alles erklären.

Oh, mein Gott. Ich habe ein Zimmer in einer Partyfabrik gebucht. An einem Samstagabend. Ich nehme die Schlüsselkarten und hoffe auf das Beste. Die Mädchen bringen ihre Taschen nach oben, ziehen sich um und gehen in den Pool. Innerhalb von zehn Minuten sind sie wieder in unserem Zimmer. Das Schwimmbad ist geschlossen - die weinende Braut ist da, um unter einer Pergola ihr Gelübde abzulegen.

„Was für ein beschissenes Hotel", lautet ihr Kommentar. „Und das Wifi ist eine Bambusleitung."

Till schaut schweigend aus dem Fenster. Er stimmt wahrscheinlich mit seinen Töchtern überein.

„Aber wir sind mitten in der Innenstadt von Albuquerque", sage ich. „Lasst uns ausgehen."

Schmollend schlendern sie hinter uns in die Stadt. Es ist warm und staubig, aber stimmungsvoll. Alles zeigt uns, dass wir in New Mexico angekommen sind. Türkis gestrichene Häuser, bunter Blumenschmuck, Läden mit Körben voller Kräuter und rotem Paprika. Wir nehmen ein frühes Abendessen in einem französischen Restaurant ein – klein, schummrig und gemütlich. Das Abendessen kommt der kollektiven humorvollen Stimmung meiner Familie zugute. Wir machen Witze über die Hochzeitspaare in unserem Hotel. Diesen Fehler wird man Ida Travel verzeihen.

„Wir werden niemals heiraten", behaupten die Mädchen während des Nachtischs. „Dummes Zeug."

„Das höre ich gern", sagt Till. „Dann muss ich mich auch nicht mit Schwiegersöhnen herumschlagen."

„Aber wollt ihr nicht auch mal mit jemanden zusammenleben?", frage ich. „Und wollt ihr keine Kinder? Muss ich mich mit der Tatsache abfinden, dass ich niemals Großmutter sein werde?" Ich sage es scherzhaft, aber die Mädchen schauen mich ernst an.

„Nein. Es gibt schon genug Menschen auf der Welt. Neugeborene sollten verboten werden. Meinst du nicht auch, Dad?"

Sie richten ihre Aufmerksamkeit auf Till. Vielleicht wollen sie ein Plädoyer für weniger fruchtbare Männer halten, da sie wissen, dass es an Till lag, dass ich nicht auf natürlichem Weg schwanger geworden bin, aber ihr Blick sagt etwas anderes. Etwas leuchtet. Sie fordern ihren Vater heraus. Till weiß offensichtlich nicht, was er mit der Situation anfangen soll. Vier blaue Augen haben sich an den seinen festgekrallt und lassen sie erst wieder los, als er antwortet.

„Babys zu verbieten, scheint mir kein guter Plan zu sein", sagt er schließlich. „Im Gegenteil, es ist eine gute Sache, wenn zwei hübsche, kluge Mädchen wie ihr beide, sich fortpflanzen. Um ein Gegengewicht zu all den dummen Menschen auf der Erde zu schaffen."

Ich verstehe zwar, dass er es als Kompliment meint, aber ich bin mit seiner Aussage ganz und gar nicht einverstanden. Das muss ich richtigstellen. „Also ist es besser, die Hässlichen und Dummen zu sterilisieren? Und gleichzeitig die Kranken und Schwachen? Und wo liegen da die Grenzen? Und wer entscheidet, ob sie innerhalb oder außerhalb dieser Grenzen liegen?"

„Mensch, Ida."

„Gott?" Ich lege meinen Dessertlöffel ab. „Hält ER dann Sprechstunden auf Erden ab?"

Die Mädchen verschlucken sich.

„Du weißt doch, dass in Schweden bis in die 1970er Jahre hinein Zwangssterilisationen an Menschen mit Lernbehinderungen und an Bürgern mit gemischtem Rassenhintergrund durchgeführt wurden", fahre ich fort.

„Wirklich?" Die Zwillinge haben plötzlich große Augen.

„Natürlich weiß ich das", sagt Till. „Ich bin nicht zurückgeblieben."

„Dann mach nicht solche dummen Bemerkungen."

„Du solltest mir keine Dinge in den Mund legen, die ich nicht gesagt habe, Ida. Du bist diejenige, die von Sterilisation spricht. Nicht ich. Ich habe den Mädchen lediglich ein Kompliment gemacht."

Eine Weile essen wir wieder stillschweigend unsere Crème brûlée. Ich weiß, dass ich das Thema besser ruhen lassen sollte, wenn wir noch einen angenehmen Abend haben wollen. Aber was nützt eine Beziehung, wenn man nicht über Themen reden kann, die man interessant findet? Ich habe einfach keine Lust, mich wieder an Tills Gesprächsregeln zu halten. Ich trinke vier Gläser Wein, vielleicht macht mich das ein wenig rebellisch. Ein Mensch muss in der Lage sein, seine Meinung zu sagen. Sonst läuft das Fass irgendwann über. Ich lege den Löffel wieder zur Seite.

„Weißt du", beginne ich, „manchmal habe ich das Gefühl, dass die HPV-Impfung auch ein Versuch darstellt, die menschliche Rasse zu perfektionieren."

Till hebt die Hand, wie ein Verkehrspolizist ein Stoppschild. Rasch spreche ich weiter. „Denn es sieht so aus, dass bereits einige Mädchen durch die Impfung unfruchtbar geworden sind. Was, wenn sich herausstellt, dass das bei der Mehrheit der geimpften Mädchen der Fall ist? Das ist durchaus möglich, denn es gibt noch keine Langzeitstudien über den Einsatz des Impfstoffs."

Till seufzt. Der Widerwille, sich auf ein Gespräch mit mir einzulassen, lässt nach. „Dann, liebe Ida, wäre es also auch eine Form der Geburtenkontrolle und kein Versuch, die Rasse zu perfektionieren."

„Die Mädchen der ersten Impfcharge wurden mit einem iPod gelockt, wenn sie sich impfen lassen würden. Einen iPod! Was ist, wenn der Hersteller darauf spekuliert, dass klügere Menschen sich besser aufklären lassen, bevor sie ihre Töchter impfen lassen, und die naiveren Bürger eine kostenlose Impfung plus ein Geschenk der Regierung *coûte que coûte* akzeptieren? Dann werden die klugen Individuen fruchtbar bleiben und die einfältigeren nicht."

Mindestens eine halbe Minute lang sieht mich Till schweigend an.

„Ich habe das allerdings nicht in meinen Artikel aufgenommen. Ich weiß, es ist nur ein Bauchgefühl. Und wie gesagt, ich habe mich bei meiner Recherche nur auf Fakten beschränkt."

„Ida!". Weiter kommt Till nicht.

Er wirft seine Serviette auf den Tisch, winkt den Kellner heran und fragt mit einem gezwungenen Lächeln nach der Rechnung. Dann wendet er sich wieder mir zu. „Wenn auch nur das kleinste Körnchen Wahrheit in deiner Theorie stecken würde, kann ich mir nicht erklären, warum die Regierung dir indirekt geholfen haben soll, schwanger zu werden. Mit deiner In-vitro-Fertilisation." Er spuckt die Worte auf den Tisch.

Die Zwillinge beugen sich tiefer über ihr Dessert.
„Denn du bist verrückt, Ida. Vollkommen verrückt!"

Zwei plus Eins

Wir sind wieder bei den Frischvermählten. Loser und Mom haben uns auf unser Zimmer gebracht und sind dann irgendwo etwas trinken gegangen. Das ist es, was sie heutzutage streiten nennen: einen Drink zu sich nehmen.

„Jetzt machen wir weiter mit der Ziege", beschließt Fif.

Wir lachen. Was für ein altmodischer Ausdruck. Woher hat er das nur? Wir kramen in unseren Koffern. Die Voodoo-Puppe ist im Hosenbein einer der Jeans versteckt. Sie war fast fertig, als Mom und Loser gestern Abend wieder ins Zimmer kamen. Nur ein loser Knopf baumelt noch an einem zu langen Faden. Sozusagen ein aus der Fassung gerissenes Auge. Rasch wird es repariert.

Es ist eine fantastische kleine Puppe geworden, grau mit dunkelblauen Sternen. Man sieht überhaupt nicht, dass es eigentlich nur ein langer Strumpf ist. Mit Garn trennten wir den Kopf vom Rumpf und machten Nähte, um Arme und Beine zu bilden. Das schönste Teil ist nicht mehr zu sehen, aber wir wissen, dass es da ist: Wir haben eine zweite, sehr kleine Puppe in der Größe eines Daumens, mit demselben Sand aus dem Antelope Canyon gemacht und in den Bauch des Strumpfs gesteckt, bevor wir alles zusammengenäht haben. Wenn wir das in der Schule abgeben würden, bekämen wir sicher eine fette Note.

Ein letztes Mal überprüfen wir das Ritual im Internet. Es ist supereinfach. Fif kommt zu uns und setzt sich auf die Bettkante. Wir machen das große Licht aus und hängen ein rotes T-Shirt über die Nachttischlampe. Jetzt ist unser Hotelzimmer das Zelt einer Wahrsagerin. Eine von uns legt die Puppe auf die linke Hand, die andere legt die rechte Hand darüber.

„Von nun an wirst du für immer und ewig Hetti Lohmann heißen", sagen wir zu der Puppe.

„Hetti Lohmann, die lange Socke", scherzt unser kleiner Bruder. „Oder Hetti, der Kniestrumpf."

„Sei still", ermahnen wir ihn. „Du wirst es ruinieren."

„Entschuldigung. Ich bin ein bisschen nervös."

Um sicherzugehen, wiederholen wir den Taufspruch. Dann nehmen wir die erste der sieben von uns vorbereiteten Stecknadeln und stecken sie durch das Herz von Hetti Lohmann. Wir schließen die Augen.

„Wir wünschen uns, dass unser kleiner Bruder im Körper deines ungeborenen Babys leben möge, Hetti Lohmann", sagen wir langsam und im Chor. Unsere Stimmen klingen seltsam leise wie in einem Horrorfilm.

Wir schauen uns wieder um, erwachen aus einer Trance oder so ähnlich. Fif sitzt immer noch auf der Bettkante. Er sagt, dass unsere Gesichter weiße Flecken im schummrigen Licht haben. Wir greifen zur nächsten Stecknadel und wiederholen das Ritual. Und wieder. Und wieder.

„Kommt ihr mich besuchen, wenn ich auf der Welt bin?", fragt Fif.

„Natürlich, Dummerchen. Wir sind deine Schwestern."

Jetzt die fünfte Stecknadel.

„Wir wünschen uns, dass unser kleiner Bruder im Körper deines ungeborenen Babys lebt, Hetti Lohmann."

Wir öffnen unsere Augen wieder.

„Vielleicht können wir auf dich aufpassen. Dir die Windeln wechseln und dich mit Babynahrung füttern."

„So schön. Und dann kreische ich so lange, bis ihr verrückt werdet."

Jetzt lachen wir alle drei. Nach der sechsten Stecknadel steht Fif auf. „Wir sehen uns dann später."

Wir nicken und lächeln unserem kleinen Bruder zu. „Tschüs. Viel Glück."

Er steht an der Tür, scheinbar unsicher, ob er uns noch einen Abschiedskuss geben oder uns umarmen soll. Hinter dem Fenster funkeln die Lichter der Stadt. Wir stecken die siebte Nadel in die Voodoo-Puppe und nehmen uns gegenseitig an die Hand. Zum letzten Mal erklingen unsere gespenstischen Stimmen im Raum. „Wir wünschen uns, dass unser kleiner Bruder im Körper deines ungeborenen Kindes leben möge, Hetti Lohmann."

Wir öffnen unsere Augen. Fif ist verschwunden.

TEIL II

Zwei allein ist langweilig

Till

„Papa!"

Desorientiert blicke ich auf. Ich war so tief in Gedanken versunken, dass ich die Gegenwart verloren hatte.

Die Mädchen rufen mir aus dem schummrig beleuchteten Laden zu, in dem sie gerade verschwunden sind. Ida ist auf der anderen Seite des Platzes und hebt etwas Bargeld ab.

Den heutigen Nachmittag verbringen wir in Santa Fe, eine schöne Stadt und noch mexikanischer als Albuquerque. Ich wollte schon immer mal hierher. Ich weiß, dass ich es Ida und mir selbst schuldig bin, diese Reise intensiv zu genießen. Aber ich es gelingt mir nicht.

Hetti möchte, dass ich die Konsequenzen der Vaterschaft auf mich nehme und Verantwortung zeige. Sie möchte, dass unsere Beziehung offiziell wird. Sie und ich. Und ein Kind. Das sollte nie passieren. Never! Nie!

Ich habe Ida in unseren achtzehn gemeinsamen Jahren schon einige Male betrogen. Menschen sollten einander körperlich nicht immer treu sein, denke ich, insbesondere gilt das für Männer. So hat das die Natur nicht für uns vorgesehen. Wenn ein Paar lange Zeit zusammen ist, ist es unvermeidlich, dass eine Beziehung etwas Betriebsmäßiges bekommt. Alles *muss* funktionieren, besonders, wenn kleine Kinder beteiligt sind. Die Familie ist die Firma. Und damit wird der Sex vorhersehbar. Gelegentlich ist es in Ordnung, die Routine zu durchbrechen, aber meine Eskapaden waren immer ein Einzelfall. Bis Hetti meinen Weg kreuzte.

Das war im letzten November, an Idas Geburtstag. Sie feiert ihn nie, aber dieses Mal war sie eingeschnappt, weil ich an diesem Wochenende einen Auftritt mit der Band angenommen hatte. Sie wollte ihren Geburtstag nutzen, um mit unserer Familie und einigen Freunden etwas Schönes zu unternehmen. Vielleicht um ihre schlechte Laune zu kompensieren. Seit den Sommerferien war sie in einer ausgesprochen fürchterlichen Stimmung. Als ich sie darauf ansprach, sagte sie – mit der Ausstrahlung einer Frau, die einen großen Kummer mit sich herumträgt und anderen damit nicht zur Last fallen will – alles sei in Ordnung. Die Lass-mich-einfach-in-Ruhe-Laune meiner Frau ging mir damals ziemlich auf die Nerven, deshalb war Hetti so irritierend präsent. Ich vermutete, dass die Wechseljahre die Ursache sein könnten. Das schien mir zwar ziemlich früh, aber nicht unmöglich. Sie verhielt sich ständig so, als ob sie ihre Periode hätte, also war mir die Sache mit den Hormonen nur eine plausible Erklärung. Meinen Verdacht habe ich nicht mit Ida geteilt. In einem flatternden roten Gewand vor einem Stier durch die Gassen von Pamplona zu laufen, wäre gefahrloser gewesen.

Ich traf meine Geliebte an jenem Abend, an dem ich ursprünglich den Geburtstag meiner Frau feiern sollte. Hetti ergriff die Initiative, war – nach eigener Aussage – innerhalb weniger Sekunden verliebt. Ich ließ mich darauf ein. Es war nicht einmal gegenseitige Liebe, aber die Aufmerksamkeit und die Komplimente einer erotisierenden Lady waren in diesem Moment mehr als willkommen. Allmählich begann ich mehr und mehr für sie zu empfinden. Nicht, dass ich scharf auf sie gewesen wäre. Sicherlich nicht. Aber wir hatten Spaß zusammen. Hauptsächlich im Bett, der Sex war umwerfend, aber darüber hinaus war da auch mehr als das. Wir redeten viel. Sie war an mir und meiner Arbeit interessiert. Auch an dem, was in der Welt um uns herum geschah, aber sie hatte nicht das Bedürfnis, gegen alles, was in der Zeitung stand, Stellung zu beziehen. Mit ihr war es leichter als mit Ida. Unkomplizierter.

Ich hatte nicht das Gefühl, einen Fehler zu begehen. Ida hat von der Affäre nichts mitbekommen, im Höchstfall, dass ich ihre Launen besser ertragen konnte als vorher. Ein Hetäre ist ein fröhlicher Mann. Ich machte Hetti von Anfang an klar, dass unsere Romanze keine Bedrohung für meine Familie sein darf. Das hat sie akzeptiert. Und ich machte mir einfach keine Gedanken über die Affäre.

„Papa! Komm schon!"

Ich hebe die Hand als Zeichen, dass ich sie gehört habe, und gehe hinein. Ich nahm an, es sei ein Souvenirladen, dabei gibt es hier ein großes Sortiment unterschiedlichster Artikel. Ein seltsames, tickendes Geräusch begleitet mich auf dem Weg entlang der Regale voller Werkzeuge, Büroartikel und Barbiepuppen.

Und jetzt bekommt sie ein Kind. Mein Kind. Aus Versehen? Hetti sagte, dass sie meine Geschichte über schlecht funktionierende Spermien nicht verstanden hat, aber ich bin mir ziemlich sicher, dass sie zumindest andeutete, dass sie irgendwie verhütet hatte. Es spielt auch keine Rolle. Es kann nicht mehr rückgängig gemacht werden. Ich bin gedankenlos in einen Zug eingestiegen und kann nicht aussteigen, bis er an der nächsten Station hält. Keine Ahnung, wo das sein wird. Wie das Leben dort ist. Ob ein Zug von dort aus zurückfährt, dahin, wo ich hergekommen bin, wenn ich es denn möchte. Zwischendurch aus dem Fenster zu springen, bedeutet ohnehin einen Totalschaden.

Ich gehe weiter am Regal entlang: Energieriegel, Wasserflaschen, Schlüssel. Das tickende Geräusch hört nicht auf. Ich kann es noch immer nicht einordnen. Taschentücher, Toilettenpapier, Windeln.

Und dann ist da noch dieser desaströse Artikel von Ida. Ich versuche, es objektiv zu betrachten. Natürlich kommt es mir ungelegen, dass sie just in diesem Moment, in dem ich den Fuß in der Tür eines der größten Pharmaplayer auf dem Markt habe, ihren Angriff auf die Pharmaindustrie eröffnet. Aber das ist ein unglücklicher Zufall. Wir haben es nicht einmal kommen sehen, dass sie Hartel Pharma unter die Lupe nehmen würde, geschweige denn, dass Ida es selbst hätte wissen können. Aber es käme mir nicht in den Sinn, sie zu bitten, ihre Recherchen einzustellen. Sobald Ida glaubt, einem Unrecht auf der Spur zu sein, geht sie der Sache auf den Grund. Prinzipiell ehrt es sie, aber in diesem Fall stimme ich auch inhaltlich nicht mit ihr überein. Sie mag behaupten, dass sie sich in ihrem Artikel auf die Fakten beschränkt hat, aber die unterschwellige Suggestion von Verschwörungstheorien, betrügerischem Verhalten und Täuschung der Öffentlichkeit wird niemandem entgehen. Und ich bin mir sicher, dass Hartel Pharma nicht erfreut sein wird, wenn sich herausstellt, dass es meine Frau ist, die ihnen auf die Füße tritt.

Das allein ist aber kein Grund, Ida zu verlassen. Natürlich ist es das nicht. Aber wenn ich einen wichtigen potenziellen Kunden vor den Kopf stoße, indem ich bei Ida bleibe, und die werdende Mutter meines Sohnes gleichzeitig von mir erwartet, dass ich den Rest meines Lebens mit ihr verbringen werde – es ist unmöglich.

Objektivität ist ein großes Gut. Ich kann es nur nicht mehr überblicken. Was für ein verdammtes Chaos. Ich sollte mit jemandem darüber reden. Einen Freund, ohne Vorurteile und eigene Interessen. Aber es gibt sie nicht, die Freunde ohne Vorurteile und Belange. Auch meine Freunde profitieren von einer stabilen Ehe zwischen Ida und mir. Sie wollen keine neue Konstellation. Sie wollen nicht hören, dass sich ihre Frau beschwert, dass sie nicht mit der zehn Jahre jüngeren Frau essen gehen will, die die Ehe ihres Freundes vermasselt hat. Denn das wird zweifelsohne die Geschichte sein.

Zahnpasta, Deodorant, Baby-Lotion.

Tick, tick, tick. Was ist das nur?

Die Zwillinge stehen da und winken mit einem gelben Umschlag. „Klapperschlangeneier! Können wir sie kaufen?"

Ihre Worte dringen zu mir durch. Klapperschlangeneier? Was ist das hier für ein Laden? Stephen Kings Needful Things-Shop?

„Zeigt mal her."

Ich untersuche die Tüte, auf der eine Warnung steht: *Öffnen Sie den Umschlag vorsichtig, für den Fall, dass die Eier bereits geschlüpft sind.*

„Ich glaube nicht, dass Klapperschlangen Eier legen", sage ich.

„Bitte?" Die Zwillinge setzen ihre allerliebsten Stimmen auf. „Können wir die Tüte haben?"

„Das ist doch Unsinn. Diese Tüte ist ohnehin zu flach für Eier oder Babyschlangen."

„Was ist aber dann da drin, Daddy?" Sie sehen mich angespannt an.

„Ich weiß es nicht." Mit Daumen und Zeigefinger drücke ich die Tüte auf. Ein ruppiges Klappern ertönt, die Tüte zittert heftig in meiner Hand.

„Verdammt!" Ich springe nach hinten und werfe die Schlange weg.

Die Zwillinge brechen in ein schallendes Gelächter aus. Sie zeigen auf mich, kreischen unverständliche Dinge und ahmen meinen Vertrauensvorschuss nach. Okay, ich bin also in etwas hineingetreten. Ich hebe den Umschlag vom Boden auf und schaue hinein. Es ist eine Art Stimmgabel aus Kunststoff, um die ein Gummiband gewickelt werden muss. Sobald es Raum bekommt, wickelt es sich ab. Einfach. Wirksam.

„Bad Karma, Daddy", glucksen die Mädchen.

„Was soll das denn heißen?", frage ich. „Warum hört ihr nicht mit dem Karma-Schwachsinn auf?"

Sie finden das noch lustiger und schlagen sich gegenseitig zum Spaß auf die Schulter. Ich warte, bis sie das Gummiband für das nächste Opfer aufgewickelt haben.

„Wir müssen dir unbedingt noch etwas zeigen, Papa", sagen sie, sobald sie wieder einigermaßen normal sprechen können. „Sie verkaufen hier auch Frühlingsschoten. Die sind so lustig. Wenn man die Schote drückt, springen dir die Erbsen entgegen. Können wir die haben?"

„Frühlingsschoten? Die kenne ich nur auf einem Teller oder aus Cartoons."

Aufgeregt ziehen sie mich mit. Neben der Kasse steht ein Display mit Dutzenden von runden, transparenten Plastikboxen. In jeder Box liegen mehrere geschlossene grüne Schoten. Ich kann mir kaum vorstellen, dass ich nicht wieder verarscht werde. Die

Kassiererin, eine ältere Dame mit mexikanischem Aussehen, sieht meinen Zweifel.

„Look, Mister." Sie schüttelt mehrere Plastikboxen ein paar Mal nacheinander kräftig. Wir sind ganz still, starren die Boxen an.

„Da passiert doch nichts!" Loser rollt mit den Augen. Das hat er von uns abgeguckt.

„Immer mit der Ruhe, Mister!", sagt die Mexikanerin.

Plötzlich springt die erste grüne Erbse aus der Schote. In Sekunden wechselt sie ihre Farbe und wird leuchtend rot, dann gelb, dann lila. Bald gesellt sich eine zweite, eine dritte, eine vierte Erbse dazu, und innerhalb einer Minute hüpfen Hunderte Erbsen, die ständig ihre Farben wechseln, in ihren Plastikboxen. Es ist ein unglaublich farbiges Spektakel und so brillant gemacht, dass das belohnt werden sollte.

„Kauft euch eine Dose", sage ich und grinse. „Und diesen Klapperschlangeneierumschlag. Ich würde gerne sehen, wie eure Mutter vor Schreck in die Luft springt."

Ida

Die Dose mit der Frühlingsschote steht auf dem Nachttisch. Till und die Mädchen schlafen bereits. Mir macht der Alkohol zu schaffen und dieses seltsame Ticken macht mich kirre. Ständig springen die Erbsen aus der Frühlingsschote. Faktisch ist das Zimmer zu klein für vier Personen, geschweige denn für vier Personen plus fünf lärmenden Erbsen. Aber ich denke, es wäre unschön, die Dose in den Korridor zu stellen.

Seltsam, wie das Gehirn funktioniert. Am Anfang fand ich diese fünf Erbsen in einer Schote grässlich. Kitschig. Aber weil die Zwillinge sie hüten wie ein Kleinod, entwickelte ich eine gewisse Sympathie für die Frühlingsschote – allerdings mit Argwohn gepaart.

Wir saßen heute Morgen auf der Terrasse des Hotels. Die Erbsen hüpften in dem Behälter herum und ich wusste nie, welche Farbe sie im nächsten Moment annehmen und wohin sie hüpfen würden. Die Zwillinge gaben ihnen sogar Namen. Die größte hieß Till, dann kam Ida. Die Mädchen selbst waren offensichtlich Modelle für die beiden mittleren Erbsen. Eine von ihnen bekam einen kleinen Punkt mit einem wasserfesten Stift. „Das ist die Iris, um uns auseinanderzuhalten", erklärten sie.

Die Erbsen schienen zustimmend zu nicken. Sie kamen mir vor, wie eine kleine wohlbehütete Erbsenfamilie in der Frühlingsschote, von der ich nicht wusste, welches nun ihr wahres Gesicht beziehungsweise Farbe war und welche Überraschung jede einzelne Erbse bereithielt, denn sie änderten neben der Farbe auch immer wieder die Richtung. Obwohl ich dafür keine rationale Erklärung hatte, ängstigten die Dinger mich auf eine seltsame Art und Weise.

Die fünfte Erbse in der Schote war deutlich kleiner als der Rest. Während die Zwillinge eine Art Dartscheibe mit einem nicht nachvollziehbaren Farbschema und Punktevergabe zeichneten, diskutierten sie, wie die Babyerbse heißen sollte.

„Wir können anfangen", sagten die Mädchen, als das Spielfeld fertig war.

„Aber wie nennen wir den Kleinen?" Sie schauten sich fest an, wie sie es oft tun, wenn sie über etwas grübeln.

„Otis!", riefen sie schließlich im Chor.

Till verschluckte sich an seinem Wein.

„Ein schöner Name", sagte ich. „Der tote Otis."

„Was?" Till hatte einen knallroten Kopf. „Wer ist tot?"

„Otis Redding", antwortete ich und sang *Sittin' in the morning sun* aus dem Song The Dock Of The Bay.

„Komm, Otis." Die Zwillinge legten die Erbse mit dem Rest an den Rand des Spielfeldes. „Spring!"

„Nein, im Ernst", beharrte Till. „Warum heißt das Ding Otis?"

Seine Hartnäckigkeit verblüffte mich. Die Mädchen blickten ebenfalls beunruhigt auf.

„Was macht das schon, Till", sagte ich, „lass sie doch!"

Ich konnte seine Augen hinter der dunklen Sonnenbrille nicht sehen, aber die Mundwinkel zuckten, er konnte seine Irritation nicht kompensieren.

„Ich denke, es ist ein ungewöhnlicher Name für eine hüpfende Erbse", beharrte er, „und deshalb möchte ich gerne wissen, wie die Mädchen darauf gekommen sind."

„Der kleinste Junge in der Schule heißt Otis", sagten die Zwillinge schließlich.

„Wirklich? Ich habe euch noch nie über ihn reden hören."

Die Mädchen zuckten mit den Schultern. „Es gibt nichts über ihn zu erzählen. Außer, dass er superklein ist und Otis heißt."

Till schob sich die Sonnenbrille ins Haar und schaute seine Töchter durchdringend an.

„Was, Daddy? Es gibt noch ein paar hundert weitere Kinder in der Schule, über die wir nie gesprochen haben."

Till klappte seine Sonnenbrille wieder herunter und schwieg.

Ich habe kein Wort von dem verstanden, was hier vor sich ging. Aber ich musste vielleicht nicht alles verstehen. Ich nahm diese Erkenntnis als ein Zeichen, dass ich endlich in den Urlaubsmodus kam. Schweigend trank ich weiter meinen Wein.

„Ha!", riefen die Mädchen plötzlich. „Ida gewinnt!"

Die nach mir benannte Erbse schlängelte sich als erste in die Mitte. Ich grinste und fühlte einen Hauch von Stolz.

Aber jetzt müssen meine Namensvetterin und ihre Erbsenkumpels wirklich still sein. Ich hole ein Wattepad aus dem Bad und lege es auf den Boden der Plastikbox. Ich könnte mir vorstellen, dass sie das mögen. Ein weiches Bett. Zufrieden mit meiner Lösung, lege ich mich wieder ins Bett.

„Gute Nacht, ihr großen Erbsen. Schlaf gut, kleiner Otis - wer immer du auch sein magst."

Was rede ich denn da? *Ich bin betrunken.*

Zwei allein

Die Reifen surren über den Asphalt, die Erbsen ticken in der Plastikdose. Ob sie spüren, dass wir uns bewegen? Oder macht das alles keinen Unterschied für sie?

Vielleicht war es nicht so klug, die kleine Erbse Otis zu nennen. Aber wir hatten nicht wirklich eine Wahl. Loser und Hetti Lohmann streiten sich über alles Mögliche, nur nicht über den Namen ihres Babys. Darauf haben sie sich bereits geeinigt. Er soll Otis heißen.

Seit dem Voodoo-Ritual haben wir nichts mehr von unserem Bruder gehört. Er befindet sich jetzt in Hetti Lohmann und wartet darauf, in fünf Monaten geboren zu werden. Und sein Name ist Otis. Wir konnten ihm also kaum noch einen anderen Namen geben. Es ist auch logisch, dass Loser das seltsam fand. Aber wenn er wirklich vermuten würde, dass wir seine Messenger-Nachrichten lesen, hätte er sich schon längst abgemeldet. Und das hat er nicht.

„Schau mal, Mom." Wir halten die Box hoch, zwischen Losers und Moms Autositzen. „Ida hüpft wieder am stärksten auf und ab. Genau wie im richtigen Leben. Du machst auch ständig Sport, bist ein Gymkie."

Mom dreht sich um. Sofort legen alle Erbsen eine Pause ein.

„Sie haben Angst vor mir", scherzt sie.

„Wir sollten sie eine Weile ruhig halten", sagen wir. „Sie müssen sich aufladen."

Wir warten. Mit der rechten Hand massiert Mom ihren Nacken und bewegt ihr Ohr zur Schulter wie eine Balletttänzerin.

Till ist die erste Erbse, die sich wieder in Bewegung setzt. Vielleicht ist die Größte ohnehin die Härteste, obwohl das seltsam wäre, denn woher sollen hüpfende Erbsen wissen, ob sie größer oder kleiner als der Rest sind. Sie wissen nicht einmal, dass der

Rest existiert. Vielleicht ist die größte Erbse einfach die Hungrigste.

„Was für ein sinnloses Leben das doch ist. Du wirst in einer grünen Schote geboren, du beißt ein bisschen links und ein bisschen rechts, und wenn du heraus hüpfst oder heraus gepresst wirst, essen die Menschen dich auf und du stirbst."

Moms Augen blicken über dem Rand ihrer Sonnenbrille, sie wirkt interessiert und geistesabwesend zugleich. Sie dreht sich wieder um und zupft an dem Nagel ihres Zeigefingers. Die anderen Erbsen setzen sich wieder in Bewegung. Tick, tick, tick. Ansonsten ist es im Auto still.

„Aber stellt euch vor", sagt Mom und sieht uns über ihre Schulter an. „Dass ihr sehr groß seid. Und unsterblich. Ihr zoomt euch heraus, immer weiter, bis ihr irgendwo im Universum seid und auf die Erde hinunterschaut. Dann seht ihr, wie all diese Menschen geboren werden, die, der Ewigkeit gegenüber-gestellt, für eine sehr kurze Zeit auf einem kleinen Planeten herumhüpfen. Und dann sterben sie." Sie nickt den Erbsen zu. „C'est la vie. Alles ist relativ."

Wir schauen von unserer Schote in der Dose auf die Wüste hinter dem Autofenster. Alles ist kahl und staubig. Ein Büschel Steppengras weht über die Straße. Keiner sagt ein Wort. Die Reifen brummen, die Erbsen ticken. Auf dem Beifahrersitz feilt Mom ihre Nägel.

Ida

Der Himmel ist blau mit rosa Farbtupfern. Ich sitze auf einem Berggipfel, die Arme um meine Beine geschlungen. Soweit ich sehen kann, erstrecken sich in der Ferne glitzernde weiße Hügel. Ein unberührtes Skigebiet. Nur die Temperatur des Sandes unter meinen nackten Füßen verrät, dass es kein Schnee ist. Till und die Mädchen klettern ein Stück weiter nach oben. Sie schleppen das bunte Plastikgeschirr, das wir uns im Hotel ausgeliehen haben. Schlittenfahren in der Wüste.

Ihre aufgeregten Stimmen und ihr Lachen purzeln durch die Feenlandschaft auf mich zu und bezaubern mich. Endlich ist Till da. Hier, in White Sands National Monument. Bei seiner Familie. Aber ich weiß, dass dies nur von kurzer Dauer sein wird. Bis er, sobald wir im Hotel sind, wieder in Telefonreichweite ist.

Ich lege meinen Kopf auf meine Knie und versuche, die Tränen wegzublinzeln. Manchmal überwältigt es mich, die Traurigkeit über das, was nicht mehr da ist zwischen Till und mir, über das, was wir über die Jahre verloren haben. Aber es hat keinen Sinn, sich nach dem zu sehnen, was gewesen ist. Es ist folgerichtig, dass sich die Dinge ändern. Selbst ein massiver Berg nimmt eine andere Form an, wenn man lange genug wartet. Da muss man sich nicht wundern, was der Faktor Zeit mit flüchtigen Dingen wie Liebe und Leidenschaft macht.

Vor ein oder zwei Jahren interviewte ich einen Professor für Physiologie zu einer Vorlesung, die er über die Chemie der Liebe hielt. Er erzählte mir, dass sich auch Tiere verlieben können. Aber sobald der Nachwuchs da ist, hört es auf. Dann macht die Liebe keinen Sinn mehr. Tiere gehen ihren eigenen Weg, wobei Menschen meist zusammen bleiben, wenn Kinder da sind. Etwas anderes nimmt den Platz der Verliebtheit ein: die gemeinsame Verantwortung für die Familie. Aber auch die Intimität. In der Lage sein, Ängste und Unsicherheiten zu teilen. Gehör beim Partner zu finden.

Als der Professor das sagte, brach ich zu meiner eigenen Überraschung in Tränen aus. Ich schaffte es, das Interview zu beenden, schrumpfte vor Scham unter seinen mitfühlenden Blicken, aber die Erkenntnis traf mich hart. Ich hatte in den letzten Jahren, seit die Zwillinge da waren, den Status des Individuums ziemlich verloren. Till liebte mich, aber nur, weil ich in das Gesamtbild des Lebens gehörte, das er liebte. Arbeit, Musik, Kinder, Freunde, Frau, Sofa, Tisch, Bett. Ein tadelloser Familienbetrieb. Und zweifellos hin und wieder einen One-Night-Stand, für den, soweit es mich betraf, die ‚Was-ich nicht weiß-macht-mich-nicht-heiß-Politik' galt.

„Ida!" Ich wische mir die Tränen aus dem Gesicht und schaue auf.

„Komm schon!" Till steht zwei Hügel weiter und winkt mir mit seinem giftgrünen Tellerschlitten zu.

„Ich bin gleich da", rufe ich.

Er stellt die Schale auf den Boden, setzt sich drauf, zieht seine langen Beine an und rutscht wie ein schlittenfahrender Grashüpfer hinter den Zwillingen den Hügel hinunter. Ich grabe meine Zehen in den Sand.

„Wir müssen nach Paris fahren", hatte ich einmal zu ihm gesagt – Till und ich scherzten immer, wenn befreundete Paare für ein Wochenende nach Paris fuhren, um per Definition eine Beziehungskrise zu bewältigen. Er war nicht überrascht, hat auch nicht protestiert. Wir fuhren.

„Ich brauche ein bisschen Wertschätzung, Till", gestand ich. „Aufrichtige Aufmerksamkeit." Das Gefühl, dass jemand Zeit mit mir verbringen möchte, mich interessant und attraktiv findet. Um meinetwillen, wegen dem, was ich bin. Oder vielmehr wegen dem, was ich neben Mutter sein und der Person, die unsere Familie am Laufen hält, bin. Genau wie ich dich um deinetwillen interessant und attraktiv finde. Ich möchte wieder begehrt werden. Ich möchte fühlen, was ich früher empfunden habe.

Wieder versprach er Besserung. Sicher er gab sich Mühe, aber man kann Begehren nicht erzwingen, ebenso wenig Liebe oder Freundschaft. Es war naiv von mir, das zu versuchen.

„Mom! Jetzt komm endlich. Na los!" Die Stimmen der Mädchen hallen zu mir. Ich hebe die Hand und strecke die Beine aus, um zu signalisieren, dass ich in Aktion treten will.

Nicht lange nach Paris traf ich Casper. Das Café bebte, als ich ihn mit Kollegen bei einer Happy Hour traf. Immer wieder fanden sich unsere Blicke in der überfüllten, lauten Kneipe. Auf dem Flur bei den Toiletten küsste er mich. Einfach so. Wir hatten noch kein Wort miteinander gewechselt.

Von diesem Moment an wurde jedes Klischee wahr. Schmetterlinge, Elektrizität, nicht essen, nicht schlafen. Casper war einfühlsam, klug und fröhlich. Gerade einunddreißig geworden, lebte mit einer Freundin zusammen, wollte irgendwann Kinder. Folglich war es offensichtlich, dass wir keine gemeinsame Zukunft hatten. Unsere Liebe war vorübergehend und geheim, spannend und aufregend. Pubertäres Verhalten beim Sex auf einer Bank im nächtlichen Park. Geile Begegnungen in fragwürdigen Hotelzimmern. Stundenlange App- und Telefongespräche. *Du solltest auflegen. Nein, du! Ha, du bist immer noch da.*

Es war intensiv, leicht, und monatelang vollkommen harmonisch. Bis zum letzten Sommer. Seine Freundin nahm plötzlich einen Job in London an und wollte Casper nur noch an den Wochenenden sehen. Sie meinte, sie sollten beide darüber nachdenken, ob sie gemeinsam weitermachen wollten. Denn sie hatte das Gefühl, dass die Luft ein wenig aus der Beziehung wäre, sagte sie.

Es war der klügste Zug, den sie hatte machen können. Casper war schockiert. Und obwohl wir das Gleiche füreinander empfanden wie vorher, änderte sich alles, als sich die Welt um uns herum veränderte. Bis zu diesem Tag war ich diejenige, mit der er am liebsten zusammen sein wollte, obwohl er mit seiner

Freundin liiert war, aber von diesem Moment an dachte er an sie, auch wenn wir zusammen waren. Sie und ich hatten die Plätze getauscht. Und ich konnte und wollte auch in diesem Orchester nicht die zweite Geige spielen.

Wir haben dem ein Ende gesetzt. Er wollte seine Beziehung retten, ich wollte versuchen, mit neuer Energie das Funkeln in meiner Ehe wiederzufinden. Das wars. *Over and out.*

Ich litt unter der Trennung, mehr als ich erwartet hatte, war am Boden zerstört. Und das, ohne es zeigen zu können, ohne von den Dächern schreien zu können, dass ich der schlimmsten Form von Liebeskummer zum Opfer gefallen war. Niemand wusste es. Niemand sollte es erfahren. Der Schmerz ist auch ein Teil einer heimlichen Amour fou. Wenn du die Hitze nicht erträgst, dann bleib der Küche fern. Wenn ich allerdings vorher gewusst hätte, wie viel Schmerz auf diesem Herd köchelte, hätte ich in der Tat einen riesigen Bogen um die beschissene Küche gemacht.

Meine Familie war mein Rettungsanker. In ihrer Gesellschaft würde und konnte ich meine Tränen zurückhalten. Ich habe versucht, schöne Dinge zu organisieren, wurde umgänglicher. Und ich begann, diesen Urlaub zu planen. In der Hoffnung, dass dies der Wendepunkt für Till und mich sein würde. Aber jetzt, wo es endlich soweit ist, bin ich mit einem Mann zusammen, der wegen eines Artikels, den ich geschrieben habe, wütend auf mich ist und der unsere Traumreise an seinem Telefon vorbeiziehen lässt. Entweder für die Arbeit oder weil sein Äquivalent eines weiblichen Caspers irgendwo auf ihn wartet. Ich weiß es nicht.

„Mom!" Sie rufen wieder.

Ich schaue auf. Ein Schatten fällt über mich. Der alte Herr Hakido. Er kommt und setzt sich neben mich. Mein imaginärer Freund macht das nur, wenn ich etwas übersehe. Wenn ich mich herauszoome oder die Dinge aus einem anderen Blickwinkel betrachten soll. In dem Braun seiner Augen spiegelt sich mein eigenes Gesicht wider. Defensiver Blick, herunterhängende Mundwinkel.

Natürlich. So einfach ist das. Wende das Blatt, dreh es um. Betrachte dich selbst. Anstatt das Hier und Jetzt zu ändern, habe ich mich schmollend damit abgefunden, wie die Dinge sind. Ich bin von mir angewidert. Wenn ich eine Charaktereigenschaft nennen müsste, die ich verabscheue, dann ist es das Ressentiment. Ein Tritt in den Hintern, das ist es, was ich brauche. In meine Beziehung zu Till sollte ich mehr Energie stecken und mir nicht nur weismachen, dass ich das tue, sondern es tatsächlich machen. Ich will seine Aufmerksamkeit, aber habe ich seit Casper für Tills Bedürfnisse Interesse gezeigt? Ich habe nicht die leiseste Ahnung, was ihn im Moment so beschäftigt.

Ich stehe auf, wische mir den Sand von den Beinen und hebe meinen eigenen Tellerschlitten auf. Später im Hotel werde ich uns ein zusätzliches Zimmer für heute Nacht buchen. Zum einen, weil mir das Herumalbern der Zwillinge allmählich auf die Nerven geht, aber vor allem, weil es an der Zeit ist, dass ich meinen Mann zurückerobere, von wem oder was auch immer es ist, das ihn im Griff hat.

Für den Rest dieses Urlaubs werde ich die netteste Ida Travel sein, die in mir steckt. Und erst, wenn das nicht ausreicht, ziehe ich meine Schlussfolgerungen.

Zwei allein

Travel Mom hat wieder einen bizarren Ort entdeckt. Ein verlassener Ferienpark in der Wüste, mit heilenden Quellen, die jung und gesund machen sollen. Wir verbringen die Nacht in einer Art Wohnmobil. Drinnen ist es wärmer als in der Sauna Italien, wo wir letztes Jahr waren und dort schon hundertmal wegen der Hitze in Ohnmacht fielen.

Mom und Loser gehen in einer der Quellen baden, um sich zu verjüngen. Wir finden das schmutzige, stehende Wasser voller ertrunkener Insekten ekelhaft. Und wir müssen auch nicht jünger und gesünder werden, als wir es schon sind. Wir ziehen trotzdem unsere Bikinis an und suchen uns ein Versteck für unsere Voodoo-Puppe. Im Internet haben wir gelesen, dass man die Puppe an einem sicheren Ort im Haus aufbewahren muss und wenn das nicht funktioniert, soll man sie – in ein weißes Tuch gewickelt – ins Wasser eintauchen. Natürlich meinen sie das Meer oder einen Fluss, aber wir glauben nicht, dass wir in diesem ausgetrockneten Land jemals wieder einen Fluss sehen werden. Eine heilsame Quelle wäre wahrscheinlich genauso gut. Vielleicht sogar noch besser. Nett und gruselig.

Der heiße Sand staubt in kleinen Wölkchen um unsere Füße. Es gibt hier nur einen Wachmann und eine Wachfrau, die in der Anlage das Sagen haben. Ansonsten ist da niemand. Nicht in den Bädern, nicht bei den anderen Häuschen, nicht auf dem Wohnmobilstellplatz und nicht auf den Wegen zwischen den hohen Kakteen. Nur das Geräusch unserer Schritte und das Summen von Insekten. Das ist alles.

Hinter einer knarrenden Tür im Holzzaun finden wir den Ort. Die heiße Quelle ist im Boden versenkt und hat etwa die gleiche Größe wie der Whirlpool in Santa Cruz, in den unser kleiner Bruder den Jungen mit den blauen Augen zu uns geschickt hat, um

149

uns zu schwängern. Ein Mini-Wasserfall rieselt über eine Fels-wand hinunter. Wir lassen uns in das dunkle Wasser hinab. Es ist viel wärmer als es aussieht. Wir wählen einen kleinen Felsen-brocken, der zur Hälfte über die Wasseroberfläche ragt. Ge-meinsam sind wir gerade stark genug, um ihn hochzuheben. Wir legen unsere Puppe – eingewickelt in den Kopfkissenbezug, den wir heute Morgen aus dem Hotel am White Sands gestohlen ha-ben – in das Loch. Dann lassen wir den Stein wieder an seinen Platz fallen. Der Wasserfall wählt sofort denselben Weg, als hät-ten wir den Stein nicht von der Stelle bewegt. Das Wasser rauscht über den kleinen Felsen und über Hetti Lohmann und Baby Otis in ihrem Bauch. Wir sind sicher, dass es bis in alle Ewig-keit so weitergehen wird. Genau wie vorgesehen.

Als wir zu unserem Wohnmobil zurückkommen, ist Loser mit dem Grill beschäftigt.

„Sammelt mal ein paar Zweige", sagt er. „So trocken wie mög-lich, bitte. Sie müssen brennen."

Das ist ein Kinderspiel. Äste fangen hier schon Feuer, wenn man sie nur in Richtung des Grills richtet. Wir prüfen, wie nah wir am Feuer stehen müssen, um festzustellen, dass das Feuer heißer ist als die Luft um uns herum. Erst als wir die Flammen fast berühren, spüren wir den Unterschied.

Mom macht Salat in der Küchenzeile. Sie summt mit den Flie-gen am Gitter. Bis auf die Fliegengittertüren ist alles offen, aber drinnen ist es noch heißer als heute Nachmittag. Ihr Haar klebt an ihrem Gesicht, ihr Kleid klebt an ihrem Körper.

„Es ist heiß", sagt Mom. „Hätte ich das gewusst, wären wir in ein klimatisiertes Hotel gefahren. Sorry, Babes."

„Und Wifi", sagen wir.

„Und ein mit Eiswürfeln gefülltes Becken." Sie wischt sich den Schweiß von den Wangen.

„Bringt ihr die Steaks schon mal zu Papa?"

Kaum sind wir draußen, schwärmen die Fliegen auf unser Abendessen. Nicht zwei oder zwanzig, sondern mindestens hun-dert von diesen dreckigen Biestern. Es ist unheimlich, wie schnell sie es schaffen, uns zu finden. Wir stellen die Schale auf den Picknicktisch. Tausend Fliegen. Eine Milliarde Fliegen. Wir fangen an zu schreien.

Mom und Loser kommen, um zu sehen, was los ist.

„Verdammt." Chorgesang unserer Eltern.

Unser Fleisch ist unter der wimmelnden, blauschwarzen Schicht nicht einmal mehr zu sehen. Das surrende Geräusch lässt unsere Trommelfelle vibrieren. Da wird uns übel.

„Das sollten wir nicht mehr essen", meint Loser. „Es sei denn, jemand hat Lust auf einen Burger mit gegrillter Fliegenkruste?"

„Verdammt", wiederholt Mom.

„Das passiert also mit totem Fleisch in dieser Gegend." Loser schüttelt den Kopf. „Aufgefressen, bevor man merkt, dass es weg ist."

Wir denken an Hetti Lohmann mit Baby Otis in ihrem Bauch. Und obwohl unsere kleine Puppe nicht aus Fleisch ist, sind wir froh, dass wir sie unter Wasser versteckt haben, außerhalb der Reichweite dieser gierigen kleinen Monster.

Till

Die einzige Straße, die von *Faywood* in die bewohnte Welt führt, erstreckt sich kilometerweit vor mir. Kein einziger anderer Verkehrsteilnehmer in Sicht. Ich drücke auf das Gaspedal. Heute wird es eine vierstündige Fahrt nach Tucson. Dort dürfen wir ausnahmsweise ein paar Nächte bleiben. Ida hat so viele Sehenswürdigkeiten in diese fünf Wochen gepackt, dass wir kaum anhalten können. Vielleicht ist das auch ganz gut so. Ruhe ist gut zum Grübeln. Und das Grübeln macht mich verrückt.

Hetti und mein Kollege Andreas, sind inzwischen bestimmt völlig durchgedreht. Ich habe seit anderthalb Tagen keinen Empfang mehr. Kein Wifi, kein Telefon. Ich hatte schon vorher erwähnt, dass ich wahrscheinlich für eine Weile vom Radar verschwinden würde, aber ich bin dennoch überrascht, dass es in dieser Wüste wirklich überhaupt kein Funksignal gibt.

Andreas hatte gestern einen überraschenden Termin mit unserem neuen Mandanten. Mist passiert, vermutete er. Und ich kann mir denken, wonach der Mist riecht: nach einem kompromittierenden Artikel, den meine Frau für eine renommierte Zeitung geschrieben hat. Nachdem der Herausgeber bestätigt hat, dass sie es veröffentlichen werden, wird der Hersteller des Impfstoffs informiert, um ihn zu kommentieren. Das ist die übliche Vorgehensweise. Es erfordert kaum Intelligenz, die betreffende Journalistin mit mir in Verbindung zu bringen. Und obwohl meine Ehe kein Grund sein wird, eine Bombe unter unsere beabsichtigte Zusammenarbeit zu legen, werden sie aller Voraussicht nach ihre Vorbehalte haben. Was Andreas inzwischen zweifellos mit ihnen teilt.

Und dann Hetti. Es gibt einen immer zwanghafteren Rhythmus der Kontaktmomente. *Guten Morgen* am Morgen, *wie ist dein*

Tag beim Mittagessen, *ich vermisse dich* beim Abendessen und *gute Nacht* beim Zubettgehen. Und all die großen und kleinen Erlebnisse dazwischen. Und Gott bewahre, wenn ich in ihren Augen zu langsam reagiere. Ich habe es verstanden. Es ist eine Menge los. Sie ist unsicher, was die Zukunft betrifft. Sie will wissen, was ich zu unternehmen gedenke. Aber ich bin jetzt hier, sie ist jetzt dort, und die Entscheidungen müssen warten, bis ich wieder in München bin.

Ich frage mich, wie viele Nachrichten sie in den letzten vierundzwanzig Stunden verschickt hat. Vielleicht hat sie sogar versucht, mich per SMS zu erreichen. Ich habe mein Telefon ausgeschaltet. Vermutlich vibriert das Handy wie verrückt, sobald wir in die Nähe eines Sendemastes kommen. Und Ida wird sich wieder die Ehre geben.

Ida und ich haben schon mal über den Ehebruch im Allgemeinen gesprochen. Sie behauptete, sie würde das Fremdgehen nicht als unüberwindbares Drama empfinden, wenn ich mit einer anderen Frau ins Bett gegangen wäre. Hauptsache, es wäre nicht mehr als ein One-Night-Stand. Aber auf keinen Fall das eigene Bett. Und solange es sie nicht in irgendeiner Weise störte, ich ein Kondom benutzte, es ihr nicht sagen würde, und niemand außer mir und der betreffenden Dame davon wissen würde, wäre es für sie erträglich. Ziemlich viele Bedingungen, die ich nur teilweise erfüllt habe. Ich habe geschwiegen wie ein Grab und Hetti war nie bei uns zu Hause. Sie ist deshalb ziemlich frustriert, weil sie es nicht erträgt, dass sie nach all den Monaten immer noch keine Ahnung hat, wie ich lebe. Was für ein Wohnzimmer wir haben. Wie das Licht eintritt. Wie es riecht.

Ich finde es ziemlich respektlos gegenüber meiner Familie, dass Hetti auf einem Hausbesuch bestand. Darüber hinaus hat Ida einen außergewöhnlich ausgeprägten Geruchssinn. Und wie auch immer es bei uns zu Hause riecht, es riecht sicher nicht nach Hetti Lohmann. Und das soll auch so bleiben.

Am Anfang dachte ich, dass Ida diese ziemlich lakonische Einstellung zum Fremdgehen gepredigt hatte, weil sie auf der

Suche nach einem Freibrief für einen eigenen Liebhaber war. Das war aber nicht der Fall. Ich bin mir sicher, dass ich es bemerkt hätte, wenn sie sich auch nur ein bisschen zu jemand anderem hingezogen gefühlt hätte. Ich bin genug Alphamännchen, um das zu spüren. Inzwischen glaube ich, dass sie hoffte, die Lust würde mich schon verlassen, wenn Untreue von Regeln umgeben und auf irgendeiner Art legitimiert wäre. Denn Menschen lieben verbotene Früchte. Leider. Wenn sich diese Theorie nur bewahrheitet hätte. Dann würde ich jetzt nicht in so einen riesigen Schlamassel stecken.

Bewegung in der endlosen staubigen Welt meines Rückspiegels. In der Ferne bricht etwas aus der Kakteenhecke heraus. Das Polizeiauto, das ich gerade am Straßenrand gesehen habe. Er nähert sich mit halsbrecherischer Geschwindigkeit. Lichthupen. Ich bremse ab, fahre auf den Seitenstreifen und halte an. Gebe dem Polizisten genügend Platz, um mich zu überholen. Das tut er nicht. Er parkt etwa zehn Meter hinter uns.

„Was nun?" Ida legt ihre Hand auf mein Knie. Warm, vertraut. Sie hat in den letzten Tagen mehr körperlichen Kontakt gesucht. Auch physisch. Als ob sie spürt, dass unsere gemeinsame Zukunft weniger selbstverständlich ist als zuvor.

„Keine Ahnung."

„Was ist los?", rufen die Zwillinge vom Rücksitz.

„Ich weiß es nicht."

Ich stelle den Motor ab. Die Mädchen drehen sich um, setzen sich auf die Knie und spähen durch die Heckscheibe. Das Polizeiauto steht einfach nur da, sonst passiert nichts.

Nichts tut sich.

Keine Tür wird geöffnet.

Kein Ton erreicht uns über den Lautsprecher.

Nur das Warnlicht leuchtet auf.

„Vielleicht hat er einen Herzinfarkt", spekulieren meine Töchter. „Oder vielleicht ist es ein Geisterauto und es ist überhaupt niemand drin. Oder ein Gangster, als Polizist verkleidet."

„Blödsinn."

„Sollen wir nicht mal nachsehen?", fragt Ida.

„In Gangsterfilmen werden die Leute erschossen, wenn sie ihr Auto verlassen", sage ich. „Wir warten ab."

Endlich schwingt die Tür des Polizeiwagens auf. Ein gewaltiger Fuß. Ein weiterer Fuß. Ein großer massiger Körper. Schusswaffe an der Hüfte. Verspiegelte Sonnenbrille. Ein Serienkiller. *All the works.*

Er nähert sich langsam, die Hand locker am Holster, nur keine Eile. Ich traue mich kaum, mich zu bewegen. Ich habe das Gefühl, dass sich mein Kofferraum auf wundersame Weise voller harter Drogen oder einer Leiche statt Urlaubskleidung entpuppen wird. Er gestikuliert, dass ich das Fenster öffnen soll. Beugt sich vor, sieht sich im Auto um und fragt nach meinen Papieren.

„Haben Sie eine Ahnung, warum ich Sie angehalten habe, Sir?"

Weil ich hier den netten Familienvater mime, während meine Geliebte zu Hause in München von mir schwanger ist, vielleicht?

„Ich fürchte nicht."

Er nickt langsam. Kaut seinen Kaugummi. Macht alles, was man von einem B-Schauspieler in der Rolle eines Polizisten erwarten würde.

„Speeding." Er studiert meinen Führerschein und seufzt. „Geschwindigkeitsüberschreitung." Ein weiterer Seufzer. Als ob er sich nach einer interessanteren Arbeit sehnen würde.

„Sie fahre dreiundachtzig Meilen pro Stunde. Die Höchstgeschwindigkeit liegt hier bei fünfundsechzig Meilen." Ich frage ihn nicht, woher ich das hätte wissen sollen. Es gab kein einziges Verkehrsschild in dieser Einöde. Ich frage ihn auch nicht, warum es wichtig ist, wie schnell ich fahre, wenn ich meilenweit die einzige lebende Seele bin. Ich halte meinen Mund und warte, bis er den Strafzettel ausstellt und ihn mir reicht.

„Das sind einhundertsechsundzwanzig Dollar, Sir."

Nicht so schlimm. Für achtzehn Meilen über dem Tempolimit und die ganze Show, die damit einhergeht.

„In bar nehme ich an?", frage ich.

Das macht ihm Angst. Er weicht zurück. Woher ich das hätte? Nein, nein und nochmals nein. Die Autovermietung erhält den Strafzettel und schickt dann eine Rechnung an meine Heimatadresse in München. So wird das hier gehandhabt. Und wünscht uns noch einen schönen Tag. Er hakt die Daumen in die Schlaufen seiner Hose und geht in klassischer Manier – langsam, breitschultrig, breitbeinig, um seinem zweifellos enormen Geschlecht etwas Platz zu geben - zurück zu seinem Fahrzeug.

Vielleicht bin ich an einem Filmset gelandet. Ich kann den Unterschied zwischen Realität und Fiktion nicht erkennen, warum auch immer. Es ist so verdammt heiß hier drin. Vielleicht hat sich die ganze Baby-Sache als Fiebertraum herausgestellt. Vielleicht gibt es Hetti gar nicht. Vielleicht kann ich einfach wieder mit Ida glücklich werden.

Der Beamte hupt und streckt den Facebook-Daumen raus, als würde er nach einem gemütlichen Beisammensein nach Hause fahren.

„Herrje", höre ich vom Rücksitz. „Ein Knöllchen mitten in der Wüste. Wenn das kein Bad Karma ist".

„Leute, hört bitte mit dem nervigen Karma-Kram auf", sagt Ida.

Ich reibe mir die Augen, starte den Ford und tauche in die Staubwolke des Polizeiautos ein.

Zwei allein

„Und da drüben", Loser zeigt auf ein Haus in der Ferne und senkt die Stimme, als verriete er uns ein großes Geheimnis, „da drüben, Mädchen, liegt die Ranch von Paul McCartney."

„Paul McWer?" Wir wissen, wer das ist, aber wir lieben es, Loser zu necken.

„McCartney! Von den Beatles! Yesterday, all my troubles seemed so far away!"

„Woher weißt du, dass es sein Haus ist?"

„Das hat mir euer Pferdeflüsterer erzählt. Ich wusste, dass es hier irgendwie in der Nähe sein muss."

Unser Pferdeflüsterer. Er meint Harry, den Boss der Pferdestallungen. Noch älter als Loser, aber mit einem Cowboyhut auf dem Kopf, Fransen an den Lederchaps und Stiefeln mit klirrenden Sporen. Heute Nachmittag durften wir mit ihm ausreiten und morgen früh schließen wir uns den Fortgeschrittenen an. Im Galopp durch die Berge. Frühstück mit Pfannkuchen im Wald. Und dann Kühe treiben.

„Und was es so besonders macht", labert Loser mit einem Kopfnicken in Richtung des Hauses, „Pauls Frau Linda ist dort gestorben. Sie wollte hier sterben, weil sie dachte, es sei der schönste Ort der Welt. Die McCartneys haben die ganze Welt bereist, sie müssen es wissen."

Wir sehen zum Himmel. *Wir verstehen das, Linda.* Wir würden gerne für immer auf der *Tanque Verde* Ranch bleiben. Hier gibt es hunderttausend Pferde. Wir wohnen in einem mexikanischen Haus mit sehr hohen Decken und superschnellem Wifi, können uns in megaweichen Riesenbetten einwrapen, napflixen, und wir haben unser eigenes Bad mit separater Toilette.

„Linda ist auch gerne ausgeritten und sie liebte Pferde." Loser schaut auf das Gebäude, als würde er dort eine tote Frau erwarten, die ein Pferd sattelt.

Wir wissen, wie es hier aussieht, weil wir gerade von unserer Hacienda kommen, aber wir sehen uns trotzdem um: Kakteen, die so groß sind, dass wir in ihnen eine Party feiern könnten, wenn man sie aushöhlt. Dahinter der Fischteich und Cottonwood, der Platz, an dem die Leute Barbecues organisieren und herumgammeln. Hügelige, gewundene Pfade, auf denen ständig Schlangen und Eidechsen herumkriechen. Die Berge in der Ferne.

„Paul erzählte Linda, dass sie eins wurde mit dem Pferd und der Umgebung, dass der Wind durch ihr Haar spielte und die Sonne ihr Gesicht wärmte", fährt Loser fort. „Sie starb wohl lächelnd." Loser schluckt so heftig, dass sein Adamsapfel auf und ab schießt.

Vielleicht hat er Linda McCartney wirklich gekannt und sie war glukosesüß. Vielleicht standen sie über Facebook Messenger in Kontakt. Wir sind uns nicht so sicher, was wir sagen sollen. Wir schauen in den Himmel. Es sieht nach Gewitter aus.

„Bei ihrer Beerdigung waren zwei ihrer Ponys in der Kirche anwesend." Loser hat feuchte Augen. Wir sehen uns an und fragen uns, ob er eine Depri-Sekunde hat.

„In der Kirche? Wirklich? Lituation!"

„Lituation?"

Wir rollen mit den Augen. „Das bedeutet coole Situation, Dad."

Loser nickt.

„Kannst du auch Pferde für unserer Beerdigung besorgen?"

„Kein Problem." Loser zwinkert. „Ich kann alles."

Wir lachen. Die ersten Regentropfen fallen auf unsere nackten Arme. Ein seltsamer, dünner Hase mit mindestens einem Meter langen Ohren läuft davon. Schnell gehen wir zurück zum Haus. Mom ist de luxe drauf und singt One love von Johnny Cash, während sie in der Küche eine Kiste mit Lebensmitteln auspackt. Hört sich gut an. Sie ist in letzter Zeit sehr fröhlich.

„Der Waschsalon macht Überstunden", sagt sie. „Morgen gibt's endlich saubere Kleidung. Was habt ihr so getrieben?"

„Wir haben gesehen, wo Linda McCartney gestorben ist. Und wenn wir sterben, wird Papa auch lebende Pferde zu unserer Beerdigung bringen."

Mom schaut auf. „Wenn ihr sterbt? Wenn ihr sterbt, kann euer Vater nichts mehr für euch tun, weil er da schon seit Jahren tot sein wird. So schreibt es die Natur vor. Erst die Eltern, dann die Kinder."

Sie wirft Loser einen Blick zu, als hätte er auf eine ganz einfache Quizfrage die falsche Antwort gegeben. Er schüttelt den Kopf und sagt, dass auch er manchmal einen Fehler machen kann. Wir runzeln die Stirn, weil wir es bereuen, damit angefangen zu haben, gerade als sie für eine Weile aufgehört haben zu streiten.

Wir führen ein ganzes Gespräch ohne Worte, so wie in einen dieser alten Filme ohne Ton. Das geht sehr gut. Die Leute wollen immer zu viele Dinge laut sagen.

Ida

„Timothy! Komm mit erhobenen Händen aus der Haustür!"

Es ist mindestens das zehnte Mal, dass diese Worte, verstärkt durch ein Megafon, aus der Dunkelheit ertönen. Till und die Mädchen sitzen auf unserer Veranda und starren aufmerksam auf die Ferienwohnung weiter unten. Wir sind nicht in einem O-pen-Air-Kino, das hier ist die Realität. Ich frage mich, was da unten los ist.

Der Sonnenuntergang war, wie jeden Abend, atemberaubend. Silhouetten von Riesenkakteen vor einem orangefarbenen Himmel. Die Zwillinge machten sich nach einer ausgiebigen Schwimmeinheit für das Abendessen fertig, Till schlief in der Hängematte. Ich ging spazieren. Vor unserer Hacienda fällt das Gelände leicht ab. Etwa fünfzig Meter weiter, mitten in den Kak-teenfeldern, steht das abgelegenste Häuschen der Anlage. Ich schlenderte fotografierend darauf zu, wie Wasser zum tiefsten Punkt. Erst als ich über eine Anzahl von Felsblöcken stolperte, die den Privatbereich der Hacienda abgrenzen, schaute ich mich wieder um. Das Haus war genauso wie unseres. Stilvolle, erdfar-bene, hölzerne Fensterrahmen mit Gitterwerk davor. Ich war gerade dabei, die Kamera meines Telefons auf das Namens-schild *Mi Casa* über der Tür zu richten, als ein Polizist mit gezo-gener Waffe um die Ecke kam.

Ich zuckte vor Schreck zusammen. Er nicht. Offenbar fand er es völlig normal, dass ich aus einem Kaktusfeld auf der Bildfläche erschien. Er bat mich freundlich, meine Fotosession woanders fortzusetzen. Es gäbe ein kleines Problem in *Mi Casa*. Wenn man bedenkt, dass er schussbereit vor mir stand, wollte ich keine weitere Erklärung.

„Timothy! Wir gehen hier nicht ohne dich weg. Lass uns Feier-abend machen, Kumpel", rief er. Ein gewisser Timothy war also das kleine Problem.

Während des Barbecues in Cottonwood dachte ich nicht mehr an die seltsame Begegnung mit dem Polizisten. Wir saßen an ei-nem Tisch unter den Bäumen. Hunderte von Lichtern leuchteten zwischen dem Laub, die Abendluft roch nach Blumen, und Till hatte tatsächlich sein Telefon zu Hause gelassen.

„Möchtest du noch Wein?", fragte er, als die Teller leer waren.

„Scheißt der Papst in den Wald?", antwortete ich.

Er ging auf die Bar zu. Knackiger Hintern in Jeans, knabenhafte Locken im Nacken. Von hinten sieht man ihm nicht an, dass er nächstes Jahr fünfzig Jahre alt wird. Die Bardame – höchstens halb so alt wie er, aufgeknöpfte karierte Bluse, nackte Wespen-taille – erblickte ihn und schob ihre Brüste vor. Er sagte etwas, sie lachten, sie spielte mit einem ihrer Zöpfe. So jung sie auch sein mochte, sie kannte die Klassiker.

Ich wandte mich ab und sah den Mädchen zu, die sich mit Lasso- und Hufeisenwerfen vergnügten. Kleine Schweine wusel-ten um das Buffet und suchten nach Resten. Der Country-Sänger auf der Bühne fragte, ob es irgendwelche Wünsche gäbe.

„Wichita Lineman!", rief ich, bevor ich darüber nachdachte, ob ich es wagen sollte.

Ein überraschter Blick des Künstlers, gefolgt von einem aner-kennenden Nicken in meine Richtung. Gesichter drehten sich in meine Richtung. Der Sänger stimmte seine Gitarre und sagte: „This one is for that beautiful, lonesome lady over there."

Einsame Lady? Was wusste er schon davon? Meine Wangen glühten. Ich lächelte ein wenig.

„Ist dieser Platz frei, lonesome Lady?" Till – mit dem Wein.

Gott sei Dank. Der Sänger bezog sich offensichtlich nur auf die Tatsache, dass ich alleine an einem Tisch saß. „I am a lineman for the county, and I drive the main road." Es klang, als ob Glen Campbell höchstpersönlich in Cottonwood sang.

„War das unbedingt notwendig?", fragte Till. „Ihn, um einen so traurigen Song zu bitten?"

„Er gefällt mir, und ich habe es eigentlich für dich getan. Wir haben neulich darüber gesprochen, als es im Autoradio lief, weißt du noch?"

„Ja, ich erinnere mich."

In der schummrigen Dunkelheit unter den Bäumen sah ich, wie seine Mundwinkel zuckten.

„Timothy! Komm mit erhobenen Händen aus der Haustür!"

Als wir zur Hacienda zurückkehren, stellt sich heraus, dass das kleine Problem in *Mi Casa* zu einem Großeinsatz geworden ist. Überall stehen Scheinwerfer, Seitentüren werden aufgestoßen, bewaffnete, schwarz gekleidete Männer verlassen die Fahrzeuge.

Timothy verschanzt sich also immer noch im Haus.

Als ein Mann in einer Unterhändlerjacke Timothy das erste Mal durch das Megafon anspricht, benutzt er noch seinen Nachnamen. Mister Smith. Er sagt, dass sie wissen, dass er da drin ist, dass sie ihn umzingelt haben, dass der Widerstand gegen seine Festnahme zwecklos ist. So funktioniert die Bindung in der Welt der Verhandlungen.

Ich zähle sechs Polizeiautos, vier Kleintransporter, ein Feuerwehrauto, zwei Hubschrauber und einen Krankenwagen. Von wegen *Mi Casa* und Timothy sind ein kleines Problem.

„Lass uns Feierabend machen, Tim."

Tim. Die Vertraulichkeit zwischen den Männern entwickelt sich schnell. Ich mag keine abgekürzten Namen. Deshalb bin ich froh, dass ich Ida heiße, warum ich Till nie Ti nennen werde und warum wir unseren Kindern einsilbige Namen gegeben haben.

Wie ist Timothy nur bei *Mi Casa* gelandet? Kaum denkbar, dass er sich der Ranch von den Bergen aus genähert hat, denn wir sind von kilometerlangen, dampfend heißen Kaktusfeldern umgeben. Er muss also in der Sackgasse an unserer Hazienda vorbeigekommen sein. Wann war das? Als Till und ich im

Fitnessstudio waren und die Mädchen hier rumhingen? Und wenn ja, hat er die Mädchen auf der Veranda gesehen und ist deshalb weiter nach *Mi Casa* gegangen? Hätte er sich andernfalls in unserem Haus verschanzt? Oder hat er die Zwillinge nicht gesehen und wir hatten nur Glück, weil er alternativ vielleicht auf die Idee gekommen wäre, sie als Geiseln zu nehmen?

„Nimm den Hörer ab, Timothy."

„Fett, sie rufen ihn an!" Die Mädchen reagieren mit Freude auf diese neue Entwicklung.

Ich darf nicht daran denken, dass dieser Schwerverbrecher meine Töchter hätte belästigen können. Allein der Gedanke daran lässt meine Nervenenden kribbeln. Und gleichzeitig weiß ich, dass es Unsinn ist, über andere Szenarien nachzudenken. Es ist irrelevant, zu wissen, wie klein das Nadelöhr ist.

Könnte man die Wege des Schicksals aufzeichnen, eine Landkarte davon anfertigen, würde man zweifellos feststellen, dass jeder Mensch unzählige Male dem Tod entkommen ist, indem er ahnungslos links statt rechts abbog oder einen Umweg statt der Abkürzung nahm. So gesehen ist es ein Wunder, dass meine gesamte Familie wohlbehalten auf der Veranda eines Ferienhauses in Tucson, Arizona, verweilt.

Herr Hakido nickt mir zu und zeigt auf *Mi Casa*, wo Timothy gerade aus dem Haus geschleppt wird.

Ida

Es ist noch früh, als ich vom Fitnessstudio zurück zur Hacienda schlendere. Ein Eichhörnchen und eine Eidechse wärmen sich in der Morgensonne gemeinsam auf einem Felsbrocken. Die Szene löst in mir eine leichte Erregung aus, wie immer, wenn ich eine Kameradschaft zwischen zwei Lebewesen unterschiedlicher Spezies vermute. Die Katze und die Gans, die ihre Tage gemeinsam rund um den Holzschuppen unserer Freunde in Dachau verbringen oder unser Nachbar, der mit seinem Hund oft Seite an Seite im Garten liegt.

Auf unserer Veranda sitzen die Mädchen am Tisch und lassen die Erbsen hüpfen. Unten im Kaktusfeld ist es friedlich um *Mi Casa*. Nur die zugenagelten Fenster verraten, dass sich dort gestern Abend ein kleines Drama abgespielt hat.

Von der Dame an der Rezeption erfuhr ich, dass Timothy kein Krimineller war. Ein gewöhnlicher Typ, Ende zwanzig, der an einer Tankstelle arbeitete und süchtig nach Crystal Meth war. Bei der mörderischen Hitze des Sommers war gestern die Vernetzung in seinem Gehirn durcheinandergeraten. Der Aufseher sah ihn zugedröhnt und verwirrt auf dem Gelände umherirren. Als der Sheriff eintraf, hatte sich Timothy bereits in *Mi Casa* verschanzt. Als Antwort auf die Aufforderung herauszukommen, schrie er, dass er bewaffnet sei und in Ruhe gelassen werden wolle. Das war alles. Das war sein Verbrechen. Selbst der geübteste Journalist konnte trotz Durchwühlens der Akte nicht mehr daraus machen.

„Guten Morgen, Babes", sage ich. „Habt ihr schon eure Koffer gepackt? Dann können wir gleich nach dem Frühstück losfahren."

Die Zwillinge schauen auf. „Können wir nicht noch eine Nacht bleiben, Mom?"

„Nein, tut mir leid. Es warten neue Abenteuer auf uns."

Sie starren auf die hüpfenden Erbsen in der Plastikdose.

„Was ist denn?", frage ich. „Geben sie nicht ihr Bestes?"

„Otis nicht. Er ist total lahm."

„Wer ist lahm?" Till kommt auf uns zu.

„Niemand", entgegnen die Mädchen.

Till zieht die Augenbrauen hoch. Ich erinnere mich an seine befremdende Reaktion, als die Mädchen die kleinste Erbse Otis nannten, und wechsele das Thema. „Es ist, als wäre da unten nichts passiert. Alles ist ruhig" Ich nicke *Mi Casa* zu.

„Stimmt", sagen die Mädchen. „Otis gibt den Geist auf, Dad! Das ist alles. Nicht wichtig."

Mein Blick kreuzt den von Till. Die Mädchen haben wieder eine ihrer melancholischen Stimmungen. Letztes Jahr hatten sie sie so oft, dass wir sie auf Anraten des Schuldekans zu einem Jugendpsychologen geschickt haben.

„Da läuft nichts falsch mit Ihren Mädchen, Frau Faber", lautete seine Schlussfolgerung. „Pubertätslogik, Abnabelungsprozess. Hormonschwankungen. Kein Grund zur Sorge. Alles im grünen Bereich."

Ich gebe den Mädchen recht. Im globalen Maßstab hat der gestrige Vorfall nichts bewirkt. Am Ende stellten sie fest, dass Timothy unbewaffnet und nicht vorbestraft war. Trotzdem kamen siebenundsiebzig Leute, um ihn zu verhaften. Siebenundsiebzig.

„Sein normales Leben ist vorbei." Die Empfangsdame seufzt. „Diese verdammte Hitze, dieses verdammte Crystal Meth."

„Jetzt kommt", sage ich. „Packt die Erbsen ein und holt eure Sachen. Dann können wir auch unsere sinnlose Reise fortsetzen."

Mein unbeschwerter Scherz kracht wie ein fünf Tonnen schwerer Blindgänger in eine aufgeweichte Wiese. Ohne ein Wort verschwinden die Zwillinge ins Haus.

Till seufzt und schnappt sich wieder sein Telefon.

Ich werfe einen Blick auf sein Handy. „Okay. Dann gehe ich duschen."

Zwei allein

Wir müssen eingeschlafen sein, die Köpfe an das Autofenster gelehnt und mit dem Sausen der Reifen auf dem Asphalt unter uns. Als wir aufwachen, streiten sie sich. Mom schaut zur Seite auf Loser. Sie atmet so schwer durch ihre Nase, dass die Haut ihres linken Nasenlochs ganz weiß ist. Wahrscheinlich auch das rechte, aber das können wir von hier aus nicht sehen. Ihre Lippen sind so fest zusammengepresst, dass ihr Mund wie ein Schnitt mit dem Messer aussieht. Ein tiefer Schnitt, der genäht werden müsste, wenn es nicht ein Mund wäre. Ihr linkes Auge ist zusammengekniffen, wodurch sie mehr Falten als sonst hat. Lachfalten, die sich sonst bis in ihr hochgestecktes Haar ziehen. Aber Mom hat keinen Spaß.

Loser schaut immer geradeaus. Zur Straße. Dieses graue Band, das sich immer wieder vor uns ausrollt und ausrollt und ausrollt. Seine Schultern sind verkrampft unter seinem weißen T-Shirt. Er ist aus Marmor. Er ist wie die Statue David, die wir letzten Sommer in Florenz gesehen haben. Damals. Als Loser noch Daddy hieß, und Mom Lachfalten hatte, weil sie lachte, und wir noch nichts von der Existenz unseres kleinen Bruders wussten.

„Wirst du mir endlich sagen, was los ist, Till?"

Sie glaubt, dass wir noch schlafen. Oder dass wir blind und taub sind. Oder sie hat uns vergessen. Loser schaut zur Seite, zu Mom. Schnell schließen wir die Augen. Durch unsere Wimpern sehen wir, dass er nachdenkt. Abwägen und überlegen.

„Okay", sagt er schließlich.

Oder sollten wir ihm einfach zeigen, dass wir wach sind? Wenn er es Mom beichtet, dann ist es real. Dann gibt es nichts mehr, was wir dagegen tun können. Mom wird toben und ihm sagen, dass er bei Hetti Lohmann und dem Baby wohnen soll.

„Ich bin gerade dabei, einen multinationalen Vertrag mit dem Hartel-Konzern abzuschließen", fährt Loser fort. „Der größte Mandant, den wir je hatten."

„Wie bitte?" Mom hebt eine Augenbraue.

Was?, fragen wir uns auch.

„Ja", sagt Loser.

„Aber das sind großartige Neuigkeiten." Mom klingt zögerlich. „Richtig?"

Feigling!, rufen wir im Stillen. Sag ihr, was wirklich los ist! Sag ihr, dass du ein weiteres Kind bekommen wirst!

„Das *war* eine gute Nachricht. Ida. Aber es gab einen Haken."

Mom schüttelt fragend den Kopf. Ihr Mund ist wieder nur ein Mund, ihre Falten sind nur Schattenlinien.

„Am Ende wollte das Unternehmen lieber nicht die Dienste eines Anwalts in Anspruch nehmen, dessen Frau Artikel veröffentlicht, in denen seine Integrität offen in Frage gestellt wird."

„Bitte?" Mom hebt jetzt beide Augenbrauen.

„Denk nach, Ida." Loser klingt, als hätte er es schon achthundert Mal erklärt.

Eine Stunde oder so sind sie still. Wir verstehen gar nichts.

„Oh Scheiße", sagt Mom dann. „Du sprichst von …"

„Ja, natürlich. Mit deinem Gejammer über ihren Impfstoff."

„Das ist kein Gejammer, Till."

„Entschuldige, ich meine deine Recherche." Loser schaut wieder zur Seite.

Wieder schweigen sie eine Zeit lang. Der Hinterkopf von Mom deutet an, dass sie angestrengt grübelt. Mittlerweile sind wir geübte Leser ihres Hinterkopfes. Und wenn wir uns nach vorne lehnen würden, könnten wir wahrscheinlich ihr Gehirn pumpen hören. Aber wir stellen uns immer noch schlafend, also überprüfen wir das nicht.

„Deshalb reagierst du also jedes Mal so gereizt, wenn das Thema zur Sprache kommt, Till."

„Das ist nicht wahr. Ich antworte, wie ich antworte, weil ich mit deinen Schlussfolgerungen nicht einverstanden bin. Das habe ich dir von Anfang an gesagt. Und damals war der Mandant noch nicht im Spiel."

Mom nickt. „Und warum hast du es mir nicht sofort gesagt, als sie ins Spiel kamen?"

Loser denkt darüber siebenhundert Kilometer lang nach. Gut, dass wir so lange im Auto sitzen, sonst würden sie nie ein Gespräch zu Ende führen können.

„Weil ich glaubte, dass die Kluft zwischen uns dadurch noch größer werden könnte, wenn du erfährst, dass Faber & Gruber mit deinem Feind ins Bett steigen möchte. Und außerdem sah ich keine Notwendigkeit, mit dir darüber zu diskutieren. Weil ich nicht damit gerechnet habe, dass Hartel die Messlatte des Spiels so hoch ansetzen würde."

„Natürlich tun sie das. Wenn Eltern sich entscheiden, ihre Töchter wegen der negativen Publicity nicht gegen das HPV-Virus impfen zu lassen, verlieren sie in Deutschland einen zweistelligen Millionenbetrag. Pro Jahr."

„Du übertreibst, Ida."

„Auf keinen Fall." Mom schüttelt den Kopf und schaut Loser an, mehr überrascht als wütend. „Du kannst doch auch rechnen?"

Till

Der Bus verschwindet hinter den Bäumen. Da stehen wir nun in der Wildnis. Ich in meiner Badehose, Ida und die Zwillinge im Bikini. Das ist alles, was wir noch haben. Den Rest hat der Surfboy, der uns hier abgesetzt hat, mitgenommen. Wenn alles gut geht, wird er in ein paar Stunden an der Anlegestelle im Park, wo wir ihn gerade getroffen haben, auf uns warten. Ich schaue mich um. Keine Menschenseele und kein Gebäude in Sicht. Nur Sträucher und der Fluss. Mehr nicht.

„Bist du dir sicher, Ida, dass dies nicht eine fortschrittliche Art ist, Touristen auszurauben?", frage ich.

Ida schaut auf ihren nackten Körper hinunter, dann auf mich. Erst jetzt dämmert ihr, dass wir unser Schicksal in die Hände eines unbekannten Adonis mit sonnengebleichtem Haar und Dreitage-Bart gelegt haben.

„Ach was. Ich habe viele gute Kritiken gelesen, bevor ich es gebucht habe."

„Das Wasser ist superschön!" Die Mädchen stehen bereits knietief im Fluss.

„Gott sei Dank", sagt Ida. „Weil wir etwa drei Stunden auf dem Wasser treiben werden, bis wir wieder in Yuma sind. Schnappt sich jetzt jeder seinen Reifen?"

Die Mädchen klettern zurück ans Ufer und ziehen zwei der vier orangefarbenen, aufblasbaren Schlauchreifen ins Wasser. Ich folge sanftmütig.

Rivertubing. Bis heute habe ich noch nie davon gehört. Wie kommt Ida nur auf so etwas? Nächte langes Googeln?

„Wollen wir uns aneinanderketten oder wollen wir getrennt voneinander davontreiben?", fragt sie.

„Wir binden uns zusammen, und ihr auch." Die Mädchen knüpfen bereits die Seile der beiden Schlauchreifen zusammen. Der Wille der Zwillinge ist Gesetz, denn danach sind wir dran.

Ich steige in meinen Reifen. Wir stoßen uns ab und benutzen unsere Hände, um vom Ufer weg zu paddeln. Sofort nimmt uns die Strömung des Colorado Rivers mit. Ich brauche nichts mehr zu tun und lehne mich zurück. Es ist so verdammt bequem. Mein Kopf gegen die dafür vorgesehene Stütze, Arme und Beine über den Rand, Hintern im Wasser. Die gut gefüllte Kühlbox schwimmt hinter uns her. Egal wie wütend Ida ist, sie lässt es nicht zu, dass die bereits geplanten Aktivitäten ruiniert werden und niemand wird zu kurz kommen, solange sie das Sagen hat.

Hoch über uns treiben Schäfchenwolken in die entgegengesetzte Richtung. Der Fluss lullt mich fast in den Schlaf. Hetti, das Baby, die Probleme bei der Arbeit — alles nimmt die abstrakte Form eines Traums an. Ich nehme es wahr, ohne das Gefühl zu haben, dass es hier um mich geht.

„Ich habe nachgedacht, Till."

Wird auch Zeit, denke ich, aber diesen Gedanken behalte ich für mich. Wir haben das Thema gestern auf Wunsch von Ida zu den Akten gelegt. Sie brauchte Zeit, um sich neu zu positionieren, nachdem ich sie stillschweigend gebeten hatte, ihren Artikel zurückzuziehen.

Ich drehe meinen Kopf in ihre Richtung und öffne ein Auge. Sie sieht sexy aus im Bikini. Ihr Bauch ist braun und nass und straffer als je zuvor. Sie hat die letzten Jahre trainiert. Ob sie einen Liebhaber hat?

„Ich glaube nicht, dass du dir der Risiken bewusst bist, die mit diesen Impfungen verbunden sind", sagt sie. „Und ich denke auch, dass du versuchen solltest, dir vorzustellen, dass es um deine Töchter geht und nicht um nackte Zahlen."

Okay. Die Schlacht ist also noch nicht vorbei. Das macht Sinn. Es würde nicht zu Ida passen, kampflos aufzugeben. Dann mal los. Ich schweige und schaue wieder in den Himmel.

Ida braucht keine weitere Ermutigung, um ihre Argumentation fortzusetzen. „Fakt ist, und mit dem Wort Fakt meine ich eine Tatsache, die von allen Seiten erforscht wurde und worüber sich alle Gelehrten einig sind ...“ Sie hält inne, aber ich lasse mich nicht aus der Ruhe bringen.

„Fakt ist, wenn du gegen das HPV-Virus geimpft bist, während das Virus bereits in deinem Körper vorhanden ist, du ein viel größeres Risiko hast, an Gebärmutterhalskrebs zu erkranken als Mädchen, die nicht geimpft sind. Deshalb ruft die Regierung Kinder im Alter zwischen 12 und 13 Jahren auf – weil man davon ausgeht, dass sie in diesem Alter noch nicht mit einem sexuell übertragbaren Virus infiziert sein können.“

Eine der Wolken hat die Form einer altmodischen Rassel. Ein silberner Teddybär mit Beißring. Ich hatte das Baby tatsächlich fast vergessen. Zum Glück habe ich den Zündstoff in der Nähe, der mich daran erinnert. Kaum zu glauben.

„Aber ich muss dir nicht sagen, dass es viele Mädchen da draußen gibt, die mit zwölf sexuell aktiv sind. Und die wollen es ihren Eltern nicht sagen. Also humpeln sie pflichtbewusst zu einer Massenimpfaktion in irgendeiner Sporthalle oder wer weiß, wo sonst noch. Genau wie Lämmer zur Schlachtbank. Der wichtige Unterschied zu einem normalen Schlachthof ist, dass diese möglichen Hinrichtungen nicht sofort stattfinden, sondern erst Jahre später. Und das ist der Grund, warum die Regierung damit durchkommt.“

Schlachthof. Exekutionen. Fahr fort, Ehrenlady. Ohne sie zu unterbrechen, warte ich, bis ich an der Reihe bin. Die Rassel am Himmel dehnt sich zu einer Schlange, der einstige Teddybär streckt mir seine gespaltene Zunge entgegen. Hettis Baby ist ein Junge. Hätte sich Ida auch in dieses Thema festgebissen, wenn wir keine Töchter gehabt hätten?

„Und abgesehen davon, dass diese Mädchen ein erhöhtes Risiko haben, irgendwann an einer potenziell tödlichen Krankheit zu erkranken, ist es kurzfristig nicht ausgeschlossen, dass sie unfruchtbar werden. Es gibt zu viele Hinweise, die in diese

172

Richtung deuten, um sie einfach zu ignorieren." Ida zieht an dem Seil, mit dem mein Schwimmgerät an ihrem befestigt ist. „Hörst du mir eigentlich zu?"

Ich schaue zur Seite. Glitzerndes Flusswasser in ihrem Nabel, ausgeprägte Brustwarzen unter ihrem Bikinioberteil. Gut. Die Verteidigung steht auf dem Spiel.

„Natürlich höre ich dir zu, Ida." Mühsam setze ich mich etwas gerader in den Schlauchreifen. „Aber du weißt so gut wie ich, dass ein Impfstoff erst dann in das nationale Impfpaket aufgenommen wird, wenn die Regierung eine positive Empfehlung dafür von einer unabhängigen Kommission erhält."

„Unabhängig?" Ein schrilles Lachen. „Fast die Hälfte der beratenden Ärzte wurde direkt oder indirekt vom Hersteller bezahlt."

„Das macht Sinn", wende ich ein. „Klinische Forschung wird fast immer von der Pharmaindustrie finanziert. Das müssen sie auch, wenn sie weiterhin neue Produkte entwickeln wollen. Und es ist nur richtig, dass sie die Experten in einen Beratungsausschuss bitten, folglich sind das oft Fachleute, die zum Beispiel schon an der Entwicklung eines Impfstoffs beteiligt waren. Man muss nur darauf achten, dass ein ausreichendes Gegengewicht vorhanden ist. Und da du sagst, dass nicht einmal die Hälfte des Komitees etwas mit dem Hersteller zu tun hat, ist diese Bedingung doch erfüllt."

„Oh Mann." Ida dreht ihren Kopf weg.

„Oh Mann?"

Sie reagiert nicht, starrt weiter stur auf das langsam schlurfende Schilf am Flussufer.

Jetzt bin ich an der Reihe und ziehe an der Leine zwischen unseren aufblasbaren Reifen. „Hör zu, Schatz. Wenn du dich tatsächlich zur besten Sendezeit in eine Talkshow setzt, um deinen Artikel zu verteidigen, dann kannst du sicher davon ausgehen, dass dein Gesprächspartner viel bessere Argumente hat als ich. Wenn alles, was du dazu sagen kannst, *Oh Mann* ist, dann fürchte ich, dass deine fünfzehn Minuten Ruhm dich wie eine Idiotin aussehen lassen."

Sie sieht mich an, scheint etwas sagen zu wollen, ändert aber ihre Meinung. Schüttelt den Kopf. Mitfühlend. Meine Frau, meine rechtmäßige Ehefrau, meine liebende Partnerin schüttelt mitleidig den Kopf, weil ich das Recht auf meiner Seite habe. Ein Frauentrick. Ich weiß das. Aber das bedeutet nicht, dass ich keine Lust hätte, ihren Reifen kentern zu lassen und sie die restlichen Meilen zurück nach Yuma schwimmen zu lassen, anstatt auf einem von mir bezahlten Reifen zu chillen, während eines von mir bezahlten Urlaubs, in ihrem von mir bezahlten Bikini, drapiert um ihren Körper, der von einem von mir bezahlten Personal Trainer zur Perfektion geformt wurde.

Weil es einfach so ist, verdammt noch mal.

Zwei allein

„Im *Joshua Tree National Park* wurde die Leiche von Gram Parsons verbrannt", erklärt uns Loser und zeigt auf die Welt auf der anderen Seite der Autofenster. Eine Menge Sand mit vielen kleinen komischen Bäumen. „Habe ich euch das jemals erzählt?"

„Tausend Mal. Wir sind nicht in der Stimmung für eine Geschichtsstunde von unserem Vater. Wir sind gerade dabei, ein Springturnier mit den Erbsen zu veranstalten."

„Wirklich?" Loser schaut über seine Schulter. „Auch, dass sein Manager zuerst den Sarg mit Grams Leiche am Flughafen in Los Angeles gestohlen hat? Und auf dem Weg hierher eine Kollision mit dem Leichenwagen verursachte?"

Wir rollen wieder mit den Augen. Wenn Loser weitermacht, fallen sie uns aus den Höhlen. „Jetzt tausend und ein Mal. Es scheint die schönste Geschichte zu sein, die du kennst."

Loser zuckt mit den Schultern. „Vielleicht ist es das auch. Es ist natürlich herzlos, absurd und illegal, so etwas zu tun, aber es geht auch darum, sein Wort zu halten, und um der Freundschaft willen."

„Freundschaft ist *eine* Seele in zwei Körpern", sagt Mom.

„Wie bitte?" Loser ist ein bisschen zu laut. Sie sind schon seit ein paar Tagen wütend aufeinander, aber sie glauben, dass wir es nicht merken, wenn sie höfliche Konversation betreiben.

„Aristoteles hat das gesagt. Freundschaft ist eine Seele in zwei Körpern."

Loser wird immer langsamer, wenn er an einem entgegenkommenden Auto vorbeifährt. Wir drücken auf die Frühlingsschote und lassen die ganze Erbsenfamilie beim Springturnier durch die Plastikdose hüpfen. Doch dann sind sie plötzlich still, liegen auf dem Boden der Dose und sind einfach nur noch grün im Gesicht, wie Mom, wenn ihr vom Alkohol übel wird. Wir fragen uns zum millionsten Mal, ob das Rütteln des Autos der Erbsenbatterie schadet.

„Im Grunde ist das eine seltsame Aussage von Aristoteles", fährt Mom fort. „Denn dann könnten wir nur *einen* Freund haben, sonst würde deine Seele auf viele Körper zersplittert."

„Das erscheint mir immer noch besser, als in *einem* Körper mit mehreren Seelen zu sein", sagt Loser. „Denn dann wird man verrückt. Vorausgesetzt, es gibt so etwas wie eine Seele."

Wir sehen uns gegenseitig an. *Beef.* Sie sollten es wissen. Erbse Ida beginnt wieder zu hüpfen, die Zwillingserbsen machen es ihr nach. Wieder muss Loser abbremsen, weil er ein entgegenkommendes Auto sieht.

„Was für ein Betrieb." Wir spüren plötzlich, dass Mom sehr traurig ist. „Man kann sich kaum vorstellen, dass hier Menschen sterben, weil sie eine Autopanne haben und austrocknen, bevor ein Lebensretter vorbeikommt."

„Das passiert nur, wenn man die Hauptstraße verlässt." Loser legt wieder seine Lehrerschallplatte auf. „Dann bleiben sie im Sand stecken, lassen ihr Auto stehen, um Hilfe zu holen, und sind dann richtig aufgeschmissen."

„Wisst ihr denn, was zu tun ist, wenn ihr mitten in der Wüste eine Autopanne habt?", fragen wir. „Und keine Straße in der Nähe ist?"

Auch Erbse Till hüpft nun durch die Box. Nur der kleine Otis liegt am Boden und regt sich nicht. Wir geben ihm einen Schubs, aber in ihm ist so viel Bewegung wie in einer gerösteten Kaffeebohne.

„Das wird uns nicht passieren, keine Sorge", sagte Loser.

„Aber was wenn doch?"

„Habt ihr Angst?", fragt Mom.

„Ihr versteht es nicht. Es ist eine Quizfrage. Wir kennen die Antwort."

„Aha, okay." Mom denkt nach. „Beim Auto bleiben und Hilfe rufen?"

„Das ist ein guter Witz", lacht Loser. „Ein Hilferuf in der Wüste. Das ist eine Metapher, nicht gehört zu werden, wie du sicher weißt."

„Okay, Schlaumeier. Was würdest du tun, Boss?"

„Das muss ich nicht zu wissen, weil es mir nicht passieren würde."

„Aber was wenn doch?", rufen Mom und wir im Chor.

„Vorbeugen ist, gewiss in diesem Fall, um ein Vielfaches einfacher als heilen", antwortet Loser. „Ich sehe keine Notwendigkeit für einen Notfallplan. Aber klärt ihr eure Eltern auf, wenn ihr es so dringend loswerden wollt."

Eigentlich denken wir, dass er es nicht verdient hat, die Antwort zu kennen, wenn er nicht darüber nachdenken will, aber wir sagen es ihm trotzdem. Man weiß ja nie, was auf dieser Reise noch alles passieren wird. „Wenn du festsitzt, musst du die Luft aus den Reifen lassen. Dann rutscht ihr nicht weiter in den Sand."

„Ups!", rief Mom. „Wie clever! Woher wisst ihr das?"

„Und wenn du nicht festsitzt, sondern nur eine Autopanne hast, dann zündest du einen Reifen an, so dass eine Rauchfahne entsteht, die du schon von weitem sehen kannst. Und dann legst du dich unters Auto und wartest auf Hilfe, denn das ist der kühlste Platz."

„Wahnsinnig", sagt Mom. „Interessant, nicht wahr, Till? Es schadet nie, solches Wissen irgendwo in einer Schublade deines Gehirns abzuspeichern."

„Redundante Informationen sollten nicht gespeichert, sondern gelöscht werden", zischt Loser. „Andernfalls wird die Festplatte voll. Und in meinem Fall ist dies eine überflüssige Information. Wie gesagt, ich würde die Hauptstraße unter keinen Umständen verlassen."

Wir seufzen. Was auch immer wir versuchen, es gelingt uns nicht, unseren Eltern die Wut aufeinander zu nehmen. Wir treten von einem Fettnäpfchen ins nächste.

Otis ist wohl verhungert, seine Batterie leer. Es ist die kleinste Erbse, also macht es Sinn, dass er nicht lange durchhält. Er wechselt auch seine Farbe nicht mehr, ihm ist immer übel.

„Gut", murmelt Mom. „Dann wirst *du* in der Wüste von Arizona verenden und den Aasgeiern zum Opfer fallen."

„Wir haben schlechte Nachrichten", sagen wir. „Otis ist tot!"

Loser dreht sich so abrupt um, dass er einen Moment die Kontrolle über das Lenkrad verliert.

„Was sagt ihr da?" Seine Stimme klingt so bedrohlich, dass es uns fast Angst macht.

„Otis". Wir halten die kleine Erbse hoch. „Tot wie eine Türangel."

„Pass auf, Till!", ruft Mom.

Mit einem dumpfen Schlag schießt der rechte Vorderreifen vom Asphalt. Loser flucht und versucht, das Auto zurück auf die Straße zu lenken, doch auch das Heck des Wagens rutscht weiter nach rechts. Mom schreit, als ob wir nicht in der Wüste, sondern auf einem Highway fahren, mit kettenkollidierenden Autos und schleudernden Lastwagen um uns herum. Loser bremst hart, wir halten uns an den Vordersitzen fest.

„Die Erbsen!", kreischen wir. Die Plastikdose fällt auf den Boden. Die Schote und die Erbsen fliegen gegen die Frontscheibe. Solche Sprünge haben sie noch nie gemacht.

Dann halten wir an. Loser hat den Motor abgewürgt. Alle sind still. In Zeitlupe fallen mindestens hundert Pfund Sand auf uns herab.

„Solange wir nicht festsitzen", lästert Mom.

„Dummfall! Bad Karma", kreischen wir.

„Gleich gibt's ein schlechtes Karma auf die Mütze", knurrt Loser.

Das nehmen wir gerne in Kauf. Nur noch *einmal* ein Bad Karma und dann haben wir unseren ‚Du-bist-zu-jung-um-Espresso-zu trinken'-Rekord vom letzten Jahr in Italien verbessert.

„Aber im Ernst, Till. Wir sitzen doch nicht fest? Mitten in der Wüste?"

Wir kichern. Mom kann es einfach nicht lassen.

Kopfschüttelnd startet Loser das Auto. Er gibt Gas und nach einer kleinen Bodenwelle sind wir wieder auf dem Asphalt.

„Mitten in der Wüste", murmelt er. „Panikvogel."

Mom fängt leise an, nach unseren hüpfenden Erbsen zu suchen.

Ida

„Igittigitt."

Die Mädchen stehen auf der Schwelle von Zimmer acht im *Joshua Tree Inn*-Motel, das Zimmer, in dem Gram Parsons starb und das ich – um Till eine Freude zu machen - für uns beide gebucht habe.

„Aber das ist doch schon so lange her, Babes."

„Egal. Wir werden hier keinen Fuß rein setzen. Wir sind im Frühling des Lebens und ihr…", sie mustern uns von oben bis unten an, „ihr seid schon mitten im Herbst. Aber das hier ist Winter und es riecht nach Tod."

Sie drehen sich um und gehen in ihr eigenes Zimmer nebenan.

„Das ist hamma", höre ich sie sagen. „Boah, so fett."

Till sieht mich an. „Woher haben unsere Kids das nur aufgeschnappt? Mitten im Herbst? Klingt wie scheintot. Bravo."

Ich schiebe meinen Koffer zur Seite, lasse mich auf das Bett fallen und nehme den Raum in Augenschein: die weiß gestrichene Backsteinwand mit den gerahmten Fotos und Tourneeplakaten, das Fenster mit den Butzenscheiben, die drapierten Vorhänge, das gefilterte Sonnenlicht, die Balken an der Decke, der kleine Holztisch. Ein stimmungsvolles Ganzes.

Das Bett ist wunderbar. Nicht zu hart, nicht zu weich. Laken aus feiner Baumwolle, die nach einem gut duftenden Waschmittel riechen. Es muss ein anderes Bett sein als das, in dem Gram Parson die Überdosis genommen hat, oder? Natürlich ist es ein anderes Bett. Außerdem ist es vor vierzig Jahren geschehen. Daran ist nichts Ekliges. Darüber hinaus ist das Zimmer mit Sicherheit kein Winterdomizil des Todes, sondern eine schöne Sommerresidenz.

Till sieht sich um. „Das ist also Zimmer acht."

„Eine Überraschung für dich! Gefällt es dir?"

„Schön ..." Er sieht sich um. „Es auf jeden Fall besonders."

„Es ist immer viele Monate im Voraus ausgebucht."

Der alte Herr Hakido lehnt sich gegen die Fensterbank. Mit hochgezogenen Augenbrauen und spitzem Mund studiert er die Fingernägel seiner rechten Hand. Ja, ich weiß. Ich bettle wieder um die Aufmerksamkeit meines Mannes. Als Dank für die Anstrengungen, die ich unternommen habe, um seine Traumreise Wirklichkeit werden zu lassen. *Ich weiß, ich weiß, ich weiß, du musst es mir nicht unter die Nase reiben. Lass mich in Ruhe, du Meddler!*

„Ein gutes Marketinginstrument, Ida. Eine verstorbene Berühmtheit in deinem Motel. Es wäre vermutlich sogar profitabel, potenziellen Kunden unbegrenzt kostenlose Drogen zur Verfügung zu stellen."

An der Zimmertür wird getuschelt. Die Mädchen schauen wieder rein. „Kommt ihr auch zur Beerdigung von Otis?"

Till zuckt zusammen.

„Wo und wann ist die Zeremonie?", frage ich.

„Jetzt." Die Mädchen zeigen auf das Gram Parsons-Denkmal, das direkt vor unserem Schlafzimmerfenster steht; eine aus schwarzem Stein gemeißelte Gitarre, umgeben von Blumen, Kerzen und Bierdosen.

Ich lasse mich vom Bett gleiten und ziehe meine Flip-Flops an. Till seufzt verhalten, als ob uns sonst entgehen würde, dass er keine Lust auf eine Erbsenbeerdigung hat, folgt uns aber dennoch hinaus.

„Ihr seid die Trauergäste." Die Mädchen führen uns zu den Bänken auf beiden Seiten der Statue. „Und du bist auch die Krankenschwester der hinterbliebenen Überlebenden des Unfalls."

Die Schachtel mit der Frühlingsschote und den vier verbliebenen Erbsen wird neben mir auf die Bank gestellt. Die Erbsen hüpfen ein wenig, vermutlich wird die Batterie schwächer und Otis war die erste Erbse, die dran glauben musste. Weil sie aber auf einem Wattebausch liegen, machen sie keine Geräusche. Die Zwillinge graben mit ihren Fingern in den harten Sand.

„Der Musiker liegt doch tief in der Erde, oder?", fragen sie. „Nicht, dass plötzlich ein gitarrenspielendes Skelett auftaucht?"

„Er liegt nicht hier", antwortet Till. „Er wurde in der Wüste abgefackelt und seine Überreste zu Verwandten irgendwo in Amerika gebracht."

Abgefackelt? Wie pietätlos. Ich habe wohl nicht das richtige Hotel gebucht.

Beruhigt graben die Mädchen weiter. Als das Loch die Größe einer Teetasse hat, heben sie die Erbse in das Loch.

„Tschüss, kleiner Otis", sagen sie und legen ein kleines Schluchzen in ihren Stimmen. „Es ist eine Schande, dass du so jung gestorben bist. Aber wir hoffen, du hattest trotzdem ein schönes Leben bei uns."

Alles in allem haben die Zwillinge das Alter, in dem man eine Spielzeugerbse beerdigt, längst überschritten. Das Begräbnis scheint mir eher eine spielerische Aktion zu sein als die Erfüllung des kindlichen Bedürfnisses nach einem würdigen Abschied für alles, was einmal gelebt hat. Es ist mir nur nicht klar, ob es für die Mädchen ein reiner Zeitvertreib ist oder ein symbolischer Akt, ein Versuch, die Spannung zwischen Till und mir zu brechen. Wir haben vereinbart, dass wir in regelmäßigen Abständen über unseren beruflichen Konflikt sprechen und das Thema der Stimmung zuliebe ruhen lassen. Aber die Mädchen haben zweifelsohne bemerkt, dass wir in einer Sache nicht einer Meinung sind.

„Noch ein Otis tot", sage ich. „Vielleicht trifft er Namensvetter Redding im Jenseits."

„Amen." Till stand auf. „Ich muss vor dem Abendessen noch ein paar E-Mails beantworten."

Der abrupte Aufbruch ihres Vaters beeindruckt die Zwillinge nicht sonderlich. Sie schieben den Sand zurück in das Grab und tätscheln es lange mit ihren flachen Händen.

Dann blicken sie hoch. „Wo gehen wir heute essen, Mom?"

„Ich weiß es noch nicht. Ich könnte die Empfangsdame später um einen Tipp bitten."

„Können wir vorher noch eine Runde schwimmen?" Sie stehen auf und wischen sich die Knie ab. Die Zeremonie ist vorbei.

Ich nicke.

„Da ist Dad ja wieder."

Till kommt mit dem Smartphone in der Hand auf uns zu. „Ich muss anrufen. Ärger mit dem Fall." Sein anklagender Blick in meine Richtung soll mich davon überzeugen, dass es wieder etwas mit dem Hersteller des HPV-Impfstoffs zu tun hat. Er geht langsam um den Pool herum, auf die andere Seite des Grundstücks. Die Mädchen und ich schauen ihm nach. Eine Silhouette gegen die untergehende Sonne. Sein Telefondisplay leuchtet auf, als er eine Nummer wählt. Er wartet, meldet sich, redet und redet. Weit weg und unverständlich für unsere Ohren. Dann verschwindet er aus meinem Blickfeld.

Meine weibliche Intuition projiziert das Wort *Affäre* in Neonbuchstaben auf die Stelle, wo eben noch das Wort *Motel* aufleuchtete. Wenn es ein geschäftliches Gespräch gewesen wäre, hätte er es auch in unserem Zimmer führen können. Außerdem ist es eine ungewöhnliche Zeit für ein geschäftliches Telefonat. Das fällt selbst den Zwillingen auf.

„Wie spät ist es in Deutschland, Mom?", fragen sie, obwohl sie wissen, dass es mitten in der Nacht ist.

„Etwa vier Stunden nach Mitternacht", sage ich. „Aber Papas Job ist nie getan."

Meine Worte verharren für einen kurzen Moment still in der Luft. Hilflos, fehl am Platz. Dann wirbeln sie langsam auf den Gram Parsons-Altar nieder. Auf die Seidenblumen, auf die brennenden Kerzen, auf das frische Grab des kleinen Otis.

Zwei allein

Baby Otis ist tot. Wir sind uns ziemlich sicher. Loser und Hetti Lohmann haben vereinbart, dass sie nur dann telefonieren, wenn es um Leben und Tod geht. Als wir das gelesen haben, dachten wir, dass es ein bisschen viel ist, dass man sich auf etwas so Eindeutiges einigen muss. Denn wenn nichts extrem Dringendes vor sich geht, schickt man doch sowieso nur eine SMS. Du rufst doch nicht jemanden an. Aber vielleicht funktionieren die Dinge bei alten Menschen anders.

Wir glauben nicht, dass er mitten in der Nacht etwas für seine Kanzlei erledigen muss. Deshalb hat er sie angerufen. Das heißt, es ging um Leben und Tod. Außerdem hätte er uns fast gekillt, als wir ihm sagten, dass Erbse Otis gestorben ist. Dabei sind wir nur frisch gebackene Voodoo-Priesterinnen. Wir glauben also, dass bei Hetti Lohmanns Baby etwas schief gelaufen ist. Wir sollten das überprüfen. Aber wir können nicht auf seinen Facebook-Account zugreifen. Loser hat sich abgemeldet. Und das in dieser Situation.

Wir starten den Laptop noch einmal und hoffen, dass er sich von selbst wieder anmeldet, aber das tut er natürlich nicht. Es ist furchtbar. Die Informationen, die wir brauchen, sind genau hier, aber wir können sie nicht abrufen. Wir kratzen mit unseren Nägeln über den Bildschirm, als wäre es eine Rubbelkarte, die den Geheimcode verraten soll. Wenn wir nur zaubern könnten. Jetzt verstehen wir auch den seltsamen Blick von Loser, als er uns seinen Computer reichte. Er versuchte, die Tatsache zu verbergen, dass da etwas war, aber wir konnten es sehen. Als ob er sich einen Scherz mit uns erlaubt hätte. Also weiß er, dass wir es wissen. Oder doch nicht? Das macht uns nervös. Wir können ihn natürlich nicht fragen. *Hey, Loser, hast du endlich herausgefunden, dass wir alles über Hetti Lohmann und ihr Baby wissen?*

Wir hielten es für einen Glücksfall, dass wir den Laptop heute Abend ausleihen konnten. Da Loser so tat, als hätte er ein Problem in der Kanzlei, dachten wir, dass er nach dem Abendessen seinen Computer brauchen würde. Aber er und Mom gingen etwas trinken, also hatte er keine Ausrede, nein zu sagen, als wir fragten, ob wir in unserem Zimmer ein Spiel spielen könnten. Und jetzt das.

Aber wenn wir Baby Otis wirklich mit diesem verpfuschten Voodoo-Ding getötet hätten, warum redet Fif dann nicht mit uns? Er hockt seit eineinhalb Wochen in diesem Bauch. Was sollte er dann noch da drin machen? Warten, bis er wieder absorbiert wird?

Wir durchsuchen die Dateien auf den Laptop, betrachten alles aus verschiedenen Blickwinkeln. Suchen nach einer anderen Möglichkeit, um an sein Passwort zu kommen. Der Briefwechsel zwischen Loser und Hetti Lohmann schwebt nicht in der Cloud, sondern ist auf parfümiertem Papier geschrieben. Die Briefe werden von einem berittenen Boten überbracht, tausendmal gelesen und dann in einer silbernen Schachtel mit einem Vorhängeschloss versteckt, das wir nur noch aufbrechen müssen. Aber das Vorhängeschloss ist unsichtbar. Und wir wissen, dass das Unsinn ist. Aber wir mögen es, so zu denken.

Wir schauen aus dem Fenster. Am Schwimmbad sitzen Mom und Loser unter einem Joshua-Baum. Der Himmel ist nicht schwarz, sondern dunkelblau mit sehr, sehr vielen Sternen. Sie sehen nicht aus, als würden sie sich streiten. Sie trinken Wein, beugen sich vor und sprechen mit eng aneinander liegenden Köpfen.

Ein Geräusch kommt aus unserem Badezimmer. Als würde jemandem eine Tube Zahnpasta oder etwas anderes aus den Händen gleiten. Ist es der unheimliche Junkie Gram Parsons, der nachts die Nachbarn heimsucht? Ist er sauer, weil wir eine hüpfende Erbse in der Nähe seines Denkmals begraben haben?

Wir schleichen uns an die offene Tür und spähen hinein. Nichts. Leer. Bewegt sich der Duschvorhang oder sieht es nur so aus? Und war er schon zugezogen, als wir zum Essen gegangen sind? Mit vorgestreckten Armen wie Zombies schleichen wir uns näher heran, bis wir das feuchte Plastik fassen können. Unsere Herzen klopfen gegen die Stille an. Mit einem Ruck ziehen wir den Vorhang zur Seite. Es ist niemand da. Und doch schreien wir. Nur weil man nicht anders kann, als zu schreien, wenn man einen Duschvorhang zur Seite zieht.

„Hallo!" Plötzlich sitzt unser kleiner Bruder auf dem geschlossenen Deckel der Klobrille. Aus irgendeinem Grund lässt uns das noch lauter schreien. Er steckt sich die Finger in die Ohren und rollt mit den Augen, wie es nur unser Bruder kann.

TEIL III

Zwei plus Eins geht gar nicht

„Ich gehe schon." Ida steht auf. „Immer dieses Gekreische der Mädchen."

Sie geht um den Pool herum zur Galerie, an die unsere Zimmer grenzen. Ein schlanker, geschmeidiger Schatten. Ich lehne mich zurück und schaue hinauf zu den Sternen. Mindestens die Hälfte erlischt, als Ida die Tür zum Zimmer der Zwillinge öffnet und künstliches Licht herausströmt.

Ich war schockiert, als ich zufällig in einer Zeitung las, dass alles, was jemand über den Messenger austauscht, als Kopie in seinem Facebook-Account hinterlegt wird, falls er einen besitzt. Ich wusste das nicht. Ich gehe ganz selten auf Facebook. Verdammte Scheiße. *Backbiting*. Datenschutzverletzungen. Der gesamte Chat-Verlauf von Hetti und mir war zum Mitlesen da. Und ich war auch so blöd gewesen, mich nicht abzumelden, obwohl ich ab und zu meinen Laptop ausleihe. Aber ich kann mir nicht vorstellen, dass die Zwillinge wussten, dass sie auf mein Konto zugreifen konnten. Das würde bedeuten, dass sie alles erfahren hätten. Und wenn doch, dann hätten sie dieses Wissen schon längst gegen mich eingesetzt.

Ida erhebt ihre Stimme. Die Mädchen protestieren. Sind empört. Man kann so viel aus dem Tonfall eines Gesprächs ableiten, auch ohne die Worte zu verstehen. Alles liegt im Klang. Das ist der Grund, warum so viel schief läuft, seit die Menschheit größtenteils über das geschriebene Wort kommuniziert. Jeder Mensch besitzt die Fähigkeit, sich klar auszudrücken, auch wenn Timbre und Intonation nicht genutzt werden können. Man sollte einmal kartieren, wie viele Missverständnisse das im Geschäftsleben oder in einer Beziehung schon verursacht hat.

Ganz zu schweigen davon, dass alles Geschriebene ein potenzielles Beweismittel ist. Was du deiner Geliebten ins Ohr flüsterst, erreicht nur sie. Textnachrichten hingegen verschwinden in Kanälen, deren Existenz du nicht erahnen kannst, und sie können in unerwarteten Momenten wieder auftauchen, wie der Kackhaufen aus der Kanalisation. Allein in meiner unmittelbaren Umgebung kann ich nicht mehr an den Fingern einer Hand abzählen, wie viele Scheidungen durch eine schlecht getimte App oder eine verirrte E-Mail eingeleitet wurden.

„Noch fünfzehn Minuten", höre ich Ida sagen. „Dann ist Schluss mit dem Laptop, und ihr geht ins Bett."

Wenn die Zwillinge jedes Mal, wenn sie meinen Computer konfiszierten, meine Korrespondenz mit Hetti gelesen hätten, dann würde das erklären, wie sie mit spöttischen Blicken dieser hüpfenden Erbse den Namen Otis gegeben haben. Aber das scheint mir doch zu weit hergeholt. Ich hätte es todsicher an ihrem Verhalten bemerkt, wenn sie mein Geheimnis kennen würden. Schließlich sind es meine Kinder. Ich kenne sie wie meine Westentasche.

„Zwei Fantasten." Ida setzt sich wieder. „Gram Parsons hätte unter der Dusche gestanden. Und es sei völlig normal, dass der Anblick eines nackten Gespenstes sie zum Schreien bringe."

Ich lächle. Meine Mädchen sind tatsächlich fantasievolle Geschöpfe. Und der Name Otis ist gar nicht so ungewöhnlich. Es kann nur ein dummer Zufall gewesen sein.

„Wie auch immer, wo waren wir?" Ida schenkt Wein nach und reicht mir mein Glas. „Bei der Frage, ob Hartel Pharma nur angedeutet hat, dass sie das Mandat zurückziehen werden, wenn mein Artikel veröffentlicht wird oder ob du es nur befürchtest, dass sie es tun werde."

Ich denke nach. Was wäre klug? Ida die Wahrheit sagen? *The whole truth, and nothing but the truth?*, so heißt es doch in den amerikanischen Krimis. Soll ich ihr sagen, dass die Kanzlei in München inzwischen in Aufruhr ist? Dass ich heute Abend wieder einen wütenden Andreas Gruber am Telefon hatte, weil die

Ehefrau seines Partners immer noch nicht zugestimmt hat, den Artikel zurückzuziehen? Dass er mir sogar gemailt hat, ich solle ihn notfalls aufwecken, weil er darauf besteht, den aktuellen Stand der Dinge zu erfahren?

Wahrscheinlich würde dieses Wissen Idas Willen zur Veröffentlichung nur noch verstärken. Wenn sie unter Druck gesetzt wird, verstärkt das ihre Gegenwehr umso mehr. Nach ihrer Faustregel: Gib niemals nach.

„Sie haben es noch nicht in aller Deutlichkeit zur Forderung gemacht", antworte ich. „Aber die Tatsache, dass sie sofort auf der Matte standen, als sie von deinem Artikel hörten, deutet allem Anschein nach darauf hin."

Ida nickt und lässt den Wein in ihrem Glas kreisen. Ich blicke auf meine Füße. Vielleicht ist es gar nicht so schlimm. Manchmal kommt meine Frau zu überraschenden Einsichten, für den Fall, dass sie die Dinge wieder in Ordnung bringen. Minutenlang sind wir beide still. Ich lehne mich wieder zurück und schaue in die Sterne. Millionen, Milliarden. Je länger man schaut, desto mehr werden es.

„Also tun sie so, als wären sie erst jetzt informiert worden", murmelt Ida, mehr zu sich selbst als zu mir.

Natürlich habe ich schon oft einen Sternenhimmel gesehen, aber niemals einen so beeindruckenden wie diesen. Flüssig und schwerelos werde ich in die riesige schwarze Hemisphäre gesaugt. Flüssig und schwerelos? Ich fühle mich, als ob ich bekifft bin. Vielleicht ist es der Alkohol. Wir hatten jede Menge davon zum Abendessen. Und diese Flasche ist auch leer.

„Till", höre ich Ida sagen. Ich falle zurück auf die Erde.

„Was glaubst du, warum beauftragt eine so große Unternehmensgruppe eine relativ kleine Kanzlei wie Faber & Gruber mit einem Mandat? Genau in diesem Moment?"

Es dauert etwa drei Sekunden, bis ich begreife, was sie da suggeriert. Ich setze mich auf.

„Komm schon, Ida", sage ich. „Schmeichle dir nicht selbst. Als Journalistin bist du nicht so einflussreich."

Für den Bruchteil einer Sekunde drückt sie die Augen halb zu. Schluckt die Beleidigung hinunter, obwohl meine Bemerkung nicht als solche gemeint war, denke ich, dass sie sie als solche interpretiert.

„Hast du eine andere Erklärung, Till? Haben sie dir gesagt, warum sie sich dieses Mal an euch gewandt haben, anstatt an ihre üblichen Kanzleien?"

Ich hätte es wissen müssen. Das Gehirn dieser Frau produziert Szenarien, die sich sonst niemand ausdenken kann. Sie schaut mich erwartungsvoll an, vermeintlich neugierig auf das, was ich zu sagen habe, aber in ihren Augen leuchtet die Arroganz, die verrät, dass keine Antwort gut genug sein wird, um ihre Meinung zu ändern.

„Natürlich haben sie etwas darüber gesagt." Ich rolle meine Schultern zurück. „Aber du wirst verstehen, dass ich dir keine unternehmenssensiblen Informationen geben kann."

Ida lacht schamlos. „Du redest schon wie der Rest dieser Big-Pharma-Figuren." Sie nimmt den letzten Schluck Wein aus ihrem Glas und steht auf. „Gute Nacht, Herr Anwalt. Schlafen Sie gut."

Zwei plus Eins

Die Klimaanlage im Auto hat den Geist aufgegeben und trotzdem will Mom zu einer Ausstellung mitten in der Wüste fahren. *Also wirklich.* Ein Mann hat irgendwann angefangen, Müll zu sammeln, um daraus Dinge herzustellen. Der Typ ist längst tot, aber seine Schrottkunstwerke sind noch da. Und das ist es, was wir uns ansehen müssen. Mitten in der Wüste, versteht sich, obwohl unser Blut in diesem Auto ohnehin schon vor Überhitzung brodelt. Da draußen ist es eine Million Grad heiß und du bekommst schon beim Wimpernschlag einen Schweißausbruch. Im Moment können wir nicht einmal das blöde Freilichtmuseum finden, was heißt, dass wir viel länger als nötig in der fahrenden Mikrowelle sitzen müssen. Loser hat schon sechsmal umgedreht, und Mom starrt immer wieder auf den Zettel, den sie von der Rezeptionistin des Totensänger-Motels bekommen hat, und sagt immer wieder, dass es eigentlich hier irgendwo sein müsse.

„Wäre es nicht besser, zu einer Werkstatt zu fahren, anstatt sich mit einer kaputten Klimaanlage in der Wüste zu verirren?", fragen wir.

Loser schweigt, aber wir können an seinem Hinterkopf erkennen, dass er uns zustimmt.

„Jammert nicht", sagt Mom. „Es ist ein durch und durch angenehmer Ausflug und heute Abend sind wir wieder an der Küste und dort ist es nicht so heiß. Wir werden nicht den ganzen Tag in einer Garage herumhängen, wenn es nicht unbedingt notwendig ist."

Der Hinterkopf von Loser scheint auch das zu mögen.

„Wie gehts eigentlich den Bad-Karmas?", fragt unser kleine Bruder. „Habt ihr irgendwelche Fortschritte gemacht, während ich weg war?"

„Wir haben schon zehn", sagen wir. „Nur noch eins. Dann ist Italien übertroffen."

„Da!" Mom zeigt auf ein pfeilförmiges Schild, auf dem „Noah Purifoy" steht.

Loser biegt ab und am Ende einer weiteren staubigen Straße sehen wir es: die Konstruktionen eines Irren, mitten in der Wüste.

Der Vorteil einer defekten Klimaanlage besteht darin, dass das Aussteigen aus dem Auto kein Drama ist. Nicht, dass es draußen weniger heiß ist als drinnen, aber auch nicht mieser. Wir gehen unter einem Tor hindurch, obwohl man genauso gut um es herum gehen kann. Es ist, als würden wir schlafwandeln in einem bizarren Traum: eine Straße aus seltsamen, aneinander gereihten Fahrrädern und anderen verrückten Dingen mit Rädern. Eine halbe Frau kopfüber auf einem Dach. Jede Menge Toilettenschüsseln. Eine Schlange aus Tabletts, die so groß ist, dass sie gerade noch in die Halle der Reitschule passen könnte. Ein quadratischer Holzklotz mit dünnen Beinen und wulstigen Schuhen. Überall, wo man hinschaut, entdecken wir etwas Seltsames, das Mom pausenlos skurril nennt. Während wir denken: hä? Sehen wir das richtig? Und dann schauen wir noch einmal hin und es ist noch komischer als vorher.

„Das ist doch toll", sagt Mom. „Nicht wahr?"

„Sehr speziell." Loser klingt, als ob er es ernst meint.

„Superfett." Wir wollen Mom nicht enttäuschen.

„Es ist so heiß hier", nörgelt Fif.

„Seit wann leidest du an Dingen, für die du einen Körper brauchst?"

Fif sieht uns an, als hätten wir ihn geschlagen. „Glaubt ihr, ich fühle nichts oder so?"

„Hüpfende Erbsen mögen die Sonne, dann können sie sich aufladen. Es bringt sie in Bewegung. Und eigentlich bist du ja eine Art Jump-Erbse. Du hüpfst durch die Welt."

Wir steigen auf eine Bühne, die durch die Schatten einem riesigen Zebra gleicht. Wenn man von einer Seite zur anderen geht, verschwindet man für einen Moment, als bewege man sich wie eine Figur auf den Seiten eines Notizbuchs, wenn man mit dem Daumen über die Blätter fährt. Unser kleiner Bruder bleibt unten im heißen Sand. Allein. Als wir wieder absteigen, sagt er: „Ich bin viel weniger als eine hüpfende Erbse. Wenn ich mich bewege, passiert nichts. Deshalb brauche ich euch."

Er sagt es mit monotoner Stimme, als würde er die Worte aus einem Lehrbuch ablesen, und gerade deshalb ist es supertraurig. Wir haben Mitleid mit ihm, bis auf die Knochen. Nein, noch schlimmer, bis hin zu diesem Rückenmarkzeug, das man in der Mitte eines Hundeknochens sieht. Ob es nun unsere Schuld ist, dass wir ihn absorbiert haben oder nicht, es ist so furchtbar, dass er keinen eigenen Körper hat.

Loser setzt sich in einen Müllsessel, neben dem eine Mülllampe und ein Regal mit verblichenen Büchern stehen. Nur unter dem blauen Himmel, nicht in einem der komischen Gebäude. Mom macht Fotos. Sie glänzen beide vor Schweiß.

„Wirklich wahnsinnig." Mom ist völlig aus dem Häuschen. „Ich habe gelesen, dass Noah Purifoy dreizehn Jahre daran gearbeitet hat. Dreizehn Jahre Müll sammeln, um daraus Objekte herzustellen. Das ist so lange, wie euer gesamtes Leben bis zu diesem Zeitpunkt gedauert hat, Babes. In dieser sengenden Hitze, unter der erbarmungslosen Sonne. Unermüdlich wird eine Installation nach der anderen buchstäblich aus dem Boden gestampft. Mitten im Nirgendwo. Das heißt, er wusste im Voraus, dass keine Menschenmassen kommen würden, um seine Werke zu bewundern, und dass sie, den Elementen ausgesetzt sind, und es nicht allzu lange dauern wird, bis alles wieder zu Staub wird. Sand in der Wüste. Als ob da nie etwas anderes gewesen wäre. Schaffen um des Schaffens willen. Schön."

Wir verstehen, was sie meint, aber wir denken auch, dass dieser Noah Purifoy-Typ ein bisschen verrückt war. Sein ganzes Leben mit unnötigen Dingen zu verbringen. Den wollen wir nicht auch noch als Gespenst in der Dusche.

„Angenommen, wir liegen hier", fragen wir. „Den Elementen ausgesetzt. In welcher Zeit werden wir Sand sein?"

Mom schaut uns an. „Keine Ahnung. „Was ist das für eine Frage?"

Wir zucken mit den Schultern.

„Wenn ich hier noch länger sitze, werde ich noch vor Einbruch der Nacht zu Sand pulverisiert." Loser erhebt sich aus dem Sessel, langsam, als würde er sich träge unter Wasser bewegen.

„Ja, lasst uns wieder gehen", sagt Mom. „Ich will auch nach *Pioneertown*, bevor wir an die Küste fahren."

„Was ist das?", fragen wir. „Und ist es dort weniger heiß?"

„Eine alte Filmkulisse. Ein künstliches Westerndorf, in dem mehr als zweihundert Filme gedreht wurden, und in das die Menschen danach einzogen. Eigentlich das Gegenteil einer Geisterstadt. Sehr lustig."

„Aber ist es dort weniger heiß als hier?", fragt jetzt auch Loser.

„Ich weiß es nicht", sagt Mom. „Seid nicht so kompliziert, ihr drei. Es ist heiß, ja. Schließlich sind wir im Urlaub in der verdammten Wüste im verdammten Kalifornien im verdammten Sommer. Kommt damit klar!" Sie stampft in Richtung Auto. Ihre Flip-Flops bürsten gegen ihre Füße und der Staub weht ihr bis zu den Knien.

„Mom hat nicht einmal gehört, dass du dich beschwert hast, Fif. „Kannst du dir das vorstellen?"

Unser kleiner Bruder lächelt ein wenig, aber er ist nicht wirklich glücklich. Das sind wir auch nicht. Es ist wirklich furchtbar, dass wir versehentlich einen anderen Bruder getötet haben, anstatt zwei und zwei zusammenzuzählen. Bitch Hetti hätte nie von unserem Vater schwanger werden dürfen. Dann wäre das alles nicht passiert. Aber Baby Otis konnte auch nichts dagegen tun. Wir bekommen ein schlechtes Gefühl, wenn wir an ihn denken. Als ob da Mäuse in unserem Bauch sind, die sich ihren Weg nach draußen nagen. Wir schätzen, das ist unsere Strafe für diese dumme Voodoo-Sache.

„Komm schon, Fif. Wir werden uns etwas einfallen lassen. Ehe du dich versiehst, hüpfen wir drei in der Gegend herum."

Unser kleiner Bruder versucht eine Art Lächeln auf sein Gesicht zu zaubern. Gelingt ihm aber nicht. Er ist auch nicht mehr stur. Langsam zottelt er auf dem Weg zum Auto hinter uns her. Seine Fußstapfen hinterlassen keine Spuren im Sand. Das haben sie noch nie getan, aber heute scheint es viel schlimmer zu sein als sonst.

Till

Ida hat mich verdammt nochmal stutzig werden lassen. Wenn Hartel Pharma mich nun doch vor ihren Karren gespannt hat, wie sie behauptet. Dass dieser Auftrag die saftige Karotte ist, der ich verständlicherweise wie ein Kaninchen hinterherjage, dass Hartel mich aber in Wahrheit nie wirklich füttern wollte, es sei denn, ich verpasse meinem Hasenmädchen einen Maulkorb.

„Könnt ihr auch eure Fenster öffnen?", fragen die Zwillinge.

In meinem Rückspiegel sehe ich, wie sie schwitzen, ihre Gesichter sind gerötet, ihre Haare schwingen im heißen Luftstrom, der sie kühlen soll, es aber nicht tut.

„Das macht keinen Sinn", sagt Ida. „Draußen ist es noch heißer als drinnen. Und es klappert an meinen Ohren, wenn alle vier Fenster geöffnet sind."

Die Mädchen tauschen Blicke aus, sprechen aber Gott sei Dank nicht laut aus, was sie denken. Dann wenden sie ihre Aufmerksamkeit wieder der Plastikschachtel zu, in der die hüpfenden Erbsen zum x-ten Mal um die Wette hüpfen und ihre Farben bei jedem Sprung wechseln.

Ich bin überrascht, dass ich mich nicht früher gefragt habe, ob Idas Recherche der Grund für das Mandat des Impfstoffherstellers war, und nicht der denkbare Haken. Für gewöhnlich habe ich eine hervorragend funktionierende Antenne für versteckte Agenden.

Hartel behauptet, dass sie erst vor kurzem auf Idas Aktivitäten aufmerksam geworden sind, aber laut Ida wussten sie bereits davon, seit sie mit den Nachforschungen begonnen hat. Dank eines wortkargen Mitarbeiters des Gesundheitsministeriums, der es Hartel gesteckt hatte. Ich erinnere mich, dass Ida das mal vor Monaten erwähnt hatte. Denn die Behinderung von oben bestärkte sie in der Überzeugung, dass sie an etwas Wichtigem dran war.

Gott, ist das heiß. Ich kurble mein Fenster runter. Ida sieht mich mit einem vorwurfsvollen Blick an. *Ja, ja, schon gut. Aber du bist nicht meine Mutter.* Es ist mir egal, dass ich mal wieder ihre Autorität untergrabe. Ich neige den Kopf nach links, in der Hoffnung, dass die Außenluft den Schweiß auf meinem Gesicht trocknet, aber das ist nicht der Fall.

Schon gut, schon gut. Nur angenommen, es ist nicht mein Verdienst, sondern der von Ida, dass ich diesen Auftrag bekommen habe. Was ändert das an dem Fall? Nicht wirklich viel. Mein Honorar bleibt dasselbe. Und ich bin in diesem Fall fähig wie in keinem anderen, denn ein pharmazeutisches Unternehmen dieses Kalibers nimmt unter keinen Umständen minderqualifizierte Götter für seine Rechtsangelegenheiten in Anspruch. Die Tatsache, dass sie eine dritte Partei brauchen, um mich zu beauftragen, ändert daran nichts.

Okay. Gehen wir davon aus, dass diese Hypothese richtig ist. Unsere Kanzlei, die ich über viele Jahre mit Andreas Gruber aufgebaut habe, macht gerade einen großen Schritt nach vorne, aber das verdanke ich vor allem meiner Frau. Die ich vielleicht demnächst verlassen werde, weil ich meine Geliebte geschwängert habe. Oder: meine Frau, die mich vielleicht bald verlässt, weil sie erfährt, dass ich meine Geliebte geschwängert habe. Diese Option ist ebenfalls verfügbar. Das sollte aber unter keinen Umständen passieren. Denn wenn Ida und ich uns scheiden lassen, hat sie keinen Grund, ihren Artikel zurückzuziehen. Ganz im Gegenteil. Sie weiß jetzt, dass sie mich verletzen wird, wenn sie es durchzieht. Und sie wird es gerne tun, wenn sie sich als die betrogene Ehefrau entpuppt. Mit dem ‚großen Recht' an ihrer Seite. Glaubt sie.

Die Vernetzung in meinem Gehirn beginnt zu schmelzen. Mein T-Shirt ist klatschnass und schwarz statt hellgrau. Meine Hände rutschen um den Lenker und der Schweiß beißt mir in den Augen.

Bis heute habe ich angenommen, dass der geschäftliche Konflikt gelöst sei, wenn Ida und ich uns trennen würden. *Warum auch wieder?* Ach ja, denn dann kann mir der Hersteller nicht vorwerfen, dass meine Frau Artikel veröffentlicht, in denen die Integrität von Hartel in Frage gestellt wird. Denn dann ist sie nicht mehr meine Frau. Das ist einfach. Dies gilt aber nur, wenn sie es tatsächlich für unethisch halten, dass sich die Frau ihres neuen Anwalts gegen sie wendet. Aber darüber habe ich noch nichts Konkretes gehört.

Sie suchen einfach nach einer Möglichkeit, Ida von der Veröffentlichung abzuhalten und spekulieren, dass ich das bewerkstelligen könne. Deshalb sind sie an mich herangetreten. Ich seufze. Mit dem Mandat war ein beachtliches Honorar verbunden, das sie mir wieder nehmen würden, wenn ich meine Frau nicht zurückpfeifen würde. Anwälte nennen das eine Pudding-Erpressung. Immerhin mit einer legalen Erdbeersauce.

Vielleicht sehe ich Gespenster – wie meine Töchter. Der tote Gram Parsons unter der Dusche. Vielleicht ist es einfach zu heiß, um klar zu denken. Scheiß Klimaanlage.

Scheiß Auto, Scheiß Urlaub, Scheiß Baby! Verdammte Scheiße.

Ida

Die Gebäude zu beiden Seiten der Hauptstraße in *Pioneertown* sind nicht einfach nur Fassaden, wie man es von einer Filmkulisse erwartet. Die Stadt wurde dahin gehend gestaltet, dass die Schauspieler während der Dreharbeiten dort auch leben konnten. Offensichtlich der Grund, warum einige Leute zurückblieben, als die Filmindustrie andere Drehorte suchte.

Die Zwillinge sind beeindruckt, trotz ihres Gejammers über die Hitze. Till hat nur Aufmerksamkeit für sein Telefon, seit wir das Auto verlassen haben, also muss ich keine Begeisterung von ihm erwarten. Sein Geschäftspartner kann wieder zufrieden sein. Oder seine Geliebte. Oder beides.

Die Mädchen fotografieren das Postamt, als ein Mann heraus kommt: Typ eines ehemals sehr attraktiven Cowboys. Unordentliches graues Haar, gestutzter Bart, sonnengebräunte Haut. Er sieht nicht glücklich aus.

„Sie müssen zehn Dollar zahlen, wenn Sie mein Haus fotografieren wollen", schnauzt er uns an.

Die bereits erhitzten Wangen der Mädchen werden vor Schreck noch röter. „Tut uns leid, Sir. Das wussten wir nicht."

Der Mann schaut die Zwillinge noch ein paar Sekunden lang an, dann lächelt er plötzlich und entblößt seine Filmstar-Zähne. „War nur ein Scherz, Mädels. Macht so viele Fotos, wie ihr wollt."

Er zwinkert mir zu, was mich irritierenderweise schüchtern werden lässt.

„Kommt, Babes", fordere ich sie auf. „Er sagt zwar, es wäre ein Scherz, aber wie ihr wisst…"

„…steckt in jedem Scherz ein Loch, in das ein Körnchen Wahrheit fällt." Chorgesang der Mädchen.

„Vielen Dank, Sir!" Sie winken dem pensionierten Marlboro-Mann zu, als ob er ihr bester Freund sei. „Have a nice life!"

„Ist das neu, dass ihr allen ein schönes Leben wünscht? Ich habe das schon ein paar Mal von euch in diesen Ferien vernommen."

„Das ist amerikanisch, Mom. Und das ist ein gutes Karma."

„Gutes Karma?"

„Das Gegenteil von Bad-Karma. Yeh."

„Ich verstehe, was es bedeutet, aber ich glaube nicht, dass es auf diese Weise verwendet wird. Außerdem habe ich euch jetzt oft genug gesagt, dass ihr mit dem Karma-Kram aufhören sollt. Das geht mir auf die Nerven."

Sie geben sich gegenseitig ein High Five. Offenbar haben sie eine Art geheimnisvollen Sieg errungen. Vielleicht ist es eines ihrer Ziele, mir auf die Nerven zu gehen.

„Kommt einfach mit, ihr kleinen Schlauberger."

Wir gehen weiter die Hauptstraße entlang. In angemessenem Abstand setzt sich auch Till wieder in Bewegung, als wäre er mit einem Abschleppseil an uns gebunden. Er tippt immer noch. Es ist mir ein Rätsel, warum dieser Mann keinen RSI-Daumen hat. Seine Sekretärin hat schon einen Mausarm.

Das Schild eines Lebensmittelladens schwankt hin und her. Seltsam. Es ist nicht windig. Ich nicke der Lebensmittelhändlerin zu, die mit verschränkten Armen am Türrahmen lehnt. Sie ignoriert mich. Erst als wir direkt an ihr vorbeilaufen, sehe ich, dass es eine Puppe ist. Auch die Krähen sitzen regungslos auf dem Rand des Daches. Requisiten aus besseren Zeiten?

„Oh, schau mal!" Die Zwillinge vergessen, dass es zu heiß ist, und sprinten zu einem Sattelladen. Ich drehe mich um. Ob Till bemerkt hat, dass wir den Laden betreten wollen. Er geht zwanzig Meter hinter uns und starrt auf sein Telefon. Ich will ihm etwas zurufen, halte aber inne. Er kann mich mal. Soll er seine Familie in einem imaginären Dorf doch aus den Augen verlieren. Obwohl, imaginär... Hier leben Menschen. Es gibt Geschäfte, in denen man tatsächlich etwas kaufen kann, eine Bowlingbahn, einen Saloon. Aber nicht alles ist, wie es scheint. Das gilt auch für meine Ehe. So viel steht für mich fest.

Ich steige die drei Stufen der Veranda hinauf und folge den Mädchen ins Innere. In dem kleinen Sattelladen riecht es nach frischem Leder und Streichhölzern, die gerade angezündet wurden. Es ist schummrig. Ein älterer Mann steht im hinteren Teil des Ladens, übt sein Handwerk aus. Der Sattler entpuppt sich als jemand aus Fleisch und Blut.

„Handgefertigte Sporen!" Die Mädchen quieken vergnügt, als hätten sie einen Goldklumpen gefunden. „Und schau dir dieses Zaumzeug an, Mom! Das ist ein Kunstwerk!"

Der Sattler nickt mir freundlich zu und bittet um Erlaubnis, meine Töchter ansprechen zu dürfen. Ich lächle ihn an. Mit Vergnügen. Sprechen Sie mit ihnen. Über Sättel, über Pferde, über Cowboys.

Ich schaue mich noch ein wenig um und gehe dann wieder nach draußen. Das helle Sonnenlicht lässt meine Augen tränen. Till ist inzwischen an dem Laden vorbeigegangen. Er ist immer noch über sein Telefon gebeugt und fragt sich offensichtlich nicht eine Sekunde lang, wo wir sind. Ich lehne mich gegen die Brüstung und versuche, die Leere, die dieses Bild in mir hervorruft, nicht zuzulassen. Aus dem Schaukelstuhl auf der Veranda beobachtet mich der alte Herr Hakido. Geringschätzend, überlegen.

Ich weiß natürlich, dass der Mann ein Hirngespinst von mir ist, ein Freund aus meinem Kindheitsgehirn, den ich kultiviert und bewusst in mein Erwachsenenleben transformiert habe. Als Resonanzboden, als objektives Gehirn, als eine Möglichkeit, mich aus dem Alltag herauszuzoomen, wenn ich mich in einer verworrenen Situation befinde. Wie infantil ist das denn, dass mir der alte Herr Hakido ostentativ erscheint, sobald ich ihn einfach rufe. Projiziere ihn nach Belieben auf die verfügbaren Hintergründe, wie in einer altmodischen Diashow.

In den siebziger Jahren hatten meine Eltern unser Dachgeschoss zu einem Café ausgebaut. Fischnetze an der Decke, auf der Bar standen Schalen, in denen Knabbereien lagen, der kleine Kühlschrank war voller Getränke. An der Wand hing ein weißes Laken, auf das die Urlaubsfilme projiziert wurden, daneben die Bilder aller Freunde, um festzuhalten, wer von ihnen den spektakulärsten, glücklichsten Sommer erlebt hatte. *Facebook avant la lettre.* Auf dem Dachboden hing ein dichter Rauchdunst, der Diaprojektor klickte und die Erwachsenen redeten und lachten immer lauter. Ab und zu flüsterte eine der anwesenden Damen mit schrägem Blick auf mich, dass alle auf ihre Worte achten sollten, weil Kinder anwesend seien, womit sie sagen wollte, dass meine Mutter mich ins Bett schicken sollte. Aber ich machte mich dann unsichtbar wie der alte Herr Hakido an meiner Seite, worauf sie mich ausnahmslos vergaßen.

Verrückt, dass mir jetzt, so viele Jahre später, plötzlich klar wird, dass ich meinen imaginären Freund hätte dort lassen sollen wo er hingehörte: in meiner Kindheit. Nix Freund. Nix objektive Person. Nix herauszoomen. Er erscheint mir nur, wenn ich mich einsam oder unverstanden fühle. Korrektur: Nur in diesen Momenten rufe ich nach ihm, und mich selbst missbilligend zu betrachten. Als ob es meine Schuld ist, dass Till mir und unseren Kindern keine Aufmerksamkeit schenkt, als ob *ich* etwas dagegen unternehmen könnte, dass wir beide geschäftlich stets entgegengesetzte Standpunkte vertreten.

„Weißt du, was du tun kannst?", sagte ich zum alten Herrn Hakido. Er schaut auf, überrascht über meinen aggressiven Ton. „Schön, hierbleiben."

Er runzelt die Stirn, seine sommersprossige Nase rümpft sich.

„Letzten Endes gibt es keinen besseren Ort für eine nicht existierende Person als ein nicht existierendes Dorf", blaffe ich ihn an.

Er schnaubt schwer, stellt die Schuhspitzen auf den Boden und bringt den Schaukelstuhl zum Stehen.

„Mit wem redest du, Mom?" Die Zwillinge stehen in der Tür des Ladens.

„Hm?"

„Wer soll hierbleiben, Mom?"

Offenbar habe ich die Worte laut ausgesprochen. Ich bringe ein Lachen hervor, aber sie sehen mich ernst an. Fieberhaft suche ich nach einer Erklärung für mein gestörtes Verhalten.

„Das war eine Szene aus einem alten Film", sage ich schließlich. „Mir wurde urplötzlich klar, dass er hier gedreht worden sein muss."

Sie schauen sich gegenseitig an und überlegen, ob sie meine Ausflucht akzeptieren sollen oder nicht. „Können wir die haben?" Sie halten zwei Paar Sporen hoch.

Gott sei Dank. Der Wunsch nach schönen Dingen siegt über ihre Neugier.

„Passen Sie gut auf sich auf, Lady", sagt der Sattler, als er mir die Quittung überreicht. Seine Stimme ist sanft, sein Blick voller Mitgefühl. „Diese Hitze kann dem menschlichen Gehirn schreckliche Dinge antun."

Ich denke an Timothy Smith in der Tanque Verde Ranche, der unter dem Einfluss von Crystal Meth von siebenundsiebzig Polizeibeamten in der brütenden Hitze festgenommen wurde, und frage mich, wie weit eine Frau, die mit einem leeren Schaukelstuhl spricht, von einem solchen beklagenswerten Zustand entfernt ist.

Zwei plus Eins

Wir laufen unserem kleinen Bruder hinterher. Unsere Füße sind vor Schweiß so nass, dass wir immer wieder aus den Flip-Flops abrutschen und nach vorne stolpern. Als Mum in die Sattlerei ging, um für unsere Sporen zu bezahlen, schoss er gerade in eine Gasse zwischen zwei Gebäuden. Er sprintete in die Wüste, so schnell, als würde in zehn Sekunden eine Bombe explodieren und das ganze Dorf auslöschen. Wie im Film.

„Hör auf, du Schwachkopf!", schreien wir. Natürlich hört er uns immer noch nicht zu und eilt weiter davon, wie nur jemand ohne Körper in dieser Hitze sausen kann. Wir haben sehr wohl einen Körper. Und dem gefällt unser Sprint nicht. Wir sind klatschnass, als ob wir in unseren Kleidern geschwommen wären. Wir atmen Feuer ein, so fühlt sich die heiße Luft an, und das Blut pocht so stark gegen unsere Schläfen, als würde jemand ein Loch in unseren Kopf hämmern. Wir fallen weiter und weiter zurück.

Die Flipflops stören uns, wir laufen barfuß weiten, unsere Füße brennen im Sand. Wir laufen noch schneller und versuchen, so wenig Bodenkontakt wie nur möglich zu haben. Schneller als jetzt geht nicht. Wir fliegen fast. Wenn unser Sportlehrer das sehen könnte, wären wir für den Rest unseres Lebens seine Lieblingsschülerinnen.

Schließlich hält unser kleiner Bruder in der Ferne inne. Wir sprinten weiter, bis zum Felsen, auf dem er sitzt und uns wütend anschaut. Wir lehnen uns nach vorne, die Hände auf den Knien, keuchen und würgen und versuchen, nicht in Ohnmacht zu fallen.

„Sie hat nicht von dir gesprochen, du Idiot", beteuern wir, sobald wir wieder sprechen können.

„Ach nein? Was glaubst du, wie viele nicht existierende Menschen Mom kennt?"

Wir schütteln den Kopf und seufzen. „Rutsch rüber."

Er macht Platz, damit wir neben ihm auf den Felsbrocken klettern können. Wir winken mit den Beinen, bis das Feuer unter unseren Füßen erloschen ist.

„Sie spricht doch nie mit dir. Warum sollte sie das jetzt Knall auf Fall tun?"

„Vielleicht liegt es daran, dass sie glaubt, dass ich mich dann vom Acker mache und euch in Ruhe lasse, wenn sie es mir nur laut genug sagt. Und vielleicht redet sie oft heimlich mit mir, damit ihr es nicht hört."

„Aber nein", erklären wir, ohne diese Möglichkeit ernsthaft in Betracht zu ziehen. „Sie hat doch nur eine Szene aus einem alten Film gespielt."

Fif macht eine abweisende Geste. „Ihr wollt einfach nicht glauben, dass auch Mom mich als Kind sehen kann, ihr eifersüchtigen Bitches."

„Benimm dich nicht so bescheuert. Was soll das?"

„Was das soll? Was das soll?" Unser kleiner Bruder ist so wütend, wie wir ihn noch nie gesehen haben. „Weshalb sonst redet ihr nie mit Mom und Loser über mich? Haltet ihr mich für blöd oder so?"

„Das ist nicht wahr", protestieren wir. „Seit Mom uns gesagt hat, dass wir dich absorbiert haben, haben wir immer gesagt, dass wir zu dritt sind, auch wenn sie behauptet, dass wir nur zu zweit sind."

Fif macht „Pfff", etwas Besseres kann er nicht.

Lange Zeit sprechen wir nicht miteinander. Wir sitzen auf dem Felsen und blicken auf die Westernstadt in der Ferne.

„Ich gehe besser zurück", sagt Fif schließlich. „Ich such mir ein Haus in diesem Bimsdorf, und bleibe für den Rest meines Bimslebens meiner Bimsmutter fern."

Wir wollen protestieren, aber wir sind auch wütend über seine dummen Kommentare. Also schweigen wir. Trösten können wir ihn immer noch. Er rutscht zwischen uns herunter. Kurz bevor seine Füße den Boden berühren, hören wir ein Geräusch. Obwohl wir es noch nie im wirklichen Leben gehört haben, erkennen wir es sofort wieder. Das Zischen einer Schlange. Tschschsch …. Unser kleiner Bruder prallt im Sand auf, dann folgt das Klappern winziger superschneller Sambabälle und wir sehen sie. Kaum einen Meter von uns entfernt. Eine Klapperschlange, Unterkörper aufgerollt, Vorderteil aufrecht, Zunge nach außen, so wie sie immer in Cartoons und Fotos abgebildet ist. Fif weicht zurück, drückt sich mit dem Rücken an den Felsen, hält sich links und rechts an unseren Unterschenkeln fest.

„Heilige Scheiße", flüstert er.

Die Schlange findet ihn immer noch zu nah. Streckt sich noch ein wenig und bewegt ihren hässlichen dreieckigen Kopf hin und her. Es sieht so aus, als würde sie uns abwechselnd mit ihren fiesen Hypnoseaugen ansehen. Dann schießt sie nach vorne.

„Autsch!", schreit der kleine Bruder. Wir halten uns die Hände vor den Mund, um nicht zu schreien. Die Schlange schlängelt sich davon wie eine Welle im Sandmeer.

Die Zeit steht für eine Ewigkeit still. Wir sind in der Hitze eingefroren. Unser kleiner Bruder mit einem Schrei im Gesicht, wir erstarrt auf unserem Felsen. Dann beginnt er zu schmelzen. Tränen rollen über seine Wangen, fallen zu Boden. Kleine dunkle Gruben im Sand. Er schluchzt leise. Wir springen herunter und legen unsere Arme um ihn.

„Komm. Wir werden Hilfe holen."

„Es ist zu spät." Seine Augen sind groß und ängstlich. Er ist schweißnass, aber das sind wir auch, also hat das nichts zu bedeuten.

„Mach dir nicht in die Hose. Für jemanden, der absorbiert wurde und zurückkehrt, und der auch noch einen missglückten Voodoo-Akt überlebt hat, verhältst du dich ziemlich kindisch."

Wir beginnen zu laufen. Fif hängt halb zwischen uns. Der Weg zum Felsen war schon so mühsam. Doch jetzt … Die Blasen unter unseren nackten Füßen schwellen an. Und uns ist furchtbar übel. Unser Herz versucht, sich aus dem Körper zu schlagen. Unsere Lungen brennen heiß. Uns wird schwindelig und wir drehen uns und der ganze Schmerz kommt in unserem Hals zusammen. Wir könnten uns gegenseitig umbringen für einen Schluck Wasser. Aber es gibt kein Wasser, also ist das Töten sinnlos.

Unser kleiner Bruder ist immer weniger kooperativ. Wir können ihn kaum noch halten und lassen unsere Arme fallen, schauen zurück. Vier Fußabdrücke im Sand. Keine Schleppspur in der Mitte.

„Für jemanden, der keinen Körper hat, bist du ganz schön schwer geworden", brummen wir.

Er versucht zu lächeln. Der Schweiß auf seinem Gesicht sieht jetzt anders aus als bei uns. Weißer. Eher undurchsichtig. Eher wie Milch. Der Schweiß einer Leiche, wenn eine Leiche schwitzen kann.

„Für jemanden, der keinen Körper hat, leide ich auch ziemlich unter einem Schlangenbiss." Da hat er recht.

Wenn einer von uns gebissen worden wäre, wären wir bestimmt längst tot. Die Frage ist, ob wir drei das alles hier trotzdem überleben werden. Wir nähern uns dem blöden Westerndorf viel zu langsam und der Boden unter unseren Füßen kommt immer näher, als würden wir mit jedem Schritt kleiner werden. Wenn kein Wunder geschieht, werden wir es nie schaffen. Dann werden wir in der Wüste umfallen und den Elementen ausgesetzt sein wie diese bekloppten Kunstwerke heute Morgen. Und es wird nichts von uns übrig sein als Sand, als ob es nie etwas anderes gegeben hätte.

Till

„Was weiß ich, wo sie sind!" Ida stampft mit den Füßen wie ein Kind. „Wenn du dich einmal nach den Mädchen umsehen würdest, anstatt ständig auf dein blödes Telefon zu glotzen, dann wüsstest du, wohin sie gegangen sind. Ich kann nicht gleichzeitig in einen Laden gehen und auf unsere Töchter aufpassen!"

„Entspann dich einfach", sage ich. „Sie können nicht weit weg sein."

„Ach, nein? Ich glaube, wir haben inzwischen das ganze Dorf durchkämmt und haben sie nicht gefunden. Sie sind also *nicht* in der Nähe."

Ich hätte wissen müssen, dass mir früher oder später mein Telefonverhalten angelastet wird. Und natürlich ist es nicht fair gegenüber Ida, dass ich während unseres Urlaubs so oft mit anderen Dingen beschäftigt bin. Andererseits: Ein Großteil meiner Telefonate mit der Heimatfront dreht sich um ihr Gejammer über den Impfstoff. Es ist also auch ihre Schuld, dass ich mit dem Krisenmanagement beschäftigt bin.

„Bleib einfach ruhig, Schatz. Es wird alles gut werden."

Zugegeben, die Situation mit Hetti kann ich kaum auf Ida schieben. Obwohl, wenn man ein paar Schritte weiter denkt, über Ursache und Wirkung… Hätte Ida mich damals, bevor ich Hetti kennenlernte, nicht monatelang angeschnauzt, dann wäre es nur bei einer einmaligen Begegnung geblieben und ich hätte mich auch dieses Mal nicht in eine außereheliche Affäre gestürzt. Mit allen Konsequenzen, die sich daraus ergaben.

„Ich war nur kurz in dem Laden", vermeldet Ida. „Wenn sie weiter die Hauptstraße hinunter geschlendert wären, hätte ich sie sicher gesehen, als ich aus der Sattlerei kam." Sie schaut sich um und denkt nach. Der analytische Recherchefreak in ihr übernimmt die Führung. „Sie müssen also die Hauptstraße ziemlich schnell verlassen haben. Ich wüsste zwar nicht warum, aber eine andere Möglichkeit sehe ich nicht. Es gibt nicht so viele Möglichkeiten in die dahinterliegende Wüste zu gelangen. Komm!"

Sie geht etwa zehn Meter nach links und verschwindet zwischen einem Haus und einer Töpferei aus meinem Blickfeld. Ich seufze. Was für ein Chaos. Es geht ein bisschen zu weit, Ida für all den Mist verantwortlich zu machen, in dem ich im Moment stecke, aber…

„Till!"

Mein Körper reagiert, bevor es mein Gehirn tut. Erst während des Sprints merke ich, dass Ida in Panik ist. Ich laufe in Richtung Töpferei. Sand treibt auf. Ida wartet am Ende der Gasse, streckt ihren Arm nach mir aus, als wolle sie mich an sich ziehen, und zeigt mit der anderen Hand auf etwas, das sich außerhalb meines Sichtfelds in der Wüste befindet. Als ich bei ihr bin, sehe ich sie in der Ferne. Meine Mädchen. Sie schleppen sich vorwärts, als ob sie halb tot wären.

„Jesus." Ich greife eine Flasche Wasser und eile in Richtung der Zwillinge. Es hat etwas Gespenstisches. Die Hitze, das stille Bild der beiden Mädchen in dem leeren, sandigen Universum, der dumpfe Schlag meiner Schritte im Sand, mein keuchender Atem. Als ich näher komme und sie schärfer auf meine Netzhaut projiziere, erkenne ich, dass es noch erschreckender ist, als ich dachte. Sie scheinen sich gegenseitig zu umarmen, sich gegenseitig Halt zu geben, sich aber dennoch nicht zu berühren. Als würden sie einen unsichtbaren Sack Zement mitschleppen oder einen komplizierten modernen Tanz aufführen. Makaber. Ich rufe ihre Namen. Meine Stimme klingt heiser, brüchig. Sie blicken nicht einmal auf.

Dann bin ich bei ihnen. Ich packe sie, alle beide. Sie reagieren kaum, sind schwach, geschwächt. Ihre Augen sehen fiebrig aus, ihre Lippen sind rissig. Als ob sie eine Woche in der Wüste verbracht hätten, statt einer halben Stunde.

Ich lasse sie nacheinander trinken, jede eine halbe Flasche Wasser. Das müsste fürs Erste reichen. „Was ist mit euch passiert?"

Keine Reaktion.

„Redet mit mir!" Ich schüttle sie sanft an den Schultern.

„Eine Schlange", antworten sie schließlich. „Sie hat ihn gebissen."

„Mein Gott!" Hinter mir kommt Ida zum Stehen.

Ich spüre, wie das Adrenalin freigesetzt wird und mir den Raum gibt, klar zu denken und zu handeln.

„Wo? Zeigt es mir."

Sie schüttelten beide den Kopf.

„Zeigt es mir!" Jetzt peitsche ich die Worte.

„Geht nicht." Sie schauen mich glasig an.

„Geht nicht?", wiederholte Ida.

Als sie sich an ihre Mutter wenden, leuchten ihre Augen. Ein bisschen rebellisch sogar. Um nicht zu sagen unverschämt.

„Geht nicht. Die Schlange hat unseren kleinen Bruder gebissen."

„Eueren kleinen Bruder?" Idas Stimme überschlägt sich.

„Verdammt", sage ich, sobald ich verstehe, was sie meinen. „Das macht mir eine Scheißangst. Das ist nicht lustig, Mädchen."

„Das ist kein Scherz! Wir müssen ein Gegenmittel besorgen!"

Wieder sind sie einfach ihr jugendliches, eigenwilliges Selbst.

„Verdammt!", sage ich wieder. Ich drehe mich um und gehe zurück ins Dorf. „Kommt! Diese ganze verdammte Wüste macht mir zu schaffen."

Zwei plus Eins

Dreihundert Stunden lang fahren wir an kalifornischen Hügeln entlang, die in Flammen stehen. Ab und zu taucht ein Löschflugzeug über dem Feuermeer auf, verliert ein paar Wassertropfen und verschwindet dann wieder. Das hilft bestimmt sehr. Sicher nicht.

Loser und Mom sind ganz betäubt vor Wut. Sie sehen aus, als ob zwei Statuen vom Bryce Canyon vorne im Auto sitzen. Nur sind sie nicht mehr wütend aufeinander, sondern auf uns. So kindisch. Eigentlich können sie sich nicht ausstehen, aber jetzt, wo sie gemeinsam einen anderen Feind auserkoren haben, sind sie plötzlich beste Freunde.

„Seht ihr", sagt Fif zum x-ten Mal. „Sie werden mich einfach sterben lassen. Sie scheren sich einen Dreck um mich."

„Du stirbst nicht. Wenn dich der Biss umbringen würde, wäre es schon geschehen."

Inzwischen haben wir verstanden, dass ein Schlangenbiss für jemanden, der ohnehin keinen Körper hat, nicht dramatisch ist.

„Ich bin unwichtig", beklagt sich Fif weiter. „Für alle Mitglieder dieser Familie."

„Das ist Blödsinn. Wenn du nicht dort gewesen wärst, wären wir von dem Felsen direkt in das klaffende Maul des Monsters gerutscht, und hätten das nicht überlebt. Du bist also sehr wichtig für uns. Das hast du heute wieder bewiesen."

„Wenn ich nicht gewesen wäre, wärt ihr gar nicht erst in die Wüste gegangen. Das ist also Blödsinn."

„Okay." Wir zucken mit den Schultern und geben auf. „Dann eben nicht."

Eine Weile starren wir auf die flammenden Hügel und die sinnlosen Aktionen der Feuerwehrleute. Unser kleiner Bruder hält, wie immer, kaum den Mund.

„Angenommen, hm…", sagt er schließlich. „Angenommen, diese Schlange hätte euch gebissen. Und der Biss hätte euch getötet. Was würde dann mit uns passieren?"

Zunächst verstehen wir nicht, was er meint. Wir schauen ihn an. Nur mit einem winzigen Hochziehen der Augenbrauen erklärt er sich: Wir suchen die ganze Zeit nach einem Weg, ihm einen eigenen Körper zu geben, aber natürlich gibt es einen viel einfacheren Weg, gleichberechtigt zu werden.

„Bizarr", sagen wir.

Fif schaut uns fragend an. Offensichtlich sieht er, dass wir bei dem bloßen Gedanken daran nicht in Stress geraten. Der Nebel löst sich auf und die Sonne erhellt sein Gesicht.

„Schaut auch die Schote und ihre hüpfenden Erbsen an ", fährt er plötzlich und sehr begeistert fort. „Wir denken, dass sie ein langweiliges Leben haben, so ganz ohne menschliche Körper, aber das ist nur so, weil wir sie von außen betrachten und weil wir anders sind als sie. Aber diese Erbsen sind alle gleich, der Motor ist ihr wahres Ich, ihre Seele, die sieht man nicht, selbst dann nicht, wenn der Motor keine Energie tankt, weil die Sonne fehlt. Unsere Seelen sind immer da, auch wenn wir tot sind."

Wir finden seine Gedanken ein wenig kraus. Aber die Idee an sich ist interessant. Und obwohl wir unseren Bruder nicht absichtlich absorbiert haben und auch den kleinen Otis nicht absichtlich mit unserer Voodoo-Fummelei getötet haben, erscheint es uns irgendwie fair, wenn wir ihm auch unsere greifbaren Körper aushändigen würden.

Der Unterschied zu jetzt wäre, dass wir für andere Leute, wie Mom und Loser, nicht mehr existieren. Oder nein, wir würden natürlich noch existieren, aber nicht mehr sichtbar als Lebewesen. Aber eigentlich ist der Unterschied nicht so groß. Selbst wenn man lebt, nimmt man den anderen nicht wahr. Man sieht sich oft nicht. Und sich nicht zu sehen, heißt, sich nicht zu sehen, egal, ob die andere Person gerade im Supermarkt einkauft oder tot und begraben unter der Erde liegt. Wenn wir auf dem Reiterhof sind, oder in der Schule, dann sieht uns Mom auch nicht und das ist kein Problem. Nur wenn jemand in deiner Nähe ist und du ihn berühren kannst, dann ist es wirklich klar, dass der- oder diejenige lebt. Obwohl das nicht immer ein Vorteil ist, denn dann kann diese Person auch Dinge tun oder sagen, die du als störend empfindest oder dich verletzen. Und prinzipiell mögen wir es auch nicht, wenn man uns anfasst. Wir finden das sogar ein bisschen eklig.

„Würdet ihr uns eigentlich vermissen, wenn wir nicht mehr da wären?", fragen wir die beiden Steinsäulen vor uns. Unsere Frage erweckt sie zum Leben.

„Wie Zahnschmerzen", brummt Loser sofort.

Mom schaut über die Schulter. „Was ist das für eine Frage?"

„Nur so?"

„Wie, nur so? Das ist überhaupt keine Nur-so-Frage. Genauso wie ich es nicht normal finde, dass ihr heute Nachmittag nur so in die Wüste gelaufen seid. Und dass ihr behauptet, dass euer kleiner Bruder von einer Schlange gebissen wurde. Ich finde, ihr verhaltet euch neuerdings sehr seltsam."

„Bad Karma", sagen wir, obwohl wir wissen, dass es diesmal überhaupt keinen Sinn macht, das zu sagen, weil wir unseren Rekord schon erreicht haben.

Mom schüttelt den Kopf und wendet sich wieder von uns ab. Sie tauscht mit Loser einen Blick aus, mit dem sie sich gegenseitig sagen, dass es uns nicht ganz gut geht oder in unseren Köpfen die Schrauben locker sind oder so.

Oh, oh, wie einig sie sich doch sind. Das perfekte Paar. Vielleicht ist es an der Zeit, dass wir Mom von Hetti Lohmann und ihrem toten Baby erzählen. Vielleicht sollten wir weinen, vielleicht sehen die beiden uns dann an.

Aber jetzt sind wir müde. Wir legen unsere verbrannten Füße auf den Schoß unseres kleinen Bruders in der Mitte und lehnen unsere Köpfe gegen das Autofenster. Obwohl die Welt brennt, ist es draußen nicht mehr so heiß. Wir spüren das kühle Glas an unseren Wangen. Wenn wir später aufwachen, werden wir am Meer sein. Das ist besser. Wir haben genug Wüste für die nächsten hundert Jahre gesehen.

Ida

„Aber *angenommen*, du hast recht", sagt Till. „Der Hersteller erteilt Faber & Gruber einen Auftrag, an dem wir viel verdienen, mit dem Hintergedanken, negative Publicity um einen bestimmten Impfstoff aus seinem gigantischen Sortiment zu verhindern." Er schaut zur Seite mit einem Blick, der ausdrücken soll, dass er das immer noch für ein sehr unwahrscheinliches Szenario hält, er aber um des Friedens willen mitmacht. Dann konzentriert er sich wieder auf die Straße vor ihm und fährt fort. „Wenn du an deinem Standpunkt festhältst und den Artikel veröffentlichst, werden sie das Mandat zurückziehen, da sie es mehr oder weniger angekündigt haben. Wenn sie sich hingegen dazu entschließen, die Ergebnisse deiner Recherchen irgendwo in eine Schreibtischschublade verschwinden zu lassen und abwarten, dann wird uns das zumindest kurzfristig eine Menge Geld einbringen. Und wer weiß, was die Zukunft in diesem Bereich bringen wird, wenn Faber & Gruber die Arbeit zu ihrer Zufriedenheit erledigt. Wie du selbst zu Recht sagst, kommt es kaum vor, dass kleinere Kanzleien im Markt der Big Player eine Chance bekommen."

Wieder hält er für ein oder zwei Sekunden inne, diesmal wohl in der Absicht, mir Zeit zu geben, um zu erkennen, dass er zumindest teilweise mit meinem Standpunkt übereinstimmt und dass ihm eine gewisse Bescheidenheit nicht fremd ist. Aber wie ich seine Diskussionstaktik einschätze, wird er mit *dem* Argument kommen, das letztendlich beweist, dass nicht ich, sondern er recht hat.

„Du könntest also sagen, dass deine Recherche der Grund für die Umsatzsteigerung bei Faber & Gruber ist", fährt er fort. „Und da wir beide in Gütergemeinschaft verheiratet sind, fließt die

Hälfte meines Anteils direkt in deine Tasche. Ich glaube nicht, dass du jemals so viel Geld mit einem Artikel verdient hast. Das wäre ohnehin deine bestbezahlte Arbeit."

Ich sehe ihn an. Verwirrt, verwundert. Hat er das wirklich gesagt? Till bemerkt meine Verwirrung nicht. Oder er sieht es als Ansporn, weiter zu orakeln.

„Besser noch. Wenn du diese Chance ergreifst, wirst du mit diesem einen Job mehr verdienen als die Summe deiner gesamten bisherigen journalistischen Tätigkeit. Nein, in deinem ganzen Leben. Das Einzige, woran du dich vielleicht gewöhnen müsstest, ist, dass es am Ende deiner Bemühungen keine Veröffentlichung gäbe, sondern nur ein großzügiges Honorar. Das ist in vielen anderen Berufen auch so. Schau dich einfach mal um. Du wirst nur wenige Unternehmen finden, bei denen das Ergebnis für die ganze Welt sichtbar sein muss. In kreativen Berufen haben Menschen das Bedürfnis, das Ergebnis zu präsentieren. Der Musiker hat einen Song komponiert und will ihn veröffentlichen. Ein Maler hat ein Kunstwerk geschaffen und möchte es der Welt zeigen. Der Autor hat einen Roman geschrieben und möchte, dass er gelesen wird. Das macht Sinn. Aber die meisten Menschen tun ihre Arbeit, ohne dem Rest der Menschheit von den Ergebnissen zu berichten."

„Aber Till", beginne ich. Und dann weiß ich nicht mehr weiter. Das Einzige, was ich tun kann, ist, ihn fassungslos ansehen. Ich kann nicht glauben, was er da von sich gibt.

„Liebling", sagt er. „Du machst es nicht wegen des Geldes. Das weiß ich. Das tue ich wirklich. Ich bitte dich nur darum, die Situation auf eine andere Art und Weise zu betrachten. Realistisch, ruhig und objektiv. Vielleicht siehst du dann, wie auch ich es tue, dass das Schicksal eine unerwartete Wendung genommen hat – das ist das Patent des Schicksals – und dass es enorm bereichernd sein kann, nicht wieder beim ersten Hindernis zur gewohnten Route zurückzukehren. Und ich meine damit nicht einmal eine Bereicherung in finanzieller Hinsicht."

Er lächelt mich mit seinem breiten Till Faber-Lächeln an. Er schafft es sogar, ein Zwinkern in seine Augen zu zaubern.

Wer ist dieser Mann?

Till

Der italienische Kellner ist arrogant und desinteressiert, die Klimaanlage im Restaurant viel zu kalt eingestellt, und Ida und die Zwillinge strahlen auch nicht gerade Wärme aus. Aber der Wein schmeckt gut, wie das Essen, das nach langem Warten serviert wird. Das ist ein Glücksfall an diesem beschissenen Tag.

Das Ausreißen der Zwillinge, mein frittiertes Hirn in dieser schrecklichen Wüste, Idas Unwillen, über eine Lösung in unser beider Interesse nachzudenken, die E-Mail von Andreas, der mich im Auftrag von Hartel Pharma wissen ließ, dass sie ihr Mandat zurückziehen werden, wenn ich ihnen nicht innerhalb vierundzwanzig Stunden bestätige, dass Ida ihren Artikel zurückzieht. Selbst Hetti meint, mir ein Ultimatum stellen zu müssen. Wenn ich ihr nicht bis zum Ende der Ferien mitteile, wie ich die Zukunft zu handhaben gedenke, wird sie die Sache selbst in die Hand nehmen und Ida über unsere Affäre und ihre Schwangerschaft informieren. Im Prinzip sind das zwei getrennte Probleme, aber die Folgen sind so miteinander verwoben, dass das eine das andere unweigerlich mit sich zieht.

„War alles in Ordnung, Sir?" Der Kellner schwebt plötzlich mit seinem kantigen Gesicht direkt über meinem leeren Teller, als sei er meine Mutter, die kontrolliert, ob ich genug gegessen habe.

Ich brumme zustimmend und lehne mich zurück, um dem Kerl Platz zu machen, aber er ignoriert meine Geste und nimmt sich zuerst den Rest des Tisches vor.

„Dessert?", fragt Ida, ohne jemanden anzuschauen.

Wir sind eine dieser Familien geworden, die einen ganzen Abend lang in einem Restaurant sitzen können, während sich die

Unterhaltung auf das beschränkt, was auf der Speisekarte steht und auf den Tellern liegt.

„Wir nicht", sagen die Zwillinge. Auch sie haben beim Essen weder miteinander gesprochen, Spiele gespielt, Scherze gemacht noch die hüpfenden Erbsen herausgeholt. Sie haben sich ostentativ gelangweilt.

„Möchten Sie etwas zum…", wiederholt der Kellner.

„Nein, danke", unterbricht ihn Ida. „Die Rechnung bitte."

Mit zusammengepressten Lippen, zurückgeschobenem Hintern und erhabenen Schritten verschwindet er in der Küche. Ich hätte über seine bombastische Körpersprache lachen können, wenn ich nicht in solch einer beschissenen Situation gewesen wäre.

Angenommen, Ida veröffentlicht den Artikel. Ich könnte das als Grund nutzen, um mit Hetti weiterzumachen. Nicht, dass ich das unbedingt will. Wir haben ein gutes Leben zusammen. Höhen und Tiefen gehören zu jeder langen Beziehung. Aber die Dinge sind nicht mehr normal. Meine Welt ist dabei zu explodieren. Indem ich mich von Ida scheiden lasse, kann ich vielleicht eine der Bomben entschärfen.

Umgekehrt ist es offensichtlich, dass ich mich nicht für Hetti und das Baby entscheiden kann, wenn Ida sich entscheidet, ihren Artikel zurückzuziehen. Man könnte daraus schließen, dass nur zwei Pakete möglich sind: Entweder ich habe eine neue Beziehung und einen Sohn, aber auch Ärger mit meinem Partner und eine Scheidung von meiner Frau. Oder ich verabschiede mich von meiner Geliebten und ihrem Baby, halte mein Familien- und Sozialleben aufrecht und mache beruflich und finanziell einen großen Schritt nach vorne. Das zweite Bündel ist mit Abstand das attraktivste.

Also muss ich Ida dazu bringen, die richtige Entscheidung zu treffen, auch um unserer Ehe Willen. Selbst dann, wenn sie mit dem Impfstoff recht behält. Die Welt dreht sich um wirtschaftliche Interessen. Daran wird auch sie nichts ändern können. Selbst wenn sie hunderttausend Artikel darüber schreibt.

Okay. Sagen wir, ich schaffe es, Ida an Bord zu holen. Dann darf Hetti mir keine Probleme machen und überall herumposaunen, wer der Vater ihres Kindes ist. Aber ich werde mir etwas einfallen lassen, wenn die Zeit gekommen ist. Es geht schließlich nur um Geld. Dieses Gesetz gilt auch auf der Mikroebene. Das klingt zynisch, aber es ist die simple Wahrheit.

Die simple Wahrheit. Das Zauberwort. Ich könnte Hetti auszahlen. Natürlich kann ich das. Ihr die Erpressung aus der Hand zu nehmen, ist eine viel bessere Option. Sie hat mich auf dem Kieker, weil ich vor Ida ein Geheimnis habe. Und was ist, wenn ich mich Ida anvertraue? Was, wenn ich ihr einfach die Wahrheit sage? *Ich hatte Sex mit einer anderen Frau. Ich habe nur eine der Regeln gebrochen: Ich habe kein Kondom benutzt. Es tut mir wirklich leid. Ich dachte nicht, dass es weh tun würde, da du mir immer gesagt hast, es sei meine Schuld, dass wir uns nicht auf natürliche Weise fortpflanzen können. Und weißt du was? Die Frau ist jetzt schwanger. Und jetzt will sie alles von mir. Eine Beziehung, die Anerkennung des Kindes, ein Einkommen. Aber ich will nichts von ihr. Ich möchte bei dir bleiben. Mit unserer Familie leben. Verzeihst du mir, dass ich dich damit belästige? Aber ich möchte unbedingt, dass es zwischen uns funktioniert. Und dich fragen, wie wir hier gemeinsam rauskommen. Wie, Ida? Wie sollen wir das machen?*

Das ist die Essenz. Im Großen und Ganzen ist dies die Wahrheit. So oft entpuppt sich die Wahrheit als die Antwort auf die kompliziertesten Fragen. Und vielleicht kann dieses akute Problem auf persönlicher Ebene Ida sogar dazu bringen, die Veröffentlichung ihres Artikels zurückzuziehen oder ihn zumindest zu verschieben. Weil sie den arbeitsbedingten Stress nicht aushalten kann. Oder weil sie merkt, dass ein zusätzliches Einkommen kurzfristig mehr als willkommen wäre.

Ja. Das ist der richtige Weg. Heute Abend werde ich mir genau überlegen, wie ich es ihr sage. Und morgen werde ich das mit Ida besprechen. Mit etwas Glück kann ich Andreas am Nachmittag das Wort geben. Und wenn dieser Druck weg ist, kann ich in

Ruhe überlegen, wie ich mit Hettis Angelegenheiten respektvoll umgehe.

Der Kellner klatscht die Rechnung auf den Tisch. Ich werfe einen schnellen Blick darauf. Eine lächerliche Summe. Natürlich hat er zu meinem Nachteil Fehler gemacht. Aber ich sage kein Wort, trinke den Rest meines Weins und lege einen Haufen Dollar auf den Teller. Inklusive einem fetten Trinkgeld. Ich bin mir sicher, dass das Arschloch das als größere Beleidigung empfindet, als wenn ich seine Erwartungen erfülle und ihm keinen Cent Trinkgeld gebe.

Zwei plus Eins

Zum Glück haben wir unser eigenes Zimmer. Nicht auszudenken, wenn wir wieder die ganze Nacht mit diesen beiden Eispickeln verbringen müssten.

Wir liegen auf dem Bett vor einer Kissenwand. Fif sitzt in dem Sessel am Tisch. Die Erbsen schlafen in ihrer Schote oder sind tot, wir wissen es nicht genau. Um es kurz zu machen, es ist ziemlich langweilig hier. So wie es natürlich überall langweilig ist. Außer vielleicht auf der Tanque Verde Ranche.

„Habt ihr darüber nachgedacht?", fragt Fif.

Haben wir darüber nachgedacht? Ja, die ganze Zeit. Nein, nicht eine Nanosekunde. An manche Dinge denkst du nicht, sie sind einfach in deinem Kopf, auch wenn du in der Zwischenzeit an andere Dinge denkst, auch wenn du an gar nichts denkst und auch nicht im Schlaf. Es strömt durch deine Blutgefäße, es blubbert in deinem Magen, es schwappt in deinem Gehirn herum und du wirst es merken, wenn es heraus kommt.

„Weil ich nun gerne wissen möchte, wo ich dran bin."

„Du solltest uns nicht drängen, Fif. Das bringt dich nicht weiter."

„Aber ich habe ein Recht darauf." Unser kleiner Bruder steht auf und stellt sich mit verschränkten Armen neben das Bett, wie ein Lehrer vor die Klasse. „Ich war mein ganzes Leben lang auf euch angewiesen. Ich musste immer tun, was ihr bestimmt habt. Es ist höchste Zeit für Gleichberechtigung." Er legt seine Hände in die Seiten. „Die Sklaverei wurde schon vor langer Zeit abgeschafft."

Eigentlich sollten wir darüber lachen, aber es ist überhaupt nicht lustig.

„Rede nicht so dummes Zeug", sagen wir. „Als wären wir Sklaventreiber."

Fif zieht den Mund schief. Er ist sich nicht sicher, ob wir nicht doch Sklaventreiber sind. So ein dummes Kind.

Wir haben keine Lust mehr, dass ein Schulmeister-Imitator auf uns herabschaut, und rutschen vom Bett. Die Kissenwand stürzt hinter uns ein wie eine Schneelawine. Als Erbsen wären wir darunter begraben worden und hätten nie mehr den Weg nach oben gefunden, es hätte uns auch nicht interessiert, was da draußen los wäre.

„Schauen wir mal nach, was für ein Wetter draußen ist. Vielleicht können wir morgen im Meer baden", sagen wir unserem kleinen Bruder.

„Morgen?", fragt er in einem Ton, als ob er das Wort zum ersten Mal hört.

Wir rollen mit den Augen. „Ja, morgen. Der Tag nach heute."

Wir schieben die Glastür zum Balkon auf. Es ist eiskalt. Wir hängen über dem Geländer und schauen nach unten. Weit unten sehen wir die Terrasse des Hotels. Das Schwimmbad ist beleuchtet, aber es ist niemand draußen. Der Wind ist genauso heftig wie im Münchener Winter. Er zieht uns an den Haaren und treibt uns Tränen in die Augen. Oder vielleicht ist es das salzige Meerwasser, auch das ist möglich. Direkt vor uns ist ein unendliches schwarzes Nichts, aber wir wissen, dass das der Ozean ist.

„Springt!" Plötzlich ist unser kleiner Bruder hinter uns.

„Bleib normal."

„Ich meine es ernst", sagt er. „Das ist die Lösung für alles."

„Du bist bescheuert, Fif. Bleib normal", wiederholen wir.

Er sieht ernst aus. Sogar ein bisschen bedrohlich. Sofort beginnt der Wind auf dem Balkon noch stärker zu blasen.

„Wir wollten gerade wieder reingehen. Viel zu kalt hier."

Fif macht sich im Türrahmen breit. „Nichts von alledem. Ihr springt jetzt!" Seine Augen sind kälter als der eisigste Polarwind.

„Verpiss dich." Wir versuchen, uns an ihm vorbeizuschlängeln, aber er stößt uns weg. Rückwärts fallen wir gegen das Geländer des Balkons. Es fühlt sich an, als würden wir uns an dem Eisengeländer den Rücken brechen. Der Schmerz zerreißt unser Entsetzen in Fetzen. Was bildet er sich ein? Wir sind zwei, er ist allein.

Wir greifen an. Zwei Raubtiere schießen vorwärts. Wir wollen ihm links und rechts ins Gesicht schlagen, aber er rutscht immer zwischen uns durch und wir schlagen uns gegenseitig auf die Nase. Zuerst glauben wir, dass wir durch die Kälte plötzlich eine laufende Nase bekommen haben. Wir versuchen, unseren kleinen Bruder aufzuheben, können es aber nicht, und als der Rotz anfängt, auf den Boden zu tropfen, sehen wir, dass es Blut ist.

„Scheiße." Die Köpfe nach hinten geneigt, stolpern wir ins Bad und stopfen uns eine halbe Rolle Klopapier in die Nasenlöcher. Erschöpft lassen wir uns zurück auf das Bett fallen, mitten in die Schneelawine.

„Sehr gut." Unser kleiner Bruder hängt wieder im Stuhl, als hätte er ihn nicht verlassen. „Das ist die Art von Scheiße, die einem nur mit einem Körper passiert."

„Ach Mann. Kümmre dich um deinen eigenen Kram."

„Ach Mann", imitiert er uns.

Auf dem Nachttisch klopfen die Erbsen leise gegen den Boden ihrer Schachtel. Sie leben also auch noch.

Ida

Till ist eingeschlafen. Unschuldig wie ein Kind. Natürlich habe ich mich schon früher gefragt, warum er seine Energie und seine Talente nur dafür einsetzt, reiche Leute noch reicher zu machen, und den großen Unternehmen den Wind aus den Segeln zu nehmen. Wo ist der sozial engagierte Mann von einst geblieben? Oder habe ich ihn vielleicht von Anfang an falsch eingeschätzt? Was durchaus möglich ist, denn was mir in diesen Tagen immer klarer wird, ist die Tatsache, dass wir Menschen das Talent haben, besondere Eigenschaften auf andere zu projizieren. Eigenschaften, die wir ihnen gerne zuschreiben möchten. Und wenn es nicht ganz passt, füllen wir den Rest selbst aus. Was kein Problem sein muss, es sei denn, die wahre Natur eines Menschen steht in einem solchen Kontrast zu den erdichteten Eigenschaften, dass sie früher oder später das geschaffene Idealbild verdrängt.

Till seufzt. Seine Wimpern zucken, so entspannt habe ich sein Gesicht seit Wochen nicht mehr gesehen. Es ist uns eindeutig nicht gelungen, uns in diesem Urlaub näher zu kommen. Fast einen Monat unterwegs, in drei Tagen geht es wieder nach Hause, und wir lassen die ganze Reise an uns vorüberziehen. Till über sein Telefon gebeugt, nur mit Dingen beschäftigt, die außerhalb meines Blickfeldes passieren, ich mit meinen Augen auf ihn fixiert und nur mit der Frage beschäftigt, wo sein Kopf ist. Das ist sehr schade.

Ich denke, unsere Ehe ist ohnehin unhaltbar, wenn er weiterhin auf dieses Pharmaunternehmen setzt. Wenn er weiterhin die Wahrheit und die Brisanz meiner Recherchen leugnet. Sich weigert, auf den Vater in ihm zu hören, und nur den Geschäftsmann zu Wort kommen lässt. Ich bin überrascht, wie ruhig ich darüber nachdenken kann, jetzt, wo ich ihn ansehe. Und eine mögliche Trennung erwäge.

Als meine Affäre mit Casper in die Brüche ging, war ich todunglücklich. Als ich am Morgen aufwachte, hatte ich keine Ahnung, wie ich den Tag überstehen sollte. Alles war grau, alles war leer. Ich erledigte die wesentlichen Haushalts- und Mutterpflichten, aber sonst tat ich nichts. Ganze Tage saß ich hinter meinem Schreibtisch und starrte die Wand an. Quälte mich mit Erinnerungen an ihn. An uns. Las unsere Korrespondenz immer wieder. Rief Erinnerungen auf, wie wir stundenlang Händchen hielten und uns in die Augen schauten, bei den seltenen Gelegenheiten, an denen wir zusammen sein konnten.

Mein Telefon war wieder zu einem toten Ding geworden. Ein überflüssiges, dummes Utensil. Nicht mehr die Geschenkmaschine, die mich in unerwarteten Momenten mit süßen Nachrichten, schönen Beobachtungen, aufregenden Fotos, witzigen Kommentaren und aufrichtiger Aufmerksamkeit verwöhnte. Ich glaube, das war das Schwierigste in den ersten Tagen. Die Stille danach. Das und die Vorstellung, dass ich ihn nie wieder würde berühren können. Seinen Körper, seine Haut, meine Hand in seinem Haar. Zu spüren, wie seine Stimme an meiner Wange widerhallte, wenn ich mit meinem Kopf auf seiner Brust lag und er mir eine seiner unterhaltsamen Geschichten erzählte.

Nichts würde mehr so sein, wie es war. Ich würde nie wieder jemanden treffen, der mich so empfinden lassen konnte. Mit dem ich so reden, so einen atemberaubenden Sex haben und so lachen konnte. Ich würde nie wieder lachen, was das betraf. Ich wurde eine Dramaqueen.

Es hielt etwa drei Wochen an. Dann war es wieder okay. Aber jetzt, ein Jahr später, spüre ich immer noch die Nachwirkungen in meinem Körper.

Till dreht sich auf seine andere Seite. Schnell und gereizt, mit einem Ruck am Laken. Als ob er weiß, wo meine Gedanken sind.

Angenommen, wir trennen uns. Angenommen. Würde ich dann etwas fühlen, das meiner Trauer um Casper ähnlich käme? Oder sind Till und ich schon zu lange zusammen? Vielleicht kann der Herzschmerz nur dann zum Tragen kommen, wenn die Leidenschaft im Keim erstickt wird. Bevor sich Ärgernisse in die Beziehung einschleichen, bevor Kratzer auf der glänzenden Schicht der Perfektion erscheinen, mit der man den Geliebten ausgestattet hat.

Das Trauerpotentials zu bestimmen, wäre unsinnig. Tatsache ist, dass ich mir nicht vorstellen kann, dass Till und ich nicht mehr zusammen sind. Wir gehören zusammen. Und die Mädchen gehören zu uns beiden. So sollte es meiner Meinung nach auch bleiben. Sonst hätte ich Till verlassen, als ich mich in Casper verliebte. Oder davor. Oder danach. Vielleicht waren meine Gefühle für Casper so überwältigend, weil ich schon vorher wusste, dass wir keine gemeinsame Zukunft haben werden. Denn das bedeutete, dass wir keine ernsthafte Bedrohung für die Beziehung des anderen waren. Denn ich weiß, dass meine Freundin Julia damals auf dieser Bank vor ihrem Haus richtig lag. Dass es sinnlos sei, immer weiter zur nächsten Blume zu fliegen. Und dass jede Krise, die man gemeinsam überwindet, das Band zwischen zwei Menschen stärker macht. Dass man einfach zusammen alt werden muss.

Oder zumindest so alt wie möglich.

Zwei plus Eins

„Es gibt Menschen, die nicht geboren wurden", sagt unser kleiner Bruder. Heute Morgen hat er uns geweckt, indem er auf das
Bett sprang und „Entschuldigung" schrie. Als wir sagten, dass es
in Ordnung sei, hat er uns die Ohren vollgequasselt.

„Wie Otis und ich. Es gibt eine Menge Leute, die erst gelebt
haben und dann gestorben sind. Wie Opa Faber, Tante Julia,
Winston aus der siebten Klasse und all die anderen, von denen
die Zeitung voll ist und von denen die Nachrichten handeln. Und
der Rest, von dem wir nichts wissen."

Wir sitzen am Strand, in der Nähe der Wasserlinie und machen
eine Tropfburg. Das ist kindisch, aber selbst Loser und Mom finden das auch immer lustig. Nur haben sie jetzt keine Zeit dafür.
Sie sind auf die Hotelterrasse gegangen, um zu verhandeln. Und
dann weiß Mom nicht einmal etwas von Hetti Lohmann und
dem toten Baby. Wir wollten es ihr gestern sagen, weil sie plötzlich das ideale Paar waren. Aber während des Abendessens war
das schon wieder vorbei. Niemand sagte etwas und Moms
Wolke war schwärzer denn je. Also hielten wir den Mund.

Das Wetter ist heute sehr schön. Echtes Strandwetter. Kein
kalter Nebel, keine heiße Wüste. Sand, Meer und Sonne. Dass
wir das in diesem Urlaub noch erleben können. Es ist ein Wunder.

„Aber auch in der Vergangenheit", fährt Fif fort, „fünfzig Jahre
zurück in der Zeit, hundert Jahre, tausend Jahre, im Altertum
sind unzählige Menschen gestorben. Man könnte sagen, dass jeder, der geboren wurde, auch gestorben ist. Es gibt aber auch so
unendlich viele FiFs, wie ich einer bin, die nicht auf der Erde waren – lebende Geschöpfe, die nicht geboren wurden und

dennoch da, aber nicht sichtbar sind. Der Tod ist nichts Besonderes."

Er hat das offensichtlich geprobt. Aber es ist nicht völlig unsinnig. Wir schaufeln eine Handvoll Schlammsand aus dem Wassergraben und träufeln ihn auf die Türme des Schlosses. Es ist ein guter Job. Es könnte in einem Disney-Film sein. Da fahren wir morgen hin, ins Disneyland. Cool!

„Ertrinken scheint der schönste Tod zu sein", sagt Fif überraschend.

Darüber wollte er also sprechen. Das war es, wonach er den ganzen Tag gesucht hatte.

„Und es ist auch ganz einfach. Besonders im Ozean. Du musst nur schwimmen. Geradeaus. Weg vom Ufer. Irgendwann ist man erschöpft und dann ist es zu spät, um umzukehren. Es ist nichts mit Blut, nichts mit Gewalt, es ist nichts, was man wagen oder sich antun muss. Das Meer nimmt dich auf. Wiegt dich in seinen Armen in den Schlaf. Und mit den schönsten Träumen in den schönsten Farben und den wärmsten Erinnerungen sinkt man auf den Meeresboden."

„Bist du unter die Dichter gegangen? Woher weißt du das alles, Fif?"

Die Tropfburg ist fertig. Wir stehen auf. Unsere Beine sind steif vom langen Sitzen. Wir versuchen, den nassen Sand von unseren Knien zu wischen, aber wir verteilen ihn nur, als würden wir unsere Haut unter der Dusche peelen, wie Mom es immer macht.

„Ich kenne so viele Menschen, die ertrunken sind", sagt unser kleiner Bruder. „Das Meer ist voll von ihnen. Und sie sind die glücklichsten Seelen von allen. Vertraut mir einfach. Dann können wir drei endlich mal richtig Spaß haben."

Wir schauen uns um. Es ist ziemlich viel los am Strand. Viele Gruppen von Jungen und Mädchen in unserem Alter, Familien mit kleinen Kindern, ein paar durchnässte Paare, einige alte Leute, allein mit einem Buch. Mom und Loser sitzen an einem Tisch am Rande der Terrasse. Aufrecht, still wie steinerne

Säulen. Von hier aus sieht es nicht so aus, als würden sie miteinander reden. Aber das könnte richtig sein, denn manchmal bedeutet reden, lange schweigend nebeneinandersitzen. Wir winken, aber sie sehen uns nicht. Wir sind für sie, was die hüpfenden Erbsen für uns sind. Wir nehmen sie überall mit hin, aber nur wenn wir nichts Besseres zu tun haben, holen wir sie aus ihrer Box.

„Komm schon!" Unser kleiner Bruder springt schon in der Brandung auf und ab. „Das Wasser ist superschön. Wir können immer sehen, wie weit wir schwimmen".

Das ist wahr. Wenn wir zurückgehen wollen, können wir zurückschwimmen. Wir sehen uns an. Es ist schon lange her, dass wir so etwas Aufregendes gemacht haben. Vielleicht noch nie. Das bringt uns zum Lachen. Es ist nicht einmal ein nervöses Lachen. Nur fröhliches Lachen. Wir geben uns die Hand und laufen kreischend zu unserem kleinen Bruder. Wir galoppieren ins Meer, springen über die Wellen wie Fohlen auf einer Wiese, bis das kalte Wasser unsere nackten Bäuche trifft und wir uns loslassen müssen, um vorwärts ins Wasser zu tauchen. Pustend tauchen wir wieder auf. Unser kleiner Bruder hat uns bereits eingeholt. Auch er lacht, wie wir ihn noch nie haben lachen sehen. Es ist, als ob wir uns gegenseitig den besten Witz aller Zeiten erzählt hätten. Oder wir einfach nur verrückt geworden sind.

Gemeinsam schwimmen wir weiter. Abseits des Strandes. Die wilden, unruhigen Wellen hinter uns lassend. Hier sind sie langsam und breit. Das Wasser wird kälter, das Blau dunkler. Wir lachen nicht mehr laut, aber wir haben alle drei ein Lächeln im Gesicht.

„Gut", sagt Till.

Der Gong für die erste Runde. Der Titelkampf beginnt.

„Lass uns zunächst feststellen, was genau das Problem ist. Abgesehen davon, dass du dich wunderst, dass die HPV-Impfung so schnell in das staatliche Impfprogramm aufgenommen wurde. Daraus schließt du, dass der Hersteller dies auf dubiose Weise erreicht hat und sich auf diese Weise auf Kosten des Steuerzahlers bereichert." Er sieht mich fragend an. Zumindest vermute ich das. Er trägt seine Sonnenbrille.

„Hübsche Zusammenfassung. Das bleibt aber eine unschöne Sache."

„Aber ist das alles?" Er sagt es mit gespieltem Erstaunen. „Das ist der Vorwurf, auf den sich dein ganzer Artikel im Grunde stützt? Daran hast du fast ein Jahr lang gearbeitet?"

Ich schüttle den Kopf. „Wenn du glaubst, dass ein blasierter Ton hilft, dann mach nur so weiter."

„Entschuldige."

Selbst das klingt gemein. Aber das macht Sinn. Till weiß ganz genau, dass er mich nicht überzeugen kann, meinen Artikel zurückzuziehen, wenn er mich noch mehr verärgert. Eine Zeit lang sagen wir nichts. Wir rühren unseren Kaffee um und starren auf die Tischplatte.

„Ich würde nur gerne verstehen, warum dir die Veröffentlichung so wichtig ist", sagt er dann. „Denn mein Interesse, es nicht zu tun, ist ziemlich klar, aber deins, es durchzuziehen, noch nicht ganz, soweit es mich betrifft."

Das klingt schon viel vernünftiger. Obwohl es irritierend ist, dass er sich entweder dumm stellt oder im letzten Jahr kein einziges Mal wirklich zugehört hat, als ich ihm zum ersten Mal von meinen Nachforschungen berichtet habe.

„Mein größter Einwand ist, dass nichts über die Langzeitfolgen der geimpften Mädchen bekannt ist. Die Zeit dafür wurde einfach nicht genutzt. Alle Wissenschaftler, sowohl diejenigen die für als auch gegen den Impfstoff sind, geben zu, dass in Wahrheit ein Experiment an unseren Töchtern durchgeführt wird." Ich mache eine Pause, versuche, in Tills Gesicht zu lesen, ob diese Bemerkung zu ihm durchdringt. Er presst seine Lippen leicht aufeinander. Also passiert wenigstens etwas hinter dieser Sonnenbrille, in diesem Kopf.

„Ein Experiment!", wiederhole ich mit Nachdruck. „Mit all den Mädchen im Alter unserer Töchter. Und nächstes Jahr wieder. Und das Jahr danach auch. Und so weiter. Bis endlich alle Frauen geimpft sind."

Ich nehme einen Schluck Kaffee. Er ist mittlerweile kalt. Aber warm war er auch schon nicht zu genießen, insofern ist es egal.

„Und was ist das Risiko dieses *Experiments*?" Till zeichnet mit Zeige- und Mittelfinger Anführungszeichen in die Luft. Ich beschließe, die herablassende Geste nicht zur Kenntnis zu nehmen.

„Ich habe dir das alles schon tausendmal erzählt, Till. Grabe einfach in deinem Gedächtnis und du wirst meine Worte möglicherweise wieder finden. Immerhin gibt es Ärzte auf der Welt, die behaupten, dass der HPV-Impfstoff der größte medizinische Skandal aller Zeiten werden wird. Vielleicht sind sie verrückt, vielleicht sind es aber auch Visionäre. Die Zeit wird es zeigen."

Wieder lasse ich ein Schweigen fallen. Studiere meinen Mann, sehe, wie er das tut, was er in einer solchen Situation immer tut: über meine Worte grübeln. Er schmeckt sie auf seiner Zunge, schiebt die Informationen im Mundraum von links nach rechts, bis er die einzelnen Inhaltsstoffe isoliert hat. Danach spuckt er eine aus. Und verlangt eine Erklärung, warum dieser geschmacklose Zusatz zum Gericht gemacht wurde. Er gibt sein Bestes. Ich bin mir aber meiner Sache sicher.

„Gut", beginnt er wieder.

Die zweite Runde. Ich richte meinen Rücken auf.

„Angenommen, es wäre wahr. Nehmen wir an, einige Mädchen werden durch diesen Impfstoff unfruchtbar, wie du neulich suggeriert hast. Und nehmen wir an, wir gehen mit deinen Theorien konform und glauben, dass sich diese Form der Geburtenkontrolle sogar als versteckte Agenda der Regierung herausstellen könnte. Wie schlimm ist das eigentlich?"

„Till", sage ich. „Ich habe sofort gesagt, dass das mit der Geburtenkontrolle nur ein Gedankenfetzen ist, und das wird in meinem Artikel auch nicht erwähnt."

„Das mag ja sein. Aber wenn die Überbevölkerung zu einem Problem wird, ist der Staat meiner Meinung nach nicht nur berechtigt, sondern sogar seinen Bürgern gegenüber verpflichtet, einzugreifen. Du hältst die Antibabypille doch auch nicht für kriminell, nicht wahr?"

Er setzt sich zurück und verschränkt die Arme.

„Das hat nichts mit meinem Artikel zu tun. Der Punkt ist, dass die HPV-Impfung das Risiko beinhaltet, unfruchtbar zu werden. Die Regierung kann nicht beschließen, Frauen klammheimlich zu sterilisieren. Und wenn sie einen Weg finden, das zu rechtfertigen, dann sind sie buchstäblich des Teufels Advokat. Denn du weißt genauso gut wie ich, was wir durchgemacht haben, bevor ich mit unseren Töchtern schwanger wurde. Und wie froh waren wir, als es endlich so weit war."

Till nickt. Schweigt eine Zeit lang. Seufzt. Nicht irritiert, eher resigniert. „Das ist richtig, Liebes", sagt er dann. „Entschuldigung. Ich habe mich von meinen Gefühlen mitreißen lassen. Weil ich mit dir inhaltlich nicht übereinstimme, aber auch, weil ich auch persönlich mit dem Thema kämpfe. Es ist höchste Zeit, dass ich dieses Anliegen mit dir teile. Ich möchte dich nicht länger ausschließen."

Er klingt plötzlich so anders, dass es mich beunruhigt.

„Raus damit." Mein zögerlicher Ton macht meine Worte zunichte. Ich habe Angst vor dem, was kommt.

Till schiebt sich die Sonnenbrille ins Haar, beugt sich vor und schaut mich an. „Natürlich habe ich nicht vergessen, wie viel Mühe wir uns gegeben haben, um die beiden kleinen Monster dort zu bekommen."

Er winkt mit der Hand in Richtung der Mädchen, schaut dort hin, sucht sie und zuckt plötzlich erschrocken zusammen.

Ich folge seinem Blick. Etwas Seltsames geht da vor sich. Ich sehe die Zwillinge nirgendwo, aber es herrscht ein gewisses Chaos und eine Fassungslosigkeit an der Sandburg. Die Erwachsenen stehen auf Zehenspitzen, beschirmen mit einer Hand die Augen und starren auf das Meer. Menschen weisen einander auf etwas hin, rufen Worte, die im Seewind verwehen, bevor ich sie verstehen kann. Dann erscheinen zwei Rettungsschwimmer in meinem Blickfeld. Sie schreien den Umstehenden etwas zu und sprinten auf ein weiter entferntes, in der Brandung tanzendes Rettungsboot zu.

„Verdammt! Oh mein Gott! Verdammte Scheiße!" Till springt so schnell auf, dass sein Stuhl nach hinten umkippt. Seine Sonnenbrille scheppert auf den Boden. Er schiebt den Tisch zur Seite. Und läuft in Richtung Meer.

Drei sind zwei zu viel

„Wir gehen jetzt besser zurück", sagen meine Schwestern. „Unsere Arme bekommen einen Krampf."

Das wundert mich nicht. Diese dünnen Mädchenarme. Nicht ein Muskel in ihnen. Es sind leere Saiten – mit Gänsehaut. Ich weiß nicht, wie lange wir schon schwimmen. Ich schaue zurück. Der Strand liegt weit hinter uns. Sehr weit. Eine Linie am Horizont. Das Wasser ist hier furchtbar kalt und obwohl ich den Grund natürlich nicht sehen kann, spüre ich, wie die Tiefe an meinem Bauch saugt. Selbst wenn wir jetzt umkehren würden, würden wir niemals den ganzen Weg zurückschaffen. Aber wir kehren nicht um. Ich schwimme einfach weiter und sie schwimmen mit mir. Wie mechanische Puppen ohne eigenen Willen.

„Morgen fahren wir nach Disneyland", sagen sie eine Weile später. Sie keuchen und haben Mühe zu sprechen. „Das wollen wir nicht verpassen."

Ich warte ein paar Minuten mit einer Reaktion. Hier sind die Wellen bereits höher. Ich kann sehen, wie das Wasser sie im Gesicht trifft, wie sie pusten und husten, um das Wasser nicht hinunterschlucken zu müssen. Sie bewegen sich nicht mehr vorwärts. Wir schwimmen jetzt schon eine Weile an der gleichen Stelle, machen nur Brustschläge, um nicht zu sinken, und nicht um uns zu bewegen.

„Wenn wir Lust haben", sage ich, „können wir nach Disneyland gehen und dort *leben*. Im Palast von Dornröschen. Oder im *Tomorrowland*. Oder einfach im teuersten Zimmer des teuersten Hotels auf dem Gelände. Ohne Körper kann man alles machen, was man möchte."

Sie sehen mich an. Das Blau ihrer Augen erhellt sich, als ob die Sonne plötzlich in sie hineinscheint. Vorbei an mir, finden ihre Blicke zueinander. Sie lächeln. Es ist nur eine kleine Bewegung ihrer halbgefrorenen Lippen. Aber sie lächeln.

„Fett", sagen sie, wofür sie sofort mit einem weiteren Schluck Meerwasser im Magen bestraft werden. Sie husten und würgen.

Ich blicke zurück auf den Landstreifen am Horizont. Ich sehe die Ameisen, die sich daran festhalten. Sie winken und springen mit ihren Ameisenbeinchen auf und ab. Ich glaube sogar, ich sehe einen Punkt in unsere Richtung kommen. Ein Boot? Vielleicht sind diese Rettungsschwimmer endlich aufgewacht.

„Sollen wir gehen?", frage ich.

„Wie denn?" Sie husten und strampeln ständig.

„Einfach nur…", sage ich, „…loslassen."

Ich zeige es ihnen. Höre auf zu schwimmen. Lass mich treiben. Sie folgen mir, tun es auch. Für vielleicht zehn oder zwanzig Sekunden trägt uns das Meer. Dann spült eine Welle über uns hinweg, drückt uns unter die Wasseroberfläche. Sobald sie sich über uns schließt, sinken wir. Ich sehe, wie meine Schwestern links und rechts von mir langsam sinken, und ich sinke mit ihnen. Ihre Wangen sind aufgebläht, die Augen zusammengekniffen, die Haarsträhnen liegen wie Seetang um den Kopf. Sie machen keinen Versuch, wieder nach oben zu schwimmen, scheinen bereits bewusstlos zu sein. Wirbeln umher wie Herbstlaub. Es ist schön, aber es hat auch etwas Gruseliges. Ich wende mich ab, blicke auf die verstreuten Lichtpunkte auf den Wellen, hoch, sehr hoch über uns.

Dann spüre ich den Druck in meiner Brust. Es beginnt in meiner Kehle und bewegt sich nach unten. Meine Brust, mein Bauch. Nervöse Panik. Ich brauche Luft. Mich überfällt eine Übelkeit. Ich trete mit den Beinen nach unten. Greife nach oben, dem Licht entgegen. Mein Brustkorb implodiert, dann klafft mein Bauch auseinander. Ich sehe einen Arm, eine Hand, sie gehören wohl mir. Ich strecke die Hand aus. Meine Hand durchbricht die Oberfläche des Wassers. Ich atme aus, schreie und atme ein. Die Sonne. Das Licht. Die Luft.

Sie ziehen mich aus dem Wasser und an Bord. Ich weiß nicht, was passiert ist. Bin ich ein Fisch? Ein gefangener Fisch? Was ist das? Ich liege auf dem Grund eines Rettungsbootes – auf einem Netz. Die Augen eines Mannes sind über meinem Gesicht. Er redet mit mir, glaube ich, denn sein Mund bewegt sich, aber ich höre nichts. Ich drehe meinen Kopf zur Seite. Ich sehe den Arm auf dem Rand des Beibootes liegen. Der Arm einer meiner Schwestern. Dünn. Nicht bemuskelt. Gänsehaut. Ich bewege meine Finger. Sie bewegt ihre Finger. Es sind *meine* Finger. Mit aller Kraft, die ich in mir habe, hebe ich den Kopf und schaue an *meinem* Körper herunter. Der Körper eines Mädchens. Der Bikini meiner Schwester.

„Geht es dir gut?" Jetzt höre ich, was der Mann über mir sagt. Ich sehe ihn an. Überrascht, glaube ich. Was für eine dumme Frage. *Du hast mich gerade vom Meeresgrund gefischt, Kumpel.* Natürlich bin ich nicht in Ordnung. Mir ist speiübel. Ich schleppe mich an den Rand des Bootes, ziehe mich hoch und übergebe mich. Mindestens einhundert Liter Salzwasser kotze ich aus. Zurück in den Ozean, diese Brühe.

Der Rettungsschwimmer hält meine Haare beiseite und klopft mir sanft auf den Rücken, sagt, dass ich das gut mache. Nichts auf der geschlossenen Oberfläche des Wassers verrät, dass meine Schwestern hier irgendwo untergehen. *Zwei* Seelen, *ein* Körper, auf dem Weg zum Meeresgrund. Nichts.

„Beantworte bitte meine Frage", sagt der Mann der Baywatch, als ich fertig bin. „Du warst allein, richtig?"

Also habe ich ihn einfach falsch verstanden. Er hat nicht gefragt, ob es mir gut geht, sondern ob ich allein bin. War ich das? Ja und nein. Im Grunde bin ich immer allein, auch mit meinen Schwestern. Ganz allein, um genau zu sein. Mein ganzes Leben lang. Mein ganzes Nicht-Leben. Aber erkläre das mal einem Fremden.

Ich nicke. Glaube ich. Ja, ich glaube, ich nicke. Das versteht sich von selbst. Es tut mir leid. Es tut mir leid.

„Lass uns gehen", sagt mein Retter dem Jungen, der das Boot fährt. „Bringen wir sie in ein Krankenhaus."

Er legt seinen Arm um mich. Ich lehne schlaff an ihm. Erschöpft. Es hat seine Nachteile, einen Körper zu haben, das merke ich jetzt schon. Wir beschleunigen. Ich schaue noch einmal zurück. Die Schaumspur des Schnellbootes wird immer schmaler und läuft auf den Punkt zu, an dem wir gerade verschwunden sind. Wie ein Pfeil. Eine Anschuldigung. Hier ist es! Hier verlässt er seine Schwestern! Ich schließe meine Augen.

„Halte durch, Schätzchen." Der Bademeister streichelt meinen Kopf.

Bald werde ich diese langen Haare abschneiden müssen. Oder auch nicht. Ich werde sehen.

„You're doing fine, sweetheart." Er nickt mir aufmunternd zu. „Du machst das sehr gut."

ENDE ...?

Vermutlich.

Äh ... NEIN!

Yesterday: Das waren die Zwillinge und FIF.

Was bleibt, bin *ICH*.

Und meine bescheuerten Eltern.

Wer oder was ich denn nun bin, fragen Sie sich?

In Genderzeiten überlasse ich Ihnen die Antwort, liebe Leser.

Eins ist allerdings sicher: Ich bin *böse* – eine Notwendigkeit für die Fortsetzung meiner Geschichte.

Weitere Romane der Autorin

MONDTEUFEL
Vollmond
Zeit für Angst,
für Verlogenheit,
für Lügen, für Mord.
Zeit für den Mondteufel.

Stellas Bruder Jordi wird im Alter von acht Jahren ermordet. Kurz nach dem Mord werden drei Jugendliche verhaftet und aufgrund eines Indizienprozesses zu zehn und acht Jahren Haft verurteilt.

Dreißig Jahre später erleidet die 42-jährige Stella eine Hirnblutung und wird in die Rehabilitationsklinik *Euphoria* verlegt. Wochen vergehen, an die sich Stella nach dem „Aufwachen" nicht erinnern kann. Sie erfährt, dass ihre Mutter gestorben ist und ihr Mann sie urplötzlich verlassen hat. Auch geschehen seltsame Dinge in der Klinik.

Sie fragt sich, wem sie noch trauen kann, seitdem ihr Gedächtnis sie im Stich lässt.

Langsam beschleicht Stella das ungute Gefühl, dass nicht alle Veränderungen auf ihre Hirnblutung zurückzuführen sind ...

Erste Stimmen:
Die-Rezensentin.de TOP 1000 REZENSENT
Absolut genialer Psychothriller

Leseprobe:
Mondteufel - Sternzeichen Schütze

Das silberne Licht des Mondes umhüllt mich mit einem geheimnisvollen Schleier. Die Dächer, die sein Licht widerspiegeln, schimmern weiß. Ähnlich gespenstisch sehen auch die Bäume aus, die Zweige erinnern mich an die knöchernen Finger einer alten Frau.

Dem Vollmond werden besonders Kräfte nachgesagt. Er entflamme Liebende und sorge für Fruchtbarkeit, doch seine Macht soll Menschen auch unruhig und aggressiv machen. Möglich, dass daraus der Mythos vom wütenden Werwolf entstand. Immer wieder wird das Phänomen des Vollmondes auf unterschiedliche Weise beschrieben, von der Mondkrankheit über jaulende Wölfe im Wald, deren spitze Nasen auf die leuchtende Kugel am Himmel gerichtet sind, bis hin zum unruhigen Verhalten von Kindern und Erwachsenen. Einige nennen es Aberglaube, andere nehmen es ernst und treffen auf dieser Grundlage weitreichende Entscheidungen.

Seit meiner frühesten Kindheit habe ich mich bei Vollmond wohl gefühlt. Schon immer übte der Mond in seiner vollen Pracht eine ganz besondere Faszination auf mich aus. Ich bin bei Vollmond ausgeglichener, selbstbewusster, ruhiger, ich habe eine Mondseele. Ich möchte die ganze Nacht draußen verbringen und endlos auf dieses besondere Licht blicken, welches mit keinem anderen Leuchten verglichen werden kann. Ich lasse sein Licht tief auf mich einwirken, ein Licht, das mich wach hält, mir Ehrfurcht einflößt, mich tröstet, wärmt und mir Mut gibt. Manchmal mache ich einen Vollmondspaziergang durch die Straßen und die anfangs eher gespenstisch anmutende Stimmung wechselt innerhalb kurzer Zeit durch die tiefe Verbundenheit mit dem Mond. Eine solche Gelegenheit eignet sich wunderbar, um einen Plan in die Tat umzusetzen. Auch dazu dient die Kraft des Mondes. Was ich mir vorgenommen habe, kann also nur bei Vollmond gelingen.

Heute Nacht ist Vollmond.

Aber heute Nacht ist es dafür noch zu früh.

Ich stecke voller Marotten, da bin ich mir sicher. Aber was sind schon Marotten? Tierkreiszeichen finde ich beispielsweise schon mein ganzes Leben lang interessant. Faszinierend. Fesselnd. Dabei sollte ich besser an anderen Dingen Gefallen finden. Aber es ist, wie es ist.

Ich verabscheue Schmutz und hasse unsaubere Gedanken. Mir wird übel beim Anblick von fettigen Fingerabdrücken an Türen, einer Explosion aus silbrigen Staubpartikeln auf dem Fernseher oder Essensresten in einem Kochtopf. Ich hasse den Unrat, den Hausmüll, faulendes Obst oder den Schimmel im Keller.

Ich liebe die Farbe Weiß. Weiß ist die Farbe des Todes.

Der Tod ist rein, weshalb ich mich auch nicht vor Leichen ekle. Ein toter Körper ist nur eine Hülle. Ich kümmere mich stets sehr sorgfältig um einen Toten und lasse mir Zeit. Ich spreche mit ihm, schaue ihn mir genau an, atme den Duft des Todes ein oder schnuppere das köstliche Leben, bevor ich es auslösche. Selbst, wenn ich junges Leben vor mir habe, verspüre ich diesen verräterischen Drang zu töten. Es ist eine zwanghafte, heimtückische Begierde, die mich erfasst, sobald sich mir jemand in den Weg stellt. Diese Lust zwingt mich zu Taten, über die ich später nicht mehr nachdenken möchte.

Mein neues Opfer wird ein im neunten Tierkreis Geborener sein: ein Schütze. In diesem Jahr stand der Mond der Schützen bis Oktober im Jupiter, was Wohlstand, Erfolg und Anerkennung bedeutet. Und zu allem Überfluss hat sich die finanzielle Situation der Schützen in der zweiten Jahreshälfte auch erheblich verbessert. Ich hatte nicht so viel Glück wie die Schützen dieser Welt. Der Schütze glaubt, ihm könne nichts passieren …

Ich hätte gern den Mut eines Schützen, sein Leben-macht-Spaß-Talent, sein unbesiegbares Charisma, seine optimistische Lebenseinstellung und sein unerschütterliches Selbstvertrauen. Der Schütze nimmt sein Ziel ins Visier, spannt den Bogen und schießt den Pfeil geradewegs dorthin. Treffer! Ja, so sind sie: stets treffsicher, zielstrebig und feurig.

Ich hasse angeberische, realitätsfremde Schützen.

Diese Woche wird es passieren. Schließlich haben wir Vollmond. Ich habe eine Schützin im Visier und mir unzählige Szenarien ausgedacht, aber sie alle verworfen, wegen Nichtdurchführbarkeit, zu hohem Risiko, falschem Zeitpunkt und idiotischer Angst.

Ich hatte nicht den Mut, war nicht in der richtigen Stimmung. Und es sollte eine saubere Angelegenheit werden. Es muss sauber sein, kein Tropfen Blut darf fließen bei Vollmond.

Am Mittwoch wird es geschehen. Am Mittwoch nehme ich mir die alte Frau vor. Ihr Mond steht im Jupiter, hat sie gesagt und behauptet, 2020 sei ihr Glücksjahr. Doch das Jahr ist fast vorbei, das Glück verbraucht.

Ich sehne mich wieder nach der Ruhe in meinem Kopf.

Ende der Leseprobe.

Die Stille vor Lilou

„Wenn man den Pfad der Vergeltung beschreitet, soll man
zwei Gräber ausheben."
(Konfuzius)

Jules Lefèvre ist Lehrer an der Public École im normannischen
Llon-sur-Mer. Jules und seine Frau Malin genießen das Familien-
glück mit der kleinen Tochter Lilou. Doch dann zwingt ein Burn-
out Jules, sich zu Hause einzuigeln. Die Genesung verläuft
schwierig, denn seine Wahrnehmung ist getrübt. Er ist psychisch
instabil und paranoid.

Auch als ihm Paul Moreau, der Rektor seiner Schule, einen Be-
such abstattet, misstraut Jules dessen Freundlichkeit und Hilfs-
bereitschaft. Dennoch beschließt er schließlich, den Ratgeber
über „Achtsamkeit" zu lesen, den Moreau ihm zur Genesung
mitgebracht hat. Doch als sich Jules endlich halbwegs erholt hat,
schlägt das Schicksal erbarmungslos zu ...

**„Korten macht aus dem pathologischen Verhalten der Prota-
gonisten ein meisterhaftes Spiel um Wahrheit und Dichtung."**
Westdeutsche Allgemeine Zeitung

Leseprobe:

Der Raubvogel
Vor einem Monat ist meine Frau beerdigt worden. Es war ein
trauriges Ereignis, aber mich machte es nicht traurig.

Am frühen Morgen betete die ganze Familie im Wohnzimmer
neben dem Sarg, und alle erschraken, als etwa zur Hälfte des
Gebets plötzlich unter Malins Körper das Kühlsystem ansprang.

Meine Schwiegermutter schnellte als Erste von ihrem Stuhl
hoch. „Das ist ein Zeichen!", rief sie.

Einen Moment lang dachte ich, sie mache einen unangemessenen Scherz, aber sie wiederholte ihre Worte mit tödlichem Ernst, während sie Malins kalte Hand ergriff.

Mein Vater beugte sich ebenfalls über den Sarg. „Das kann kein Zufall sein", flüsterte er und schaute sich das Gesicht meiner Frau genau an, als wäre sie wieder zum Leben erwacht und würde gleich die Augen aufschlagen.

Entgeistert starrte ich meine Verwandten an, die dem Gerät, das der Bestattungsunternehmer in der Nacht zuvor angeschlossen hatte, völlig neue Funktionen zuschrieben.

Mir war das plötzliche Einschalten der Kühlung vertraut. Ich hatte die vergangene Nacht still neben dem Sarg verbracht, meine linke Hand auf Malins Haut. Ich hatte mein Herz gespürt, wie es dumpf gegen ihren eingefallenen Brustkorb pochte, und gedacht, dass es jetzt niemanden mehr gab, der mich erwartete, niemanden, der das Bett vorwärmte.

Das Kühlgerät schaltete sich jede halbe Stunde ein. Offenbar war es in unserem Haus zu heiß. Aber vielleicht habe ich ihren Körper mit meiner Berührung auch nur zu sehr gewärmt.

Einige Wochen zuvor war der Sarg meiner Tochter Lilou nicht geöffnet gewesen. Sechs goldfarbene Kugelschrauben, um einen Meter fünfzig fest zu verschließen. Nichts konnte mehr berührt werden. Ich war extra in die Rechtsmedizin gegangen, um Lilou vor der Versiegelung des Sargs noch einmal zu sehen. Ich musste sie anschauen, um zu verstehen, was passiert war.

Ein Mitarbeiter versuchte, mich davon abzuhalten. Aber ich ging einfach um den Mann herum und zog mit einem Ruck das Laken von ihrem zerstörten kleinen Körper.

Ich bin sicher, dass die Ärzte ihr Bestes getan hatten, um die Spuren der Stoßstange zu beseitigen. Aber sie waren kläglich gescheitert, und ich wurde ohnmächtig.

Meine Mutter unterbrach meine Gedanken. „Können wir das Gebet nun fortsetzen?" Sie setzte sich neben mich, legte ihre faltige Hand auf meine Schulter und beugte sich vor. „Dann wollen wir jetzt um Kraft beten", flüsterte sie. „Dieser Tag ist für keinen von uns einfach." Ihr Atem kräuselte sich um mein Ohr und strich über meinen Nacken.

Ich hätte es vorgezogen, das Beten abzukürzen, denn ich hatte andere Pläne, aber ich faltete die Hände und murmelte: „Lasst uns beten."

Ein Gebet und einige Schluchzer später schloss ich die Außentür unseres Bauernhauses und sah zu, wie der Teakholzsarg in den Leichenwagen geschoben wurde. Die Proportionen waren auch besser als beim letzten Mal.

Damals … Lilous kleiner Sarg in dem riesigen Auto.

Die anderen sahen schweigend zu. Meine Mutter rauchte neben ihrem Wagen eine Zigarette. Sie hatte einen Arm um ihre Taille gelegt, als würde sie frieren, mit der anderen Hand hielt sie sich die zur Hälfte gerauchte Zigarette vors Gesicht: ein Ausrufezeichen, hinter dem sie sich zu verstecken versuchte. Ohne sie anzusehen, ging ich an den stumm Trauernden vorbei in Richtung Garage.

„Wohin willst du?", fragte meine Mutter. Mit der Spitze ihres hochhackigen Schuhs drückte sie die Zigarettenkippe zwischen den Kieselsteinen aus, während eine letzte Rauchwolke ihren Lippen entwich.

Ich gab ihr ein Zeichen, dass sie in ihr Auto einsteigen könne. „Ich fahre hinter euch her, Mama", antwortete ich ruhig.

„Das geht doch nicht, Jules." Meine Mutter kam auf mich zu. „Bitte, keine verrückten Sachen heute." Sie schlug den Kragen ihres Mantels hoch. Ein eisiger Ostwind wirbelte um das Haus. „Du fährst mit uns oder mit Malins Eltern. So war es abgesprochen."

„Ich habe es mir anders überlegt. Ich werde selbst fahren."

„Das ist keine gute Idee, mein Junge."

„Es gibt niemanden, der mich davon abhalten kann. Nicht einmal du, Mama", flüsterte ich.

Als ich an dem Leichenwagen vorbeigehen wollte, packte meine Mutter mich am Arm meines Mantels und visierte mich argwöhnisch.

„Du benimmst dich seltsam, Jules." Ihre Stimme klang beängstigend kalt.

Ich schaute auf ihre Finger, die sich in den Stoff krallten. Sie waren so dünn, als könnten sie jeden Moment zerbrechen.

„Ich habe mein Kind verloren, und nun ist auch noch meine Frau tot", erwiderte ich mit eisiger Stimme.

Meine Mutter zuckte bei dem Wort „tot" zusammen. Ich schmeckte ebenfalls die Härte, mit der ich es ausgestoßen hatte.

Ich wollte ihre faltige Hand mit einem heftigen Ruck abschütteln, aber in diesem Moment tauchte ein Bussard am Waldrand neben dem Haus auf und kam auf uns zu. Er flog tief über uns hinweg zur benachbarten Wiese. Gebannt folgten wir alle seinem Gleitflug bis zur Mitte der Wiese. Kurz schwebte der Raubvogel im Rüttelflug über einem Punkt, als würde er an einem unsichtbaren Faden am Himmel hängen. Er hielt seinen Körper dabei aufrecht, die Flügel standen in einem so großen Anstellwinkel, dass ihr Schlag einen hohen Auftrieb erzeugte. Einen Atemzug später stürzte er pfeilschnell zu Boden, den Schwanz nach unten geklappt und die Beine ausgestreckt, um unmittelbar danach mit einem kleinen Tier zwischen den Krallen wieder aufzusteigen.

„Was für eine Grausamkeit!", seufzte meine Mutter und wandte sich ab.

Ich erwiderte nichts und behielt den Raubvogel im Auge, der einen Bogen nach rechts machte und wieder im Wald verschwand. Selbst bei der großen Entfernung konnte ich seine Beute hilflos zappeln sehen.

Bei dem Anblick des armseligen Opfers tauchte aus der Kälte meiner Einsamkeit die Vergangenheit wieder auf. Langsam und schmerzlich gab sie sich zu erkennen. Vielleicht, um der Leere der Gegenwart zu trotzen. Bilder, auf denen alle Bewegungen unscharf waren, stiegen aus meiner Erinnerung auf und zersprangen nacheinander in Stücke.

Hätte ich mich vor Lilous Tod anders entschieden, dann hätte die Stille vor Lilou ab einem bestimmten Punkt keine Macht mehr über mich gewonnen, dann wäre ich nicht in die Fänge eines Raubtiers geraten.

„Dass du dir das unbedingt ansehen musst", murmelte sie und legte ihre zittrige Hand auf meine Schulter. „Mit dir stimmt doch etwas nicht, Jules. Eine Mutter kann das spüren."

Sie wandte sich von mir ab und ging zum vorderen Fahrzeug. Bevor sie einstieg, schaute sie noch einmal in meine Richtung, als wollte sie sich von mir verabschieden.

Am Ende des Feldwegs, der zur Hauptstraße führte, wartete der Trauerzug darauf, dass ich mich ihnen mit meinem Auto anschloss. Doch schließlich bog der Leichenwagen nach links in Richtung Kirche ab.

Im Rückspiegel sah ich die Schaukel, die auf dem Rasen im Wind tanzte, als würde ein unsichtbares Kind darauf sitzen. Vor mir bewegte sich der Wetterhahn auf dem Dach unruhig hin und her.

Einen Moment lang blickte ich wieder auf die Trauerfahrzeuge, die meiner Frau langsam folgten, dann fuhr auch ich los. Zuerst ganz leise, zögerlich. Sekunden später wesentlich entschlossener, und schließlich trat ich mit Wucht auf das Gaspedal und lenkte den Wagen in eine scharfe Rechtskurve. Weg von meiner Frau, weg von den Trauernden.

Die Vorderräder schlitterten kurz über den Asphalt, eine Katze eilte vom Straßenrand in eine angrenzende Nebenstraße und sprang vor Schreck auf den Ast eines Baumes. Meine Fingerspitzen kribbelten, mein Herzschlag geriet ein paarmal ins Taumeln.

„Biegen Sie nach dreihundert Metern links ab in die …", sagte die monotone Stimme. Ich musste versehentlich das Navi eingeschaltet haben, und mir wurde schmerzlich bewusst, dass die

Dame im Armaturenbrett mir die letzte Fahrt meiner Frau aufschwatzen wollte.

Ich warf einen letzten Blick in den Rückspiegel und dachte: Es gibt Momente im Leben, in denen uns die Kontrolle entgleitet, in denen wir aus dem seelischen Gleichgewicht geraten und uns egal ist, ob wir uns gesund verhalten oder nicht.

Wie die meisten Menschen hatte ich immer versucht, die Kontrolle zu behalten, bis ich wie das Tier geworden war, das in der Falle saß und vergeblich um sein Leben zappelte. Aber im Gegensatz zu dem kleinen Wesen konnte ich das ändern.

Denn ich hatte jetzt eines begriffen: Gewalt konnte man nur mit Gewalt bekämpfen!

Der Abstand zwischen Malin und mir wurde immer größer. Mein Leben endete hier, und übergangslos begann ein neues. Es gab ein Vorher und ein Nachher, ein Früher und ein Jetzt. Früher war eine andere Zeit, ein anderer Ort, ein anderes Universum. Da hatte es noch uns beide gegeben.

Wenn man spürt, dass man alles verloren hat, bleibt einem nur noch die Erinnerung an das Glück, das sich so schnell verflüchtigt hat, durchfuhr es mich. Und dann will das Verdrängte mit aller Macht an die Oberfläche …

Meine Frau war tot. Und mit einem Mal verstand ich die Konsequenz dessen, was nicht mehr war, und dessen, was Jahre zurücklag: *Ich habe sie geliebt. Aber es ist zu spät.*

Ende der Leseprobe.

Trügerische Affäre

Ich hasse dich ...
Drei Worte, die das Dunkel
durchdringen,
die alles mit sich reißen,
das Herz brechen,
geflüsterte Schreie bringen
und die Stille stören.

Die norwegische Architektin Jonte Sandvik scheut die Öffentlichkeit und lebt lieber in der Welt des Films, statt ihrem eigentlichen Beruf nachzugehen. Tagsüber arbeitet sie im XD Cinema Norge in Drammen an der Kinotheke, abends entwirft sie Gebäude, die ihr Ehemann Jonas in architektonischen Bildbänden mit großem Erfolg der Öffentlichkeit präsentiert.

Eines Tages gesteht ihr Jonas, dass er eine Affäre hat, und verlässt seine Frau. Für Jonte bricht eine bis dahin mühsam aufrechterhaltene heile Welt zusammen. Seitdem ereignen sich unheimliche Dinge in ihrem Umfeld, auf die sie sich keinen Reim machen kann. Sie ist einsam und führt Selbstgespräche. Auch droht ein schreckliches Geheimnis aus ihrer Vergangenheit sie zu überrollen. Als ein Mord geschieht, muss Jonte sich ihren Ängsten stellen – mit verheerenden Folgen, die sie in Alkoholismus und Irrsinn zu treiben drohen. Nichts ist mehr so, wie es scheint.

Leseprobe:
Prolog
Der Wald am Drammensfjord wirkt unzugänglich. Alles ist dunkel. Undurchdringlich. Schwarz. Hinter jedem Baum, hinter jedem Strauch lauert das Unheil. Der Wald ist unbezähmbar hungrig. Er ist bedrohlich. Er warnt.

Sie blickt hoch. Über den Bäumen schillert noch blass der Mond und schon schwach die Morgenröte.

Morgensonne, Abendsonne, denkt sie. Und die Sonne, die niemand sieht, die dazwischenliegt, die, die Leben schenkt. Noch zögert sie.

Der Parkplatz ist wie ausgestorben. Ihr Wagen steht verloren in der öden Leere. Es ist gespenstisch still, sodass sie vom Verriegelungslaut des Schlosses erschrocken zusammenzuckt. Vielleicht ist es besser, umzukehren. Heute kein Sport, sagt sie sich. Nicht hier, nicht heute.

Aber es ist doch dein Wald, denkt sie.

Sie liebt diesen Wald, seine unendliche Ruhe, die wohltuende Abwesenheit von menschlichen Geräuschen und Gerüchen. Sie hat eine feste Route, sie kennt den Weg, sie wird sich hier nicht verirren.

Der Wald wartet auf sie. Es ist ein guter Wald, ein Wald, der sie beschützt und umsorgt. Er ist ihr Freund, auch wenn das niemand versteht. Alle finden es seltsam, dass sie stets die weite Fahrt auf sich nimmt, um hier zu joggen.

Der Tag zeigt allmählich sein erstes Licht. Der Morgen umgibt sie sanft und lautlos, er ist noch nicht völlig erwacht. Es ist windstill.

Sie beginnt mit ihrem Lauf.

Nachts kommt er immer wieder hierher zurück. Durchquert hier seit Ewigkeiten die Jahreszeiten, momentan den Winter. Seine Rückkehr im hellen Mondlicht wird vom Knacken und Ächzen der Äste begleitet, die sich im kalten Wind wiegen. Eine Weile hält er am Waldrand inne, hat das Gefühl, mit den kahlen Bäumen und dem trockenen Laub unter seinen Füßen zu verschmelzen. Er starrt zum Parkplatz hinüber und verharrt wie hypnotisiert – reglos, schwarz und aufrecht wie die toten Stämme um ihn.

Der Wind rüttelt an seiner Kleidung und bläht seine Jacke auf. Er wartet seit einer Stunde. Ob er noch gut aussieht? Als er

252

heute Morgen in den Spiegel geblickt hat, sah er halbwegs passabel aus. Er schaut selten in den Spiegel. In Gedanken sieht er stets den jungen Mann: schlank, sportlich, strahlend grüne Augen und Haare so schwarz, dass sie im Sonnenlicht bläulich glänzen. Mittlerweile sieht er so erschöpft aus, wie er sich fühlt, grau wie sein Haar, fahl wie seine Gesichtsfarbe. Alt. Nicht wie im letzten Sommer. Kein blauer Himmel, kein Lächeln. Er steht im Schatten.

Es war ihm immer wie ein grausamer Scherz der Natur erschienen, dass sein Herz ein totes schwarzes Loch war, sein Teint jedoch frisch und jugendlich gerötet, sein Lächeln charmant und bezaubernd wie bei Leonce in Büchners Theaterstück *Leonce und Lena.* Frühling auf den Wangen und Winter im Herzen.

Plötzlich hört er Gelächter hinter seinem Rücken. Er dreht sich um. Der Wald holt tief Luft, um seinen fauligen Atem auszustoßen. Der Vollmond verschwindet hinter Wolken, der Parkplatz versinkt in tiefer Dunkelheit. Sein Puls geht schneller, sein Magen zieht sich vor Angst zusammen.

„Du bist zu Hause", ruft der Schatten und kommt ihm in der Finsternis entgegen. Eine Stimme, deren Gesicht er nicht finden kann.

Es gibt kein Zurück mehr. Er hält inne. Spürt die Müdigkeit, die Schwere hinter der Stirn, die sich aufzulösen beginnt. Bald wird er schlafen.

Wenn sich der Vorhang für das Finale erhebt ...

Sie ist nicht allein.

Für den Bruchteil einer Sekunde glaubt sie, einen Schatten wahrzunehmen. Es läuft ihr kalt den Rücken herunter. Sie erhöht ihre Geschwindigkeit, schaut gelegentlich zurück, aber sie sieht niemanden. Vermutlich nur die letzten Fetzen der Nacht.

Dennoch, da ist etwas. Heute wird sie nur eine Runde joggen, sie will so schnell wie möglich zum Parkplatz zurücklaufen.

Auf den Waldpfaden liegt eine dicke Schicht verdorrter Blätter, eine Hinterlassenschaft des Herbstes. Die Bäume sind blattlos, gespenstisch kahl.

So entsetzlich entblößt ..., denkt sie.

Sie sehnt sich nach dem Frühling, nach den vielversprechenden Knospen an den Zweigen, wo das neue saftige Grün jeden Moment auszubrechen verspricht. Aber bis dahin werden noch ein paar Monate vergehen.

Der belaubte Waldpfad ist kein Problem. Sie kennt die Strecke, kann sie blindlings gehen. Die geübte Joggerin in ihr übernimmt die Führung. *Jetzt links abbiegen!* Da beginnt der zweite Abschnitt des Pfades.

Doch sie irrt sich, biegt zu früh ab. Das ist ihr noch nie passiert. Sie läuft nicht mehr auf der Hauptstrecke, folgt plötzlich einem unbekannten Seitenpfad.

Dort, wo sich der Wald öffnet, als wollte er sich von sich selbst befreien, ist ein Schatten. Sie läuft weiter, konzentriert sich auf den Schatten. Ihre Schritte werden langsamer, bis sie nur noch auf der Stelle joggt.

Sie starrt auf den Schatten.

Es ist ein Körper. Ein lebloser Körper. Er liegt hinter einem hohen, kahlen Strauch. Der Kopf wirkt seltsam verdreht, das Gesicht kann sie nicht sehen. Dennoch ist etwas an diesem Körper, das ihr bekannt vorkommt. Sie überlegt, wer das da sein könnte, und presst sich eine Hand auf den Mund. Unmöglich!

Sie lässt die Hände fallen, steht regungslos da und lauscht ihrem hechelnden Atem. Dann geht sie ein paar Schritte auf den Toten zu, sucht nach einem Hinweis für den Verdacht, den sie hat, den Blick auf die grausame Wahrheit geheftet. Instinktiv hält sie wieder eine Hand vor den Mund, dann vor die Augen.

Sie muss den Notruf wählen, aber ihre zitternden Hände gehorchen ihr nicht. Sie denkt nicht an den Schrecken, den der Anblick des Todes verursacht hat, auch nicht an den Schrei, der stumm über ihre Lippen kommt. Sie muss von hier fort!

Wo ist der Parkplatz? Wo ist sie zu früh abgebogen? Ein Raubvogel fliegt nah über ihren Kopf hinweg. Der Klang seiner flatternden Flügel kommt ihr ohrenbetäubend vor. Ist das schon der erste Aasfresser? Sie möchte nach etwas greifen, womit sie ihn verscheuchen kann, aber die Tränen verschleiern ihren Blick.

Sie läuft zurück, wird schneller und schneller, das Schluchzen heftiger. Überall sind tote Augen, die sie anstarren. Vorwurfsvolle Augen. Tote, tadelnde Blicke. Ihr ist kalt, obwohl sie schwitzt und außer Atem ist. Sie will sich verstecken, irgendetwas tun, aber sie flieht mit rasendem Atem und weit offenen Augen. Sie will laut schreien, aber es klingt hell und leise. Wie ein geflüsterter Schrei.

Sie erreicht den Parkplatz, ihre Beine versagen, sie bricht zusammen. Die bedrohliche Lähmung, die kreischende Stille und die alles verschlingende Schwärze bringen ihr Schluchzen zum Schweigen.

Über die Autorin / Impressum

Astrid Korten

Das Spezialgebiet der Bestseller-Autorin sind Suspense-Thriller, Psychothriller und Romane. Ihre Thriller erreichen alle die Top-Ten-Bestsellerlisten vieler Plattformen. In USA wurde die Autorin mehrfach ausgezeichnet.

Impressum

Copyright ©Mai 2021 Astrid Korten,
Ferd.-Weerth-Str. 31, 45219 Essen
Korrektorat: Angelika Hörner
Covergestaltung: Buchgewand Coverdesign | www.buch-gewand.de
unter Verwendung von Motiven von
depositphotos.com:
©sun_tiger,
©W1nDkh,
©HorenkO
stock.adobe.com: © Marc Andreu, © jakkapan
Alle Rechte vorbehalten. Das Werk darf – auch teilweise – nur mit Genehmigung der Autorin wiedergegeben werden.
Verlag BOD Book on Demand
ISBN 9783754307182

Danksagung

Mein besonderer Dank geht an:

Angelika Hörner – Danke für Deine Begleitung und die wertwollen Tipps.

Und ich danke Ihnen, liebe Leserinnen und Leser, dass Sie mein Buch gelesen haben und hoffe, dass Ihnen die Musiktitel gefallen werden.
Ich habe diese Reise vor einigen Jahren gemacht und es war ein unglaubliches Abenteuer.
Gerne dürfen Sie mir schreiben, wie Ihnen mein Buch gefallen hat: astridkorten@arcor.de
Weitere Infos finden Sie unter www.astrid-korten.com

Für Ihre Notizen